Ivan Ivanji
Die Tänzerin und der Krieg

Die Deutsche Bibliothek – CIP-Einheitsaufnahme

Ivanji, Ivan:
Die Tänzerin und der Krieg : Roman / Ivan Ivanji.
Wien : Picus Verl., 2002
ISBN 3-85452-456-0

Grafische Gestaltung: Dorothea Löcker, Wien
Umschlaggestaltung Dorothea Löcker,
nach einem Gemälde von Edgar Degas,
© Erich Lessing Archiv
ISBN 3-85452-456-0

Ivan Ivanji

Die Tänzerin und der Krieg

Roman

Picus Verlag Wien

Persönlichkeiten des Zeitgeschehens, Tito, Djilas und zahlreiche andere Politiker und Künstler, die in diesem Buch vorkommen, sind aus dem Leben gegriffen, die ihnen zugeschriebenen Handlungen und Worte sind überliefert oder sie beruhen auf bekannten Anekdoten. Die meisten Gestalten sind jedoch Romanfiguren. Ihre Ähnlichkeit mit existierenden Menschen beruht höchstens auf Anregungen, die von ihnen ausgegangen sind, und darf keineswegs als Identität mit ihnen verstanden werden. Ganz besonders gilt das für die Gemeinsamkeiten zwischen der Titelheldin, Daria, und meiner Frau, Dragana, der dieses Buch gewidmet ist. Daria wurde von Dragana inspiriert, aber identisch sind diese beiden Tänzerinnen, ihre Welten, Erlebnisse und Männer keineswegs.

Prélude

Die Urgroßmutter aus Wien

Urgroßmutter war als junges Mädchen aus Wien nach Belgrad gekommen. Genauer gesagt aus dem Wiener Wald. So hieß es zumindest in der Familie. Rosenblatt war ihr Nachname. Oder Rosenzweig, Rosenblum, wer weiß. War sie Jüdin? Darüber wußte niemand etwas. In Serbien klang der Name nicht danach.

Diese interessante Frage über ihre Vorfahrin stellte sich ein halbes Jahrhundert nach ihrem Tod die Urenkelin Daria. In Belgrad sah man zwischen Deutschen und Juden keinen Unterschied. Etwas schrecklich Fremdes und daher Unheimliches waren beide, Deutsche und Juden. Gesichert war, daß Uromi Leopoldine getauft war. Aber hatten sich nicht viele Wiener Juden taufen lassen?

Der Urgroßvater hieß Aleksa. In Wien wird man ihn Alex genannt haben. Er besaß eine Werkstatt, die er als Fabrik bezeichnete, und siedete Seife. Das muß gestunken haben. Talg, tierische Abfälle, Gott weiß, wie man das damals auf dem Balkan machte. Sauber sein wollten die serbischen Damen aber auf jeden Fall, man war ja nicht auf dem französischen Königshof, wo man sich, wie erzählt wurde, gar nicht gewaschen, sondern nur mit Duftwasser besprüht hatte, aber dafür hatte man dort die Republik eingeführt, wovon Serbien, Gott sei Dank, bis jetzt verschont geblieben war.

Die Familie wußte genau, wo die Fabrik unmittelbar vor der Jahrhundertwende gestanden hatte: im heutigen Zentrum der Stadt! Belgrad wuchs in diesem Jahrhundert sehr schnell. Als Beweis gab es vergilbte Fotos.

Aleksa besorgte sich seine Essenzen in Wien. Mit ihnen machte er aus dem stinkenden Geschmier duftende Toilettenseife. Rosen, Veilchen, Patschuli. Eines Tages brachte er außer den Düften die kaum siebzehnjährige Leopoldine mit. Warum sie sich ausgerechnet in einen Seifensieder aus Serbien verliebt hatte, wußte niemand mehr genau. Schicksal! Er soll ein stattlicher und schöner Mann gewesen sein, der Alex. Freilich wird von allen Ahnen gesagt, daß sie schön gewesen seien. Von Leopoldine ganz besonders. Vielleicht bereute sie später, ihm gefolgt zu sein, wenn er nachts nicht nach Hause fand. Weil er Karten spielte. Es ist aber nicht überliefert, daß sich die Wienerin in Belgrad je beklagt hätte. Wem hätte sie auch in dieser für sie bis zu ihrem seligen Ende so fremden Welt etwas vorjammern können? Für jedermann in Belgrad war und blieb sie die »Schwäbin«. Jeder Deutsch sprechende Mensch wurde hier *švabo* genannt. Juden auch. Österreicher sowieso. Das war am einfachsten. Und ist es auch heute noch.

Urgroßmutter Leopoldine versuchte ihren Kindern und Enkelkindern Deutsch beizubringen. Obwohl sie dabei war, es selbst zu verlernen. Serbisch hat sie nie richtig gelernt. Es gibt Menschen, die keine Sprache richtig sprechen, und trotzdem versteht sie jeder. Sie muß so ein Mensch gewesen sein. Und sie war ja in der Gegend nicht die einzige Fremde. Die Bäckerin gegenüber hieß Frau Mayer, *gospodja Majer.* Die radebrechte Serbisch ganz schrecklich, aber ihre Kipferl, Semmeln, Brezeln und ihr Brot waren gut. Sie schrieb auf, wenn man gerade nicht zahlen konnte, schön artig darum bat und vertrauenswürdig war. Kindern schenkte sie eine Jause, wenn sie mindestens zehn deutsche Wörter aufsagen konnten. Also blieb sie zwar eine *švabica,* aber eben »unsere *švabica*«.

Urgroßmutter soll rote Haare gehabt haben. Echt rot, nicht gefärbt, wie heutzutage üblich. Und Sommersprossen. Serbinnen haben keine Sommersprossen zu haben.

Daria hatte auch rote Haare, aber keine Sommersprossen, und, allgemein anerkannt, die schönsten Beine der Stadt. »Die hast du bestimmt von deiner Urgroßmutter!« sagten ältere Verwandte. Immer wieder wurde Daria mit dieser längst verstorbenen Frau verglichen, so daß sie sich mit ihr irgendwie identifizierte, obwohl sie sie nicht mehr kennengelernt hatte. »Du sprichst schneller, aber sonst so wie deine Urgroßmutter, nämlich unverständlich. Man weiß nie, was du eigentlich sagen willst, Kind!«

Es waren aber nur ältere Frauen, die Daria nicht verstehen konnten. Ihre Altersgenossen verstanden sie ausgezeichnet. Ältere Herren erst recht. Wenn Daria, schon Schülerin der staatlichen Ballettschule, mit ihren Kolleginnen barfuß durch die Straßen Belgrads lief, blieb man stehen, um ihr nachzuschauen. Beides ist buchstäblich zu verstehen, sowohl das *laufen* als auch das *barfuß*. Sie bewegte sich laufend und hüpfend, und barfuß war barfuß – also ohne Schuhe und Strümpfe über den heißen Asphalt rennen, über die roten Steine des Marx-und-Engels-Platzes hüpfen, um endlich den Rock zu schürzen und die Füße in das Becken des Springbrunnens zu stecken. Das war ein kleiner Protest. Wogegen? Gegen alles! Das Frauwerden. Das Älterwerden. Vor allem gegen die Ältergewordenen. Barfuß herumlaufen war damals so schlimm und aufregend, als würde man heute, dreißig oder fünfzig Jahre später, barbusig durch die Stadt spazieren. Aber die schönen Backfische, die in Wien Ballettratten geheißen hätten, mußten, bevor sie sich auf der Bühne zeigen durften, auf Straßen, Plätzen und in den Grünanlagen Aufmerksamkeit auf sich gezogen haben. Mit der Sonne als in den blauen Himmel geschraubter Riesenscheinwerfer über sich.

Einmal flatterte eine Anzeige der Polizei wegen »unsittsamen Benehmens in der Öffentlichkeit« ins Haus. Es gab Geschrei und Gejammer, und der Familienrat trat zusammen.

»Du, als Tochter eines gefallenen Partisanenkämpfers, eines Helden unserer Revolution, machst seinem Andenken Schande!« sagte Tante Radmila, als Lehrerin die Intellektuelle der Sippe. Vor Ende des Krieges hatte sie selbst eine kurze Zeit lang Uniform getragen.

»Das kommt von deiner Urgroßmutter!« sagte die

Großmutter väterlicherseits. Ihr Vater war österreichisch-ungarischer k.u.k. Notar in Perlez gewesen, einem Banater Dorf, das bis zum Ersten Weltkrieg zur Monarchie gehört hatte. Sie mußte es wissen. Ein Notar war etwas Besseres als ein Seifensieder. Mit erhobener Stimme erzählte sie, dieses Weib habe ihr Leben lang Rosa getragen! Sommer wie Winter, Stoff oder Seide, aber Rosa! Das sagte sie vorwurfsvoll, verheiratete Frauen hatten in gedeckten Farben gekleidet zu sein, im Alter möglichst schwarz oder sehr grau, es klang, als hätte sich Leopoldine öffentlich nackt gezeigt, aus purem Trotz, so wie Daria den Anblick ihrer nackten Beine allen Mitmenschen gönnte.

Urgroßmutter Leopoldine muß viel gelitten haben, aber das schlimmste war sicher, als die Seifenfabrik in Feuer aufging. Aleksa saß gerade im Wirtshaus und spielte Poker. Damals zahlte man in Dukaten, in Napoleons. Jemand kam angerannt und schrie: »Herr Aleksa, Ihre Fabrik brennt!« Der Seifensieder mischte aufmerksam die Karten und sagte: »Laß sie brennen! Ich kann jetzt nicht, ich habe eine Glückssträhne …« Von seiner Fabrik hätte er soviel retten können wie die Feuerwehr, nämlich nichts. Versichert war sie auch nicht. Der Spielgewinn reichte knapp, um am Stadtrand eine kleinere Werkstatt einzurichten. Es ging finanziell bergab. Leopoldine wickelte eigenhändig rosa Seifen in gleichfarbiges, natürlich aus Wien herbeigeschafftes Seidenpapier, ihre Kinder mußten rosa Schürzen umbinden und die Ware auf Jahrmärkten und vor Kirchen verkaufen. Das hatte man ihr in Grinzing sicher nicht in die Wiege gelegt.

An diese Geschichten und eigene Erinnerungen denkt Daria im Wiener Krapfenwaldbad in der Sonne liegend. Den Lärm vieler junger Menschen, ab und zu das Aufklatschen braungebrannter Körper im Schwimmbecken nimmt sie mit weniger Aufmerksamkeit zur Kenntnis als das leise Summen der Insekten im Gras. Langsam richtet sie sich auf und sieht prüfend an sich hinunter. Sie ist zufrieden mit sich. Es sind dieselben Beine, mit denen sie in Belgrad im Becken des Springbrunnens planschte. Keine Spur von Krampfadern. Sie kann sich nicht damit abfinden, über sechzig Jahre alt zu sein. Ihre Urgroßmutter, Großmutter und Mutter sind viel jünger gestorben. Jeden Tag macht sie mindestens eine halbe Stunde lang die Übungen, die sie für sich ausgedacht hat, ein wenig Yoga, ein wenig Gymnastik, Tai-Chi, aber vor allem viel vom alten Balletttraining. Am liebsten würde sie wieder auf der Bühne stehen, und obwohl sie sich immer wieder sagt, wie unrealistisch das ist, will ihr Herz nicht begreifen, daß sie nicht mehr vor einem Publikum tanzen darf. Nie mehr. Nie mehr?

Neben Daria schnarcht ihr Mann. Ihr Blick streift halb zärtlich, halb verächtlich seinen Bauch. Leichtfüßig macht die ehemalige Tänzerin im Sprung eine Drehung und holt von der Bar zwei Gläser Sekt, dann weckt sie ihn. Sie haben sich vorgenommen, nur zwei Stunden zu bleiben und heute auswärts zu essen.

Immer wenn ihr Blick auf den schönen Wald fällt, über die Weinberge streift, fragt sie sich, ob Urgroßmutter Leopoldine jemals hier gewesen ist? Damals wanderte man zu Fuß von Wien hinauf, wer hatte schon Geld für einen Fiaker? Man brachte eine Decke, einen Korb mit Essen, vielleicht Gebackenes, und zwei Flaschen Wein mit hinauf. Wahrscheinlich nahm sie den jungen Fremden, der der Urgroßvater Darias werden sollte, einmal mit, küßte ihn am Abend hinter dem Gebüsch … Wo wohnte sie? Gibt es in ihr, der Ballerina Daria, noch etwas von diesem Mädchen, das von hier aus in die Ferne zog, um das Leben an neue Generationen weit weg in der Fremde weiterzugeben, und nun in ihr zurückgekehrt ist. Zum Tatort. Wieso zum Tatort? Ist das Leben etwas anderes, mehr, als das, was man selbst *er*lebt und fühlt? Leben die Ahnen weiter in uns, mit uns mit? Ist es das, was die Wissenschaftler jetzt Gene nennen?

Langsam fahren sie die kurvenreiche Straßen hinunter. »Paß auf!« schreit Daria, aber ihr Mann hat schon gebremst und fährt vorsichtig am Fiakergaul vorbei, der auf der

Straße liegt. Das Pferd ist ausgespannt, die Droschke verkeilt, der Kutscher hockt neben dem Tier und streichelt seinen Kopf. Der Kombi des Tierrettungsdienstes heult bergauf.

»Es kann wahrscheinlich nicht mehr. Man wird es töten müssen ...«

»Menschen ermordet man nicht, wenn sie nicht mehr weiterkönnen ...«

Der Mann zuckt die Achseln. Es ist sinnlos, ihr jetzt vorzuhalten, daß das nun einmal nicht dasselbe ist. Da sie gerne von Thema zu Thema springt, wenn sie einmal in Fahrt ist, wird sie auf ihre Urgroßmama kommen und ihn wieder bitten, Nachforschungen nach ihr anzustellen. Aber das ist aussichtslos, Daria weiß nicht einmal ihren genauen Namen oder wann sie nach Belgrad gezogen ist.

Nachdem sie in Grinzing geparkt haben, bemerkt Daria ein kleines, mageres Mädchen. Es hat ein für die Jahreszeit zu warmes, rosa Stoffkleid an, einen rosa Strohhut auf dem Kopf, rosa Socken an den dünnen Beinen und sogar einen rosa Sonnenschirm in der Hand.

»Schau! Schau doch!« ruft die ehemalige Ballettänzerin, aber als ihr Mann zusammenzuckt und den Kopf wendet, ist die Kleine in Rosa in einer der engen Gassen verschwunden.

»Da war ein kleines Mädchen!«

»Ja. Und?«

»So muß meine Urgroßmutter ausgesehen haben. Ganz bestimmt. Du, vielleicht bin ich mit ihm verwandt!«

»Mit wem?«

»Mit dem Mädchen in Rosa, das da eben hinaufgegangen ist ...«

Der Mann schüttelt den Kopf und geht einfach voraus in Richtung des Heurigenlokals, das sie bevorzugen. Er ist hungrig. Daria zögert noch einen Augenblick und fragt sich, ob man, wenn man nur künstlerisch genug veranlagt ist, manchmal sich selbst, aber aus einer anderen Zeit, begegnen kann?

Vater, der lustige Held. Ein Walzer mit Tito

»Dein Vater war ein unmöglicher Mensch«, sagte der Außenminister, »aber dein Onkel Noah war nicht nur ein großer Künstler und guter Genosse, sondern auch mein Freund!«

Koča Popović, der Außenminister, war schon vor dem Zweiten Weltkrieg als surrealistischer Dichter berühmt und gemeinsam mit Noah in einer Künstlergruppe, die sich Impossible nannte, gewesen. Die Mehrheit ihrer Mitglieder trat der illegalen Kommunistischen Partei bei. Der spätere Minister auch. Er kämpfte in der internationalen Brigade in Spanien, im Partisanenkrieg wurde er Kommandeur der Ersten Proletarischen Brigade. Französisch sprach er besser als Serbisch, Spanisch, Englisch und Deutsch fließend, er stammte aus einer steinreichen Kaufmannsfamilie.

»Jetzt mische ich dir einen Cocktail, damit du mich nie vergißt!«

Nie würde Daria diesen Neujahrsempfang vergessen, obwohl sie sich nicht merken würde, was ihr Genosse Koča, so nannte ihn jedermann, an diesem Abend zusammenbraute.

Ein älterer Schauspieler, auch Veteran des Partisanenkampfes, hatte ihr und zwei ihrer Kolleginnen vorgeschlagen:

»Kommt mit zum Neujahrsempfang im Rathaus. Ich habe Einladungen bekommen, die ich verteilen darf. Tito wird auch da sein ...«

Die drei auserwählten Mädchen wurden vom ganzen Ballett eingekleidet. Daria bekam von einer älteren Freundin ein langes Schwarzes mit Schleppe. Eine andere borgte ihr eine gobelinartig gewirkte Handtasche: »Aber paß auf, sie ist schrecklich wertvoll, der Beschlag ist echt Gold!«

Tito saß mit einer größeren Gesellschaft am Ehrentisch. Kurz nach Mitternacht sagte der Schauspieler zu Daria:

»Geh zum Marschall und fordere ihn zum ersten Tanz im neuen Jahr auf!«

»Darf ich denn?«

»Es kommt auf den Versuch an!«

Sie ging durch den großen, hellerleuchteten Saal voller lustiger Menschen direkt auf den besonders festlich gedeckten Tisch zu, wunderte sich, daß sie niemand aufhielt, spürte viele neugierige Blicke, die ihr galten, das war sie allerdings schon gewohnt, schritt durch den Saal wie über die Bühne, wie sie es gelernt hatte, daß man *schreitet*, nicht einfach gehen, nicht schlendern, spazieren, bummeln, promenieren, sondern sich sehr gerade mit sehr hoch erhobenem Kopf vorwärts bewegen, machte vor dem Marschall ihren Knicks und flötete:

»Genosse Tito, ich möchte den ersten Tanz dieses Jahres mit Ihnen tanzen …«

Tito stand etwas verwundert auf, kam jedoch um den Tisch herum, befahl dem Orchester: »Einen Walzer!«, und legte seine Hand fest um Darias Taille. Sie hatte ihn sonst nur auf Fotos und in der Wochenschau im Kino und meist in Uniform gesehen und gedacht, er sei groß, er war aber kaum einen halben Kopf größer als die zierliche Tänzerin. Jetzt, im Smoking, sah er gar nicht gefährlich und allzu ehrwürdig aus, tanzte überraschend gut, benahm sich nicht anders als die älteren Schauspieler, die sie kannte. Als sie ihm das zuflüsterte, lächelte er so zufrieden, als fehlten ihm solche Komplimente, und erklärte:

»Als Schlossergeselle in Zagreb habe ich tanzen gelernt, das war damals so Sitte unter Handwerkern, und auch als ich österreichisch-ungarischer Unteroffizier war, hat man Wert auf Umgangsformen gelegt …«

Danach tanzte Daria Hand in Hand mit Tito Kolo, tanzte weiter mit vielen anderen Männern in Zivil und Uniform, trank viel, mehr als je zuvor in ihrem Leben, nachher wußte sie nur noch, daß sie in einem schwarzen Auto nach Hause gefahren worden war, obwohl sie ganz nahe wohnte und lieber zu Fuß gegangen wäre. Am Morgen weckte sie ihr Cousin mit Zeitungen, das Bild von ihrem Tanz mit Tito war auf den Titelseiten gelandet. Aber die Handtasche mit dem Goldbeschlag war ihr abhanden gekommen.

Als Daria das im Theater meldete, bekam die Besitzerin einen Weinkrampf: »Wie konntest du! Sie ist unersetzlich, ein altes Stück!« Damit war ihr der Tag verdorben, sie konnte sich nicht richtig auf die Probe konzentrieren, wurde von der Choreographin gerügt und war deshalb froh, als der Portier den Kopf in den Probensaal steckte und die Probe unterbrach:

»Daria, da sind zwei Genossen in Ledermänteln für dich!«

Ledermäntel trugen die Angehörigen der gefürchteten Geheimpolizei. Würde man sie zur Verantwortung ziehen, weil sie Tito so frech angesprochen hatte? Der eine der beiden Männer, die auf sie warteten, fragte nur lächelnd:

»Vermissen Sie zufällig eine schöne Damenhandtasche? Ja? Dann beschreiben Sie sie, bitte ...« Danach holte er hinter seinem Rücken das verlorene Täschchen hervor.

Jetzt konnte Daria ruhiger über den Neujahrsempfang nachdenken. Immer wieder kam sie auf die Worte des Außenministers zurück: »Dein Vater war ein unmöglicher Mensch!« Sie wußte, Vater war in der Ersten Proletarischen Brigade gewesen, und über seine Beziehungen zum berühmten Kommandeur, Koča, erzählte man sich in der Familie Legenden. Die beiden hatten sich oft gezankt, besonders als sich der Stab anders, besser als die übrige Truppe, zu ernähren begonnen hatte:

»Du warst immer ein Bourgeois!« hatte Vater, damals Kompaniechef, zum Brigadekommandeur gesagt.

Für einen Teil der großen Familie war Vater freilich ebenfalls stets »ein unmöglicher Mensch« gewesen, für den anderen Teil ein Held. Er konnte sich dazu nicht mehr äußern, denn kurz vor Ende des Krieges war er in Bosnien gefallen.

Kann man andere Menschen überhaupt wirklich kennen? Wirklich? Wenigstens die eigenen Eltern? Und wenn man jemanden zum letzten Mal gesehen hat, als man gerade sieben Jahre alt geworden war? So alt war Daria, als Vater fortging, »in den Wald«, wie das hieß, wenn man aus der besetzten Stadt zu den Partisanen wollte.

Mit Vater war sie wenig zusammengewesen, sie erinnerte sich nur, daß er oft im Gefängnis gewesen war, immer wieder im Gefängnis. »Ihn haben die Gendarmen geholt!« hatte man das sowohl in der Familie als auch in der Nachbarschaft genannt.

Die älteste Erinnerung an Vater war mit Zahnweh verbunden. Mitten in der Nacht hatte der Schmerz begonnen. Erst weinte sie still vor sich hin, dann schrie sie immer lauter. Vater war ausnahmsweise zu Hause. Er nahm sie hoch und trug sie erst in der Wohnung, dann im Hof herum und wiegte sie in seinen Armen. Es mußte im Frühling gewesen sein. Damals war ihr Vater riesengroß und stark erschienen und trotz des nur allmählich nachlassenden Schmerzes hatte sie sich später im Leben nie mehr so sicher gefühlt wie in jener Nacht in seiner Umarmung im nach Frühling duftenden Hof.

Einem Kind fällt nicht auf, wenn es anders lebt als die meisten anderen Kinder. Man ist eben *anders*, und das ist gut so. Daria und ihre Mutter wohnten bei den Großeltern mütterlicherseits. Vater nicht. Das heißt, Mutter war manchmal da, manchmal beim Vater. Der wohnte in der Nähe. Andere Eltern wohnten immer zusammen mit ihren Kindern. Diese Kinder waren jedoch nie so frei wie Daria.

Die Großeltern väterlicherseits wohnten im Stadtzentrum, und man besuchte sie oft. Sie waren lustiger, man spielte bei ihnen auf der Gitarre, die Tanten sangen. Opa und Oma mütterlicherseits hingegen waren eher melancholische Menschen. Freundlich, still, aber stets ein wenig abwesend. Mutters Vater war Bauunternehmer, der andere Opapa Tischlermeister.

Gendarmen tauchten manchmal auf und fragten nach Vater. Daß er in mehreren Wohnungen wohnte, beziehungsweise nicht wohnte, um Verhaftungen zu entgehen, reimte sich Daria erst nach dem Krieg zusammen.

Vor Ostern brachte Vater ein Lamm nach Hause. Daria durfte ihm ein rotes Band um den Hals binden und mit ihm spielen. Aber am Karfreitag wurde es im Hof geschlachtet, gehäutet, das Blut in einer großen Schüssel aufgefangen, das Fleisch in Stücken säuberlich auf dem Tisch ausgebreitet, die Haut zum Trocknen auf den Zaun gespannt, und Daria weinte fürchterlich.

Vater war auch Tischlermeister, sein jüngerer Bruder, Onkel Vlada, Tapezierer. Der Tischleropapa mit eigener Werkstatt im Zentrum der Hauptstadt hatte den Wunsch gehegt, mit den Söhnen gemeinsam zu arbeiten, vielleicht einmal eine Möbelfabrik zu gründen. Nach dem Ersten Weltkrieg wuchs Belgrad schnell, Beamte, Richter, Offiziere und reiche Kaufleute bestellten sich Hausrat nach Maß. Ein aussichtsreiches Geschäft. Aber Darias Vater entdeckte die Unterdrückung der Arbeiterklasse und die Kommunistische Partei, vernachlässigte sein goldenes Handwerk und begann gegen den Staat und den König zu agitieren.

»Das war so, Daria«, erläuterte Onkel Vlada, der sich weniger für Politik interessierte und den Krieg als Kriegsgefangener der Deutschen in einem Dorf in Sachsen überlebt hatte. »Dein Onkel Noah lag auf einem Sofa auf dem Dachboden. Ich tapezierte es und brachte zwischen den Federn ein Geheimfach unter. Darin steckte illegale Literatur. Noah predigte die Weltrevolution, und dein Vater rannte auf die Straße, um sich von den Gendarmen verprügeln zu lassen!«

Wie die miteinander geredet haben mochten, der Künstleronkel Noah und der revolutionäre Vater? Achteten sie einander? Liebten sie sich, wie Männer sich lieben, wenn sie ähnlich denken, ähnliche Ideale haben? Der eine für den anderen auch Bruder der Gattin, der andere für den einen auch untreuer Ehemann der geliebten, kranken Schwester. Jetzt wären beide über neunzig, aber theoretisch könnten sie noch am Leben sein, dann wären sie Generäle oder Minister im Ruhestand, hätten Villen im Edelviertel Dedinje, wären stolz auf sie, die berühmte Tänzerin. Daria würde sie regelmäßig besuchen, ihnen Tee kochen und unendlich viele Fragen stellen, nicht nur über die beiden, sondern auch über das eigene Leben mehr erfahren, über ihre Heimat, über Kunst und Revolution, Krieg und den Sinn des Lebens, aber sie leben nicht mehr, vor mehr als einem halben Jahrhundert sind sie eines gewaltsamen Todes gestorben, so nennt man das ja, *eines gewaltsamen* Todes, eines *durch Gewalt verursachten* Todes, sie aber hat nicht einmal Onkel Vlada, der lange genug lebte, um Rede und Antwort zu stehen, über alles ausgefragt, was er wußte, irgendwie waren sie nie dazu gekommen.

Sommererinnerung. An Vaters Hand zum Fluß Sawe, vorbei an der Zuckerfabrik mit dem gewaltigen Rauchfang aus roten Ziegelsteinen, an dem Gelände der Firma Shell mit den seltsamen, riesigen Benzintanks. »Die Sawe ist am schönsten, wenn sie blüht!« sagte man. Der Fluß »blühte«, wenn viele Weidenblüten weiß und gelb auf der Wasseroberfläche schwammen, als wäre der Strom eine Wiese.

Vater und Onkel Vlada hatten einen schwarzen, flachen Kahn. Die Tanten warteten schon. Daria wurden zwei hohle Kürbisse auf den Rücken gebunden, so würde sie, falls sie ins Wasser fallen sollte, nicht ertrinken. Man sang. Vater sang am schönsten und lautesten. Auch russische Lieder. Dann sonnte man sich auf einem Floß. Daria lag auf dem Bauch und schaute durch die Ritzen zwischen den Brettern auf das beängstigende, dunkle Wasser. Einmal warf Vater sie in den Fluß. Dank der Kürbisse geschah nichts Schlimmes, das Mädchen blieb an der Oberfläche, strampelte und schrie, aber ihre anfangs erschrockenen Schreie wurden immer lustiger und übermütiger, und ihr Vater tröstete sie:

»Siehst du, du kannst schwimmen!«

Das Geheimnis, einen solchen Vater zu haben, gehörte für immer dem Fluß. Auch die Wellen wiegten das Kind, das schon schwimmen konnte, wie es sich in Vaters Armen gewiegt und beschützt gefühlt hatte. Der Duft war verschieden, das Aroma des Rasierwassers und der Männerhaut und der Geruch vom Teer des Bootes, vom Schlamm am Ufer und des Stromes, der zur nahen Mündung in die Donau eilte, aber in der Erinnerung vermischten sie sich miteinander. Baden blieb für Daria immer eine Umarmung mit dem Vater. Er hatte bei den Partisanen einen Spitznamen bekommen, der an ihre Ausflüge an die Sawe erinnerte, Rote Flotte, nach einem Lied aus der Sowjetunion, das er immer so gerne gesungen hatte, über die sogenannte »Rote Flotte« der Sowjetunion, »Krassnij Flot«; das wurde auch sein Pseudonym in der kommunistischen Illegalität. Auch der Außenminister würde viel später so von ihm reden, »der Krassnij Flot, dein Vater, hat uns oft Sorgen bereitet, weißt du, dieser unmögliche Mensch!«

Vater war Mitglied der Kommunistischen Partei gewesen, ein Revolutionär. Revoluzzer stellte man sich ernst, verbissen, mit Schirmmütze vor, aber an Vater erinnerte sie sich als einen lustigen, großen Mann, der sich gut anzog und selten ohne Hut auf die Straße ging. Wie sollte man sich aus so verschiedenen Bildern, wie sie über Vater entworfen wurden oder sich in ihrem Gedächtnis festgekrallt hatten, eine gültige Figur zusammenstellen?

Nachdem die Deutschen in Belgrad einmarschiert waren und sich in Darias Schule einquartiert hatten, schlief Vater noch einige Nächte auf dem Dachboden, auf dem Sofa mit dem Geheimfach.

An einem Nachmittag saß er im Hof vor der Küchentür und sagte, er werde jetzt einige Zeit wegbleiben, aber er werde Daria Stiefel mitbringen, wunderschöne, warme Winterstiefel. »Rote?« fragte sie hoffnungsvoll. »Warum nicht, schöne, warme Winterstiefel. Pelzverbrämt und aus rotem

Leder!« Er umarmte sie und ging den Hügel im Hof hinauf und über den Zaun durch den Obstgarten des Nachbarn weg. »In den Wald!« wie die Familie später sagte. Weg. Aber er kam nicht zurück und brachte keine pelzverbrämten, roten Stiefel aus dem Wald mit, die mußte sie sich viele Jahre später selbst kaufen. In Paris. Als sie schon eine recht berühmte Tänzerin war.

Nach dem Krieg erzählte man Geschichten über den Partisanenkrieg. Über den »heldenhaften Kampf gegen den Faschismus«, wie er genannt wurde. Anderen Kindern war das längst langweilig, aber Daria konnte nie genug davon bekommen. Im Kino wurden in den ersten Friedensjahren vor allem russische und einheimische Kriegs- und Partisanenfilme vorgeführt. Die Partisanen wurden von den schönsten Schauspielern gespielt. Wenn sie die Partisanenhelden auf der großen Leinwand sah, dachte sie: »So war Vater!« Auch später, nachdem sie selbst einige Filme gedreht hatte und genau wußte, wie man so etwas macht und daß die Schauspieler, die die strahlenden Helden spielen, oft ekelhafte Zeitgenossen sind, änderte sich ihre Meinung über ihren Vater nicht, denn die Legende über ihn fügte sich gut in die Zeit, in der sie aufwuchs, in der das Kind zum Mädchen, das Mädchen zur Ballettratte wurde. Oder wurde sie schon als Tänzerin geboren?

Mutter, das Opferlamm

Das Grundstück hinter Opapas Haus nannte man Hof, die Fläche neben und vor dem Haus Garten. Im Garten blühten der Flieder und viele Blumen, auch Rosen. Mutters Name war *Ruža*, das bedeutet Rose. Vom Gebälk der Terrasse hingen Weintrauben. Dahinter lagen Gemüsebeete. Die Obstbäume hatte die Urgroßmutter aus Wien gepflanzt.

Neben dem Brunnen stand eine alte gußeiserne Badewanne mit schwarzer Erde, in der ebenfalls Blumen blühten. Sie war auch von außen mit Blumen bemalt. Fast alle Möbel im Haus waren bemalt, die eisernen, wie das Gestell mit der Waschschüssel und der Kanne, und die hölzernen Schränke und Truhen. Große, gelbe Sonnenblumen auf braunem Holz oder schwarzlackiertem Eisen. Omama hatte eine Schule für Mädchen besucht, in der die, ebenfalls aus Österreich stammende, erste renommierte serbische Malerin, Betta Vukanović, Zeichnen unterrichtet hatte. Daraus wurde kein Hobby, sondern Handwerk. Kunst? Omama arbeitete halbtags in einer Möbelfabrik und bemalte die Waren eigenhändig. Onkel Noah war der Sohn des Fabrikanten, ihren späteren Mann, den Bauunternehmer, kannte sie noch gar nicht. Die Tochter der Wienerin! Auch ein Grund zum Naserümpfen für den anderen Teil der Familie.

Omama verstand sich auch auf die für Serbien ganz neue Batik. Gebatikte Pölster waren gefragt und wurden gut bezahlt.

»Deine Großmutter ist eine große Künstlerin!« sagte der Bauunternehmer stolz, aber Omama winkte nur ab und hustete wegen des Terpentins, der Farben und Öle. Die beiden hatten einander wenig zu sagen. Man lebte wortkarg. Auch das war eine gute Vorbereitung für das Leben als Tänzerin, die auf der Bühne zu schweigen hat. Daria würde später

Operetten und vor allem den Cancan lieben, weil man nicht immer nur so eisern mit einem hochmütigen Gesicht schweigen mußte, sondern kreischen durfte, kreischen!

Mutter saß tagtäglich in einem Korbstuhl im Garten. Außer ihrem schönen Gesicht und dem schwarzen Haar war nicht viel von ihr zu sehen, ihre schmale Gestalt in Decken oder Plaids gehüllt. Fast immer lächelte sie. Außer wenn sie einen Hustenanfall bekam. Davor fürchtete sich Daria und rannte weg, weil es so schrecklich war, nicht helfen zu können. Und schämte sich, weil sie solche Angst hatte und fortlaufen mußte. War sie je zu Mutter gelaufen, hatte sich ihr auf den Schoß gesetzt, ihre Haare gestreichelt, sie getröstet, wenn sie sich das Leben aus dem Leib gehustet hatte?

Mutter litt an Lungentuberkulose. Der Name der Krankheit wurde nur flüsternd erwähnt, als wäre sie eine Schande. Schwindsucht! Wahrscheinlich litt sie auch an ihrem Mann, zumindest Omama sah das so. Mutter nahm alles hin, die Sorge galt vor allem Daria, sie sollte sich, um Himmels willen, nicht anstecken. Deshalb hielt man sie möglichst fern von der Kranken. Daria konnte sich nicht erinnern, auch nur ein einziges Mal von ihrer Mutter zu sich gerufen oder geküßt worden zu sein.

Die Waschschüssel, die stets in Mutters Nähe stand, auch mit gelben und roten Blumen und grünen Blättern bemalt, in der die Reste von Blut nicht zu übersehen waren, versuchte man vor Daria zu verbergen.

Es war ein Augusttag, Insekten summten im Garten, Daria spielte unter dem Kirschbaum. Der war mächtig, alt, einige seiner großen Äste mußten gestützt werden. Ein Ast berührte das Fenster, hinter dem Daria schlief. Besonders im Frühling war es schön, wenn die Blüten den Fensterrahmen füllten, später waren es rote, sehr dunkelrote Früchte. Auf dem Kasten prangten Omamas Sonnenblumen. Am Abend schoben sich langsam Schatten über alle diese Flächen, so daß sie auf seltsame Weise belebt schienen. Daria sah immer alles in Bewegung, auch wenn es eigentlich stillstand.

In der Nacht zuvor hatte im Fensterrahmen das silberne Gesicht des Mondes gestanden. Omama benützte kein Silber. Deshalb war für das Kind dieses kalte Glitzern um so seltsamer und unheimlicher. Was dachte der Mond über sie? Lächelte er milde zerstreut oder war das ein gefährliches Grinsen? Daria fürchtete sich schon als Kind vor diesen allzuhellen Vollmondnächten.

Opapa rief sie auf eine seltsame, stille und doch eindringliche Art, und als sie zu ihm lief, umarmte er sie so fest, daß es weh tat. Seine Stimme klang seltsam rauh, und er flüsterte ihr ins Ohr: »Deine Mutter ist gestorben. Jetzt ist sie erlöst und muß nicht mehr leiden ...« Daria war nicht einmal besonders verwundert und fragte so leise, als könnte lautes Reden Tote stören: »Ist sie jetzt ein Engel?« Opapa nahm sie an der Hand und sagte: »Ja, gewiß, und sie wird dich immer beschützen, jetzt kann sie das, als Kranke konnte sie das nicht so gut, weißt du ...«, und er führte sie ins Haus. Mutter lag im Bett, ihr kleines Gesicht war jetzt ganz blaß, sonst war es vom Fieber sehr rot gewesen, aber es war genauso schön wie früher. »Darf ich sie küssen?« fragte Daria, und Opapa sagte: »Ja, aber nur auf die Stirn, nicht auf den Mund!«

Omama saß auf einem Schemel neben dem Herd und weinte, und erst als sie das sah, begann auch Daria zu weinen, begriff, daß man weinen muß, wenn jemand gestorben ist.

Vater war damals gerade wieder einmal im Gefängnis. Zum Begräbnis brachten ihn zwei Gendarmen nach Hause. Opapa und Vater trugen den Sarg aus dem Haus und hoben ihn auf einen schwarzen Pferdewagen. Die Familie fuhr mit der Straßenbahn voraus. Vater ging allein hinter dem Leichenwagen her. Die beiden Wächter folgten in höflicher Entfernung. Über zwei Stunden lang schritt Vater stumm, trotzig, mit versteinerter Miene, hinter seiner jungen, toten Frau her, und das war sein letzter Liebesbeweis. Nach der Bestattung umarmte er Daria kurz, ohne auch nur ein Wort zu sagen, ließ sich wieder Handschellen anlegen und abführen.

Mutter war die erste Tote, aber danach begannen alle lieben Menschen aus Darias Leben zu verschwinden.

Belgrad wurde bombardiert, aber das betraf ihren Stadtteil nicht, diesmal noch nicht. Sie wurden nur am Ostersonntag von schrecklichem Lärm geweckt. Der Vater ging weg. In den Wald. Er kam nicht mehr zurück und konnte deshalb auch die versprochenen, roten, pelzverbrämten Stiefel nicht mitbringen. Onkel Noah zog zu ihnen. Dann starb Omama während der Besatzungszeit. So still wie ihre Tochter. Auch im eigenen Haus, im eigenen Bett. Vorher erzählte sie noch, daß sie als Kind, ausgestattet mit einer rosa Schürze, in rosa Seidenpapier eingewickelte, nach Rosen duftende Seife vor Kirchen und auf Jahrmärkten hatte verkaufen müssen, weil das ihre Mutter, die Urgroßmutter aus Wien, so gewünscht hatte.

»Bist du denn keine Künstlerin?« fragte Daria, aber Omama vermied eine direkte Antwort. »Ich war immer nur eine werktätige Frau!« Das Wort *werktätig* hörte Daria damals zum ersten Mal. »Ein Künstler ist mein Sohn, dein Onkel Noah!« Und dann fügte Omama noch als philosophisches Fazit ihrer Existenz hinzu: »Das Leben ist schwer ...« Daria konnte sich nicht erinnern, je mehr auf einmal von ihr gehört zu haben.

Ihr ganzes Leben lang würde Daria sich fürchten, jemand, den sie liebhatte, könnte weggehen und nicht mehr zurückkommen, weg sein für immer. Diese Angst sollte sie trotz ihrer scheinbar so wunderbaren, unbekümmerten Fröhlichkeit nie loswerden, nie.

Onkel Noah. Besatzungszeit. Der kopflose Reiter

Das Leben kann man als Fluß sehen, der zum Teil unterirdisch verläuft. Irgendwo taucht er unter, anderswo quillt er mit unerwarteter Stärke wieder aus der Tiefe der Erde hervor. Was fern der Sonne mit dem Strom geschieht, weiß nur er selbst, teilt es aber niemandem mit, oder falls die Sprache seiner Wellen darüber etwas erzählt, ist es vergeblich, denn niemand versteht die Rede des Wassers. Manchmal ist er weg, versickert in einer Steppe, als hätte ihn die brennende Sonne verflucht, oder er hat sich in einen Abgrund gestürzt und erscheint nie wieder über Tage.

Das Leben des surrealistischen Malers Radojica Živanović, genannt Noah, endete so wie ein Fluß, der im Karst plötzlich verschwindet und nie mehr an der Oberfläche auftaucht. Im Vorort, wo er mit Daria wohnte, waren tags zuvor Partisanen und Russen einmarschiert. Überraschenderweise funktionierte das Telefon. Ein eigenes hatten sie zwar nicht, aber im Wirtshaus gab es eines, und von dort verabredete Noah sich mit den in Belgrad verbliebenen Mitgliedern der Gruppe Impossible, mittags die Befreiung im Café Majestic im Zentrum zu feiern. Es war der 20.Oktober 1944, und es war recht kalt, er setzte seine Baskenmütze auf, zog den Regenmantel an und schlang den Schal um seinen langen, dünnen Hals. Dann küßte er Daria und verschwand für immer aus ihrem Leben.

Seine Freunde, die vergebens auf ihn gewartet hatten, erzählten, in der Stadt habe es noch vereinzelt Kämpfe mit versprengten Deutschen gegeben, Noah sei in Siegesfreude neben einem russischen Panzer marschiert, habe von jemandem eine rote Fahne in die Hand gedrückt bekommen, laut gesungen und sei von einer Kugel getroffen worden.

In jenem Teil der Familie, der skeptisch gegenüber den Legenden der neuen Sieger war, hieß es, seine ehemaligen Genossen seien wütend auf Noah gewesen, weil er sich nach 1941 zurückgezogen habe und von der *Bewegung* nichts mehr habe wissen wollen. Einer seiner ehemaligen Kontrahenten als Künstler, der nach der Befreiung mit seiner Grafik zu einem vorläufigen Ruhm gelangt war, sei an der Spitze der einmarschierenden Partisanen gewesen und habe, auch schon deshalb, weil er als *sozialistischer Realist* einen *dekadenten Surrealisten* nicht leiden konnte, gebrüllt: »Du darfst kein rotes Banner tragen, du Feigling!«, und als Noah die Fahne nicht habe hergeben wollen, habe er ihn erschossen. Die Wahrheit erfuhr Daria nie.

Während der Besatzungszeit gab es nichts zu bauen, aber Opapa war ein geschickter Mann, hatte Beziehungen nach allen Seiten hin. Er kam bei der Eisenbahn unter, befehligte einen kleinen Bautrupp. Das bedeutete, er bekam eine Einsenbahneruniform und einen Ausweis, der auch zu nächtlichen Ausgängen berechtigte, hatte die Möglichkeit, Kohlen nach Hause zu bringen und Verbindungen mit den Dörfern der Umgebung zu pflegen, gratis mit der Bahn zu fahren. Ganze Schinken brachte er mit, Gefäße mit Schmalz, Speckseiten, Eier. Bedeuteten Verbindungen zum Land auch Kontakt zum »Wald«?

Im Werkzeugschuppen entdeckte Daria ein neues Faß. Mit Mühe hob sie den Deckel hoch, stark eingefettet lagen da militärische Schnürstiefel. Als sie danach fragte, sagte Opapa mürrisch: »Laß das! Und erzähle niemandem davon! Sonst kann es gefährlich werden, verstehst du?«

Onkel Noah ging manchmal in sein Atelier ins Zentrum. Einmal erzählte er Opapa:

»Ich habe ein Bild verkauft. Ein ekelhaftes Landschaftsbild, so aus dem Bauch gemalt. An eine, die mit einem deutschen Offizier herumläuft … Soll ich mich schämen?«

»Warum solltest du? Du malst, sie hurt, das sind noch zweierlei Dinge …«

»Sind sie das?« fragte Noah nachdenklich. Der Maler kochte, kümmerte sich um Daria, achtete darauf, daß sie sich mit kaltem Wasser wusch, gut abrieb, daß ihr Zimmer gelüftet wurde, zeigte ihr Werke berühmter Künstler in dicken, französischen Büchern. Unter anderem Tänzerinnen, die ein gewisser Degas gemalt hatte.

Die Deutschen hatten Belgrad am Ostersonntag 1941 bombardiert, die Alliierten führten den Luftangriff gegen die Stadt am Ostersonntag 1944. Genau wie die Deutschen an einem Ostersonntag! Es gab mindestens so viele Opfer in der Zivilbevölkerung wie drei Jahre zuvor, als sich Stukas auf die serbische Hauptstadt gestürzt hatten. Keine zweihundert Meter entfernt von Opapas Haus war schon vor dem Krieg das Gelände der Firma Shell gewesen. Die runden Tanks prägten die Silhouette des Stadtteils wie der hohe, aus roten Ziegelsteinen gemauerte Rauchfang der Zuckerfabrik. Das Benzinlager war das Hauptziel, aber ein »Bombenteppich« ging daneben.

Opapa war in der Kirche, Noah, kein gläubiger Mensch, kurz in die Stadt in sein Atelier gegangen. Zu Mittag wollte man zu Tante Maria im nahen Dorf wandern. Als die Sirenen ertönten, war Daria allein. Sie kannte das Heulen, das Gefahr meldete. Man hatte ihr gesagt, sie solle sich bei Alarm noch zusätzlich im Haus irgendwo unterstellen. Folgsam kroch sie unter das große Bett im Schlafzimmer. Da roch es nach Staub, und sie mußte mehrfach niesen. Und deshalb prusten vor Lachen.

Dann wollte die Welt untergehen. Glas splitterte. Die Erde unter ihr erbebte. War das der Tod? Fluchte er mit solcher Gewalt? Als es schon wieder still geworden war, zitterte das Kind noch immer unter dem Bett, bis die Tür aufgerissen wurde und Opapa, verzweifelt »Daria!« schreiend, ins Zimmer stürzte. »Hier, unter dem Bett!« Vor Angst konnte das Kind sich immer noch nicht rühren, der Großvater mußte sie unter dem Bett hervorziehen. Er keuchte, weil es ihm schwergefallen war, sich zu bücken.

Bei ihrem Haus waren nur die Fenster zerbrochen, aber überall um sie herum stieg Rauch auf. An der Stelle, wo das Eckhaus gestanden war, in dem der Fleischhauer seinen Laden gehabt hatte, gähnte ein qualmender Krater. Das Gebäude mit dem Bäckerladen war nur noch ein Trümmerhaufen. Auf der halbverschütteten Straße sammelten sich weinende, schreiende, verzweifelte Menschen. »Dich hat deine Mutter bewahrt! Sie hat als Engel ihre Flügel über unserem Haus ausgebreitet und die Bomben abgefangen!« Opapa drückte Daria sehr fest an sich. »Sie ist dein Schutzengel, seid sie tot ist! Das Haus ist ja für dich!«

Mag sein, daß Mutter als Schutzengel eine gewisse Macht gegen Bomben hatte, aber gegen ihre eigene, ältere Schwester nicht, die verkaufte das Haus gleich nach dem Krieg, nachdem Onkel Noah und Opapa gestorben waren, steckte das meiste Geld in ihr eigenes Haus, und Daria, die unterschreiben mußte, ohne genau zu verstehen, was, bekam eine kleine Summe davon ab, gerade genug für einen neuen Mantel.

In der Nähe befand sich die Pferderennbahn. Es fand gerade ein Training statt. Die Herren deutsche Offiziere wetteten gern. Kinder kamen nach jedem Trab auf die Tribünen und sammelten für ihre Eltern die Zigarettenstummel.

Als die Bomben fielen, riß ein Splitter einem Jockey den Kopf ab, aber der Hengst bemerkte es nicht. Der entsetzliche Lärm des Bombardements hatte das Rassepferd nervös gemacht, es galoppierte mit dem kopflosen Jockey, der die Zügel noch immer krampfhaft in der Hand hielt, weiter.

Endlich kam Onkel Noah aus dem Zentrum angerannt. Sehr lange gingen sie durch zerbombte Straßen, über Wiesen, durch ein Stück Wald, und viele, viele andere Menschen, die aus der Stadt flohen, mit ihnen. Daria war müde und zitterte, ab und zu wurde sie getragen, dann marschierte sie wieder ein Stück allein.

Als sie angekommen waren, sagte Onkel Noah: »Sie steht unter Schock!« Es gab Hühnersuppe, nachdem sie ausgelöffelt war, wurde Daria in die obere Etage getragen und ins Bett gesteckt. Da durfte sie noch ein wenig alleine vor sich hin zittern und weinen, aber von unten klangen beruhigend die Stimmen der Erwachsenen herauf, die miteinander stritten, sich überschlugen, das Ende des Krieges beschworen und die vielen Toten beklagten. Das schläferte sie ein.

Nach Jahrzehnten erst fiel Daria auf, daß sie sich nicht erinnerte, was man am Abend nach der Suppe gegessen hatte. In Serbien war es Sitte, zu Ostern Lamm zu essen, aber sie fand keine Anhaltspunkte dafür. Brathuhn? Möglicherweise hatte die Tante im letzten Kriegsjahr kein Lamm mehr auftreiben können. Fragen, wie es wirklich gewesen war, konnte Daria niemand mehr beantworten. Alle, die an diesem Osterschmaus nach dem Bombenangriff teilgenommen hatten, waren längst tot. Und wie das mit dem Reiter war, der weiterritt, nachdem er den Kopf längst verloren hatte, konnte sie auch nicht mehr überprüfen.

Wußte sie schon, daß Noah tot war, als der russische Offizier an ihrem Haus vorbeiging? Die Tänzerin konnte nicht mehr alle Puzzlesteinchen der Erinnerung zum Ganzen zusammenfügen, aber an den Russen erinnerte sie sich gut. Er war ein schöner Mann, groß, trug einen langen, offenen Militärmantel, und auf einmal dachte das Kind, »Das muß mein Vater sein«, und rannte ihm auf der Straße entgegen. Verdutzt umarmte der Offizier das Kind und Daria fragte:

»Hast du mir die roten Stiefel mitgebracht?«

»Ich? Nein. Wieso?«

Serbisch und Russisch sind ähnlich. Daria verstand den Mann gut. Und er sie auch, als sie verzweifelt feststellte:

»Dann bist du nicht mein Vater!«

Mahlzeit, Schnecken und Schwäne

Fünfzig Jahre später liegt Daria mit ihrem Mann auf einer Wiese am Ufer des Altausseer Sees und klagt:

»Man hat mir als Kind verboten, Süßigkeiten zu essen! Keine Torten, kein Pudding, kein Strudel, kein Schlagobers! Um den Schwan tanzen zu können! Sag etwas! Stell dir das doch, bitte, vor, daß du keine Mehlspeise essen dürftest, weil du sonst nicht fotografieren könntest!«

Peter versteht nicht, wie sie auf dieses wenig naheliegende Thema gekommen ist, und blickt vom Buch über digitale Fotografie auf, dem er wenig abgewinnen kann. Zwei weiße Schwäne schwimmen gemächlich-majestätisch an ihnen vorbei. Daria hat Brotkrumen in der Hand und lockt sie ans Ufer, um vorzuführen, was sie meint.

»Schau, wie grauenhaft sie sind, wenn sie aus dem Wasser kommen. Und wie sie krächzen! Wenn sie auf der Wiese herumwatscheln, sind sie häßlicher als Gänse und Enten. Und unnütz! Ihr Fleisch ist viel zu zäh, um es zu essen, nicht wahr?«

Der Mann sagt nichts. Immer wieder belustigt sie ihn mit ihren plötzlichen Einfällen. Schwäne seien nicht weniger nützlich als die Kunst, hätte er am liebsten erklärt, sie würden für schön gehalten, wenn sie so über das Wasser glitten, daß sollte doch für eine Lebensaufgabe genügen, und eine Tänzerin müsse das verstehen, die sei auch nur auf der Bühne in voller Maske wirklich schön: »In der Garderobe, mit all der Creme im Gesicht und im alten Bademantel, seht ihr ja auch nie so aus wie ...« Aber das will er nicht sagen, sonst macht sie eine weinerliche Grimasse und fragt, ob er sie nicht mehr attraktiv finde und etwa eine Jüngere wolle, und weitergelesen hätte er auch gern.

Auf den Appetit gekommen, nähern sich die Schwäne

Darias Liegestuhl und fordern mehr. Sie schreit erschrocken auf:

»Petruschka, mach etwas!«

Sie hat jetzt Angst vor dem Federvieh, also steht er auf und verscheucht die großen, weißen Schwimmvögel, die sich beleidigt wieder ins Wasser begeben.

»Schwanensee! Der sterbende Schwan ...« Daria läßt nicht locker. »Deshalb habe ich auf alles verzichtet. Um wie ein Schwan zu sein. Und schau dir jetzt meine Vorbilder an, diese abscheulichen Viecher! Wegen ihnen habe ich in meinen besten Jahren hungern müssen.«

»Also, ich verstehe nicht, wieso du dich jetzt auf einmal darüber aufregst, du ißt ja noch immer keine Mehlspeisen und ähnlich Dinge, obwohl ...«

»Obwohl ich nie wieder einen Schwan tanzen werde? Das weiß ich, das mußt du mir nicht auch noch unter die Nase reiben! Und das ist es ja!« erklärt die schillernde Frau, steht auf und wirft sich in Pose. Begehrenswert zu stehen, liegen oder gehen, sich im Kreise zu drehen und sich zeigen ist ein Teil ihrer Natur geworden und wirkt nie gekünstelt. »Man hat es mir abgewöhnt! Heute finde ich es natürlicher, wie ein Astronaut in der Schwerelosigkeit herumzuturnen, als sich auf die Spitzen zu stellen und die eigenen armen Füße und Zehen zu verunstalten. Hörst du mir noch zu, Pjotr?«

Wenn sie streng zu ihm sein will, gebraucht sie die russische Form von Peter, Pjotr, um zärtlich zu sein, Petruschka. Russisch ist für sie die Sprache des Balletts, also ihre Sprache, geblieben, weil sie von russischen Meisterinnen gelernt hat, aber eigentlich ist die Sprache des klassischen Balletts ja französisch. Als Ballettschülerinnen in Belgrad hatten sie auf der Straße oder in der Straßenbahn getan, als plapperten sie französisch: Entrachet, Plié, Sauté, Assemblé, Grand Jeté en tournant, Fouetté, Pirouette!

Daria konnte sich überhaupt nicht mehr an eine Zeit erinnern, in der sie nicht getanzt hatte. Noch als sie ein kleines

Kind gewesen war, hatte man zu ihr gesagt: »Du tanzt wie eine Schneeflocke.« Oder: »Steh doch mal still, du drehst dich ja in einem fort wie ein Kreisel. Du bist wie eine Otter!« Damals wußte sie gar nicht, wie dieses Tier aussah, hatte keine Ahnung von seinem langgestreckten Körper und den kurzen Beinen. Der Spitzname Otter blieb freilich nicht haften, aber der nächste, das Känguruh, blieb ihr zumindest in ihrer eigenen Generation erhalten. Der Wechsel von einem Spitznamen zum anderen hatte mit der Veränderung ihres Körpers zu tun. Ihre Arme und Beine wurden im Vergleich zum Oberkörper immer länger. Es standen ihr für die Fortbewegung eben nicht die Glieder eines Otters, sondern die Läufe eines Känguruhs zur Verfügung.

Das Theaterspielen begann auf dem Hof ihres Hauses. Während der Besatzungszeit war die Schule zu einer deutschen Kaserne umfunktioniert worden. Unterricht wurde in Privathäusern oder im späten Frühjahr und im Frühherbst auf einer Wiese abgehalten. Die Kinder hatten Zeit für alles mögliche.

Hinter dem Haus wurde ein kleiner Hügel zur natürlichen Bühne. Er wurde von zwei Apfelbäumen bewacht, einer trug süße Früchte, der andere saure Äpfel für Mehlspeisen. Zwischen niedrigen Ästen war eine Wäscheleine gespannt, wenn man an ihr zwei Bettlaken befestigte, hatte man einen Vorhang. Daneben stand Vaters Werkzeugschuppen, die Garderobe.

Darias erste Rolle war ein Eisbär. Sie besaß einen kleinen, weißen Pelz, ein Nachbarskind ebenfalls. Sie schlüpfte mit den Beinen in die Ärmel des einen, mit den Händen in die des anderen, ließ sich das Ganze mit einem Strick um den Leib schnüren und hüpfte brummend auf allen vieren herum. Das Publikum, bestehend aus der Familie und einigen Nachbarn, klatschte. Der erste Applaus!

Dann kam sie auf die Idee, den nicht besonders steilen Hang mit gespreizten Beinen hinunterzurutschen, ein Kunststück, das sie gerne vorführte, und sie erklärte dazu: »Ich kann Ballett tanzen.« Viel, viel später sagte ihr Peter, sie sei vermutlich die einzige klassische Tänzerin der Welt, die richtig Cancan tanzen und ihn mit einem zünftigen Spagat beenden könne, wie es die Tradition der Pariser Unterwelt fordere und es in den feierlich inszenierten Operetten der großen Opernhäuser nie gelinge. Das Wort *Ballett* benützte sie zum ersten Mal im Leben im Zusammenhang mit diesem kindlichen Spagat. Sicher brachte ihr Onkel Noah, der Maler, das Wort bei und inszenierte heimlich mit. Er ließ sie selbst finden, wozu er sie inspirierte.

Er zeichnete seine kleine Nichte immer wieder. Mit wenigen Strichen war ein ganzer Wirbel des mageren Körpers angedeutet oder ein hoch, fast bis über den Kopf, geworfenes, unendlich langes Bein, die Vorstufe eines klassischen Battement. War sie als kleines Kind schon so gut, oder half der Onkel nach, stellte sie sich als Ballerina vor? »Wer als Kind nicht unbewußt angefangen hat, Theater zu spielen, bringt es später auf der Bühne nie zu etwas Richtigem!« sagte Daria oft.

Irgendwo im für sie so fernen Stadtzentrum existierte ein Kindertheater, Das Storchentheater. Dort lernten Mädchen aus »guten Familien« tanzen und singen. Freunde des Onkels, Künstler und Dichter aus der surrealistischen Gruppe Impossible, sagten, die Kleine müsse Ballettunterricht bekommen, aber dazu lächelte Noah nur müde.

»Nach dem Krieg werden wir sehen ...«

Nach dem Krieg war er tot, und es gab kein Storchentheater mehr. Es wurde als Einrichtung der besiegten Bourgeoisie betrachtet und aufgelöst.

»Fressen Störche Schnecken?« fragt Daria plötzlich und reißt sich selbst aus den Erinnerungen.

Peter klappt das Buch über digitale Fotografie endgültig zu. Die Frage, ob es sich bei dieser Innovation tatsächlich um ein neues Kapitel der Kunst, Lichtbilder zu erzeugen, oder um einen kleinen, technischen Fortschritt handelt, ist für ihn nur theoretischer Natur, Gegenstand mäßiger Neugierde, hat nichts mit seiner Praxis zu tun, die er nicht verändern wird.

»Wie kommst du darauf? Man sagt immer, Störche fressen Frösche, aber Schnecken … Nun, meinetwegen, warum nicht? Im Augenblick sehe ich nirgendwo einen Storch. Kommen die überhaupt so weit nach oben in die Berge?«

Schon wieder eine Frage rein theoretischer Natur. Aber zu Hause in der Tiefebene, im Banat, hat er einige Storchenfotos geschossen, auf die er stolz ist.

»Soweit ich mich erinnere, ißt du sie nicht gerne?«

»Moment, Schnecken oder Frösche? Ich bin ja kein Storch. Vorurteile habe ich keine und ekeln tu ich mich vor gar nichts, aber ich finde, daß sie keinen besonderen Eigengeschmack haben. Froschschenkel schmecken wie Fleisch von einem Nichts, die taugen höchstens paniert, und bei den Schnecken geht es auch nur um die Tunke … Ein Nichts mit Sauce …«

»Von Onkel Noah habe ich noch als Kind gelernt, Schneckengulasch zu kochen …« Aha, denkt Peter, da sind wir also wieder beim Essen. Ist sie hungrig? »Richtig hungrig waren wir während der Besatzungszeit nie«, Daria sagt es, als spänne sie *seinen* Gedanken fort. »Dann schon eher nach der Befreiung, als er schon tot war …«

»Onkel Noah?«

Frühling nach einem Regen. Onkel Noah nahm seine Staffelei, und Daria durfte den Korb tragen. Sie gingen auf ein freies, nasses Feld. Er breitete seine Pinsel und Farben aus, und das Kind wußte, daß es still sein mußte, aber da war das Wiesenland als unendlich große, blumengeschmückte Spielfläche. Sie suchte Schnecken, sang ihnen ein Lied, in dem sie sie bat, die Fühler auszustrecken. Das Einsammeln der Tiere nannte ihr Onkel »Schnecken pflücken«.

Im Hof durfte sie helfen, ein Indianerfeuer zu entfachen. Die Schnecken wurden auf das Steinpflaster vor die Eingangstür gelegt und mit dem Schlauch gewaschen, ein Kessel über das Feuer gehängt, dann warf der Onkel die Schnecken in das siedende Wasser und bereitete in einer Pfanne Schmalz vor, schnitt Zwiebeln klein. Auf dem Kessel lag ein Deckel, aber Daria hörte das Platzen der Tiere im siedenden Wasser und glaubte, sie weinten. Onkel Noah holte mit einem langen Schöpflöffel die Körper der Schnecken heraus, die Gehäuse schwammen oben auf dem heißen Wasser. Wieder wurden die Schnecken gewaschen, erst mit dem Schlauch, dann in einer Schüssel. Feingeschnitten kamen sie in die Pfanne mit dem Schmalz und den jungen Zwiebeln, und dazu gab es neue Erdäpfel.

»Es war so schön. Alles. So ein ganzer Tag mit der Staffelei auf der Wiese und dem Lagerfeuer am Abend …«

Peter steht endgültig auf:

»Mahlzeit, du mit deinen Schnecken. Ich bin hungrig und freue mich auf das Abendessen, auf die Gefahr hin, daß wir hier keine Schnecken bekommen werden, aber vielleicht gibt es ja frische Saiblinge. Gehen wir vorher noch ins Wasser?«

Kommunistisches College. Das Waisenhaus

Daria hatte sechs verheiratete Tanten und einen verheirateten Onkel, aber als der Krieg zu Ende und ihr Onkel Noah tot war, schickte man sie ins Heim. Nie sagte sie Waisenhaus. In England schickte auch die Königin ihre Söhne in ein Internat. Im sozialistischen Heim gab es saubere, luftige Schlaf- und gekachelte Badezimmer und eine Zentralheizung. Für sie war das Heim, in dem sie aufwuchs, ein kommunistisches College. Eine Erziehungsanstalt für Auserwählte. Kein Waisenhaus wie bei Charles Dickens. Das neue System wollte etwas von den jungen Leute, die hier erzogen wurden. Es gab ernste Instanzen, die sich darum kümmerten. *Draußen* gab es Nahrungsmittel auf Lebensmittelkarten, Schuhe und Kleider kaufen, war in den ersten Jahren nach dem Krieg ein richtiges Abenteuer, die Kinder im Heim aber bekamen alles, was sie brauchten, Orangen und Bananen, Erdnußbutter und Schokolade, Wäsche, Kleider, Schuhe, Schulmittel nach Bedarf. Man konnte der Erzieherin sagen, was man wollte, bekam eine Einweisung für das Magazin und holte es sich einfach.

Die Mädchen wurden zum Stubendienst eingeteilt, trugen dann stolz eine entsprechende rote Binde am Arm, aber für schwere Arbeiten gab es Putzfrauen, man sollte sie kontrollieren und anzeigen, wenn sie nicht ordentlich aufräumten. Für den Garten war ein deutscher Kriegsgefangener abgestellt worden, ein älterer Mann, der auf den Spitznamen Aqua hörte, weil er auch die Aquarien säuberte und die Goldfische betreute, die zur Zierde des Heimes beitrugen. In einem Terrarium rekelte sich eine Riesenschlange, eine Python, wer weiß, wieso man es für richtig hielt, den Garten des Heimes mit dem Reptil auszustatten.

Ihre Abschiebung in das Waisenhaus, Pardon, das Heim,

hatte der Familienrat beschlossen. Die Verwandtschaft hatte Angst, die eigenen Kinder könnten mit Tuberkulose angesteckt werden, aber das gab man nicht zu.

»Bald kommt sie in ein Alter, das für Mädchen gefährlich ist. Wer soll es vor unserem toten Bruder verantworten, wenn sie sich nicht richtig entwickelt? Die beste sozialistische Erziehung bekommt sie im Heim!«

Als Darias Vormund wurde die Großmutter väterlicherseits bestimmt. Die war schon so alt, daß man von ihr nicht fordern konnte, das Kind wirklich zu sich zu nehmen. Sie wartete auf ihren Sohn, der aus dem Krieg zurückkommen sollte. Im Kaffeesatz oder aus Karten ließ sie sich wahrsagen, daß er irgendwo noch lebte. In China oder in Neuseeland? Vielleicht mit einer neuen Familie? Mit neuen Kindern? Früher oder später würde er sich melden. Noch als sie uralt starb, wartete sie auf die Rückkehr des Heldensohnes.

Zu den Erziehungsmethoden im Heim gehörten die Abende der »Kritik und Selbstkritik«. Dann saßen die Mädchen mit den Erzieherinnen zusammen und sollten über sich berichten. Wenn man mit Selbstvorwürfen nicht sparte, konnte man auch die Heimleitung tadeln, wichtiger war es aber, über die anderen alles zu sagen. Sollten sie sich gegenseitig bespitzeln? Die meisten Mädchen mochten diese Gespräche, sie waren ein Nervenkitzel. Vielleicht braucht der Mensch Selbstprüfungen vor einem Publikum. Man sollte Kritik und Selbstkritik nicht als abscheuliche, kommunistische Methode anprangern, sagte Daria. Gruppentherapie für Alkohol- oder Drogenabhängige sind anerkannte therapeutische Maßnahmen. Wer nicht vor vielen anderen Menschen sein Intimstes offenbaren möchte, kennt als Katholik die Beichte, als westlich ausgerichteter, wohlhabender Mensch die Couch des Analytikers. Als einfacher Bürger die Stammtischkameraden.

Die Kinder im Heim waren angehalten zu lesen, einander über ihre Lektüre zu berichten. Sie sangen, tanzten am Abend zu Grammophonmusik. Im Hof spielte man Ball.

Man hatte Sportausrüstungen bekommen, weiße Shirts, blaue Turnhosen. Darias lange Beine kamen in dieser Kluft besonders gut zur Geltung.

Eines Tages erzählte ein um ein Jahr älteres Mädchen, von jedermann die Nadelspitze genannt, daß die staatliche Ballettschule Aufnahmeprüfungen veranstaltete. Welche Voraussetzungen zu erfüllen seien? Das wußte sie nicht. Die Erzieherin, der die beiden Gören, die Nadelspitze und das Känguruh, von ihrer Absicht berichteten, sich zu bewerben, telefonierte, stellte erleichtert fest, daß das eine offizielle, von Staat und Partei abgesegnete Geschichte war, und hatte nichts dagegen:

»Versucht es doch, wenn ihr Lust dazu habt. Die Genossen dort werden euch schon sagen, ob ihr dafür taugt ...«

Daria hatte nicht den Eindruck, aus einem Waisenhaus in die Freiheit aufzubrechen. Eher im Gegenteil, sie verließ ein Märchenschloß, um die traurige Realität kennenzulernen. Sie mußte feststellten, daß es zweierlei Sorten von Menschen gab. Nadelspitze, sie selbst und noch zwei oder drei Jungen und Mädchen waren allein gekommen und hatten keine Ballettkleidung. Die Mehrzahl der kleinen Mädchen war jedoch mit ihren Müttern eingetroffen, so frisch gewaschen, daß man es direkt riechen konnte, mit in Locken gelegten Haaren oder Maschen auf dem Kopf. Und als man die Kinder in den Umkleideraum schickte, stellte sich heraus, daß sie kleine, wunderbar gebügelte Tutus mithatten, einige sogar Spitzenschuhe.

»Was sollen wir machen?« fragte Daria. »Gehen wir!«

»Nicht aufgeben!« sagte die Nadelspitze trotzig. »Wir treten in Unterwäsche auf. Hübscher als diese Rangen sind wir allemal ...«

Einzeln wurden sie in den Saal gerufen. Hinter einem Tisch saßen mehrere Damen und Herren.

»Was willst du uns vortanzen?«

Daria hatte keine Ahnung. Daran hatte sie nicht den geringsten Gedanken verschwendet. Sie schwieg.

»Willst du improvisieren?«

»Was ist das?«

Nach einer Sekunde betretener Stille befahl eine etwas heisere, weibliche Stimme mit russischem Akzent:

»Spielen Sie einen Marsch, bitte! Und du, Liebes, du marschiere einfach im Takt im Kreis herum! So! Jetzt spielen Sie schneller, noch schneller. Wenn du Lust hast, kannst du springen zur Musik, meine Hübsche, ja, springen, hüpfen, so! So! Spring mit hocherhobenen Armen. Und jetzt lächle uns an, während du läufst und springst ...« Daria fühlte sich getragen von der Klaviermusik und vom freundlichen, ermunternden Ton, sie marschierte, hüpfte, lief im Kreis, vergaß, wo sie war und warum sie da war, es war wie in Opapas Hof, wie unter den Augen von Onkel Noah. Als die Pianistin Offenbach spielte und mit entsprechendem Forte beendete, besann sich Daria, das Känguruh, ihrer Übungen auf dem Hang im Garten, sprang und machte einen zünftigen Spagat.

»Natürlich nehmen wir die Kleine!« rief die Stimme mit russischem Akzent. »So, wie die aussehen wird, hat eine Ballerina auszusehen!« Hinter dem Tisch kam eine alte, komische Frau mit gefärbtem Haar, klirrenden Armreifen und Ringen an allen Fingern hervor, umarmte Daria und sagte: »Ich bin die Madame Nina!«

Von Anfang an haperte es mit dem Klavierunterricht. Die kleinen »feinen Fräuleins« konnten schon Klavier spielen und hatten alle ein Instrument zu Hause. Die »Proletarierinnen« kamen in der Schule bei den wenigen Pianos zu selten an die Reihe. Im Heim malte Daria die Klaviatur auf Pappe auf und versuchte so zu üben. Mit den theoretischen Examen hinkte sie nach. Schlimm war, daß sie ins Gymnasium mußte und dort mit Mathematik, Physik und ähnlichem »überflüssigem« Wissen belästigt wurde.

Die Ballettschule war auch hart. Einige der kleinen, feinen Fräuleins mit ihren prächtigen, teuren Ausrüstungen, die während der Besatzungszeit den Unterricht des Storchentheaters genossen hatten, wurden auf gnadenlose Weise beseitigt. Madame Nina ließ ein Mädchen in die Mitte treten, eine Übung wieder und wieder machen und wandte sich dann in gespielter Verzweiflung an die Korepetitorin: »Wieder ein hoffnungsloser Fall! Du kannst gehen, Kind, du darfst uns nicht länger aufhalten ...«

Von Madame in die Mitte geholt zu werden war stets eine gefährliche Prüfung. Auf Darias Kopf klopfte sie so hart mit den großen Ringen herum, daß sie glaubte, er würde platzen. Das Geschimpfe war halb in Russisch, halb in einem seltsamen, kaum verständlichen Serbisch, untermalt mit französischen Kommandos. Aber sehr böse waren die an Daria gerichteten Worte nicht, eher ärgerliche Korrekturen, und manchmal, als müsse sie sich das abringen, murmelte Madame: »Na ja. So geht es vielleicht auch ...«

Jahre vergingen mit »So geht es auch ...«. Als aber Daria einmal schlimme Bauchschmerzen bekam, war es Madame Nina, die sofort ein Taxi bestellte und mit ihr in die Universitätsklinik fuhr. Dort ging sie ohne Anmeldung schnurstracks zum Chef der Chirurgie, einem Generalarzt jüdischer Herkunft, den sie, wie jedermann in Stadt und Land, kannte und duzte. Alles war noch im Aufbruch, und jeder verkehrte mit jedem; Schauspieler, Minister, Maler, Ärzte, Parteifunktionäre, Kaufleute, Professoren und Geheimpolizisten kannten einander, scherzten miteinander, waren überzeugt davon, daß jeder auf seinem Platz – man sagte »dem Platz, auf den mich die Partei gestellt hat ...« – sein Bestes gab. Nina stellte im Chefzimmer der Klinik gleich auch die Diagnose:

»Blinddarm! Ich will, daß du operierst, Genosse General, denn das Mädchen wird eine ganz große Tänzerin, und man darf keine Narbe auf ihrem Bauch sehen!«

Eine ganz große Tänzerin? Daria vergaß den stechenden Schmerz, so etwas hatte Nina noch von keiner Schülerin gesagt.

Der Chirurg lachte, untersuchte das Kind und stellte verwundert fest: »Du hast sogar recht, Nina. Wenn du genug hast von deinem Gehüpfe, kommst du zu mir als Assistentin, ja? Oder soll lieber ich bei dir tanzen? Wegen der Narbe hab keine Sorge, das machen wir schon ...«

Als Frau Nina nach vielen Jahren den Ballettunterricht aufgab, wurde sie keine Arzthelferin, sie promovierte selbst, wenn auch nicht in Medizin, sondern in Kunstgeschichte, über die Darstellung des Tanzes auf alten ägyptischen Vasen, und wurde über hundert Jahre alt. Im Seniorenheim gab sie leichte Gymnastik für Altersgenossen und Genossinnen noch im Rollstuhl.

Als Daria im Gymnasium schlechte Noten in Mathematik und Physik bekam, wurde sie zur Direktorin bestellt, die erklärte, so gehe das nicht weiter, die Tochter eines gefallenen Helden dürfe sich nicht mit unzulänglichen Zeugnissen blamieren, augenscheinlich fielen ihr Ballett *und* Gymnasium zu schwer, man habe überlegt, was am besten sowohl für sie selbst als auch für die Zukunft des Landes und des Sozialismus sei, schließlich müsse man den Aufbau planen, und deshalb werde sie Textiltechnikerin werden. Schöne Stoffe entwerfen sei auch Kunst. Ab sofort sei sie ins Heim nach Paraćin versetzt. Daria bekam einen gebrauchten Lederkoffer, eine Eisenbahnfahrkarte und ein Sandwich und mußte sich verabschieden.

In Paraćin befand sich das Heim für die zukünftigen Textilfachfrauen in der Villa des ehemaligen Fabrikbesitzers Teokarević inmitten eines Rosengartens. Ein kleiner Springbrunnen war auch da. Aber Daria hielt es nicht lange aus. Schon nach zwei Wochen packte sie ihre wenigen Habseligkeiten, verabschiedete sich von niemandem und setzte sich in den erstbesten Zug. Dem Schaffner ging sie geschickt aus dem Weg. In Belgrad lief sie zu Fuß zur Omama und erklärte, Textil interessiere sie nicht, sie werde tanzen! Wenn die Direktion des Heimes sie nicht behalten wolle, werde sie zur Großmutter ziehen. Die Versammlung der Tanten war jedoch strikt dagegen. Da könnte ja jeder kommen und erklären, was er im Leben machen wolle, so werde man den Sozialismus nie aufbauen, man habe sich mit seinen kleinlichen Interessen den Plänen der Gemeinschaft zu fügen.

Daria fügte sich nicht, sondern rannte aufgeregt in die Ballettschule zu Madame Nina.

»Wo bist du, Kind?« fragte die alte Ballerina streng. Daria mußte alles erklären.

»So? Na, dann haben wir ja das Richtige für dich!«

Es gab jetzt ein Gymnasium für Schüler der Musik- und Ballettschule. Da nahm man es mit Fächern wie Mathematik und Physik nicht so genau. Madame Nina bestellte wieder ein Taxi und fuhr mit ihrer Schülerin ins Heim, ging zur Leiterin, ließ sich von der Sekretärin keine Sekunde lang aufhalten und begann sofort herrisch:

»Was wissen sie von Ballett? Nichts? Ich aber weiß von Pädagogik alles! Wir brauchen diese junge Genossin! Theater hat in der sozialistischen Entwicklung absolute Priorität, haben wir uns verstanden?«

Das nahmen auch die Tanten zur Kenntnis, Omama sowieso. Nun war die Verwandtschaft mit einem Mal sogar besorgt. »Warum bist du so mager? Hast du am Ende doch … wie deine arme Mutter, Gott behüte!«

Daria war freilich kerngesund, nur hielt sie sich halbwegs an die strengen Eßregeln, die ihr von der Schule vorgegeben worden waren.

Eines Tages kam Tante Radmila, die Lehrerin, selbst zur Ballettschule und drang in die Stunde vor. Nachdem sie Daria beobachtet hatte, berichtete sie:

»Die schwitzen dort wie die Pferde! Und sie bekommen dieselben Lebensmittelkarten wie Schwerarbeiter und noch eine besondere Milchzuteilung!«

Das war das entscheidende Argument, weil es bedeutete, daß Staat und Partei es mit den Ballettschülern ernst meinten. Darias Weg war endlich sowohl von der Familie als auch von der Gesellschaft anerkannt. Ihr eigener Weg. Als Kind hatte sie den Kommunismus so begriffen: Eine alte Russin kommt, führt dich zum Chefchirurgen und erkämpft den notwendigen Raum für deine Träume.

Aufbruch

Erster Mai in Glied und Reih

Ihre erste Begegnung führte noch nicht zu einer Bekanntschaft und ist doch gut dokumentiert; Peter fand den überraschenden Beweis Jahrzehnte später, als er seine ältesten Papiere ordnete. Es war ein schon leicht vergilbtes, schwarzweißes Foto, das Negativ blieb unauffindbar. Das Bild zeigt einen mit Blumen geschmückten Lastkraftwagen auf dem Belgrader Boulevard der Revolution mit einem Dutzend junger Mädchen in sehr kurzen Röcken in Ballettposen. In der Mitte, mit langen, besonders wohlgeformten Beinen, kurzem Haar, das Lächeln auf ein fast unfertig zu nennendes Gesichtchen aufgesetzt, aber durchaus erkennbar, Daria. Eine kaum leserliche Schrift mit Bleistift auf der Rückseite: *Parade zum Ersten Mai 1949.*

In Titos Jugoslawien waren der 1. und der 2. Mai Staatsfeiertage. Der erste der beiden Tage war Umzügen und der Feier der Bewegung gewidmet. Als Höhepunkt fand ein Defilee vor der Tribüne statt, auf der Tito, das Politbüro der KP und sonstige Würdenträger standen, um die Grüße der vorbeiziehenden Menschenmenge entgegenzunehmen. Jeder Betrieb, jede Schule, jeder Stadtteil der Hauptstadt wollte gut abschneiden, man ließ sich originelle Uniformierungen und Maskierungen einfallen, baute auf Zugfahrzeugen kleine Bühnenbilder auf, die die Tätigkeit der entsprechenden Gruppe, Fabrik oder Schule symbolisieren sollten. An der Spitze marschierten die Armee, Infanterie, Kavallerie, motorisierte Truppen, Artillerie, Panzer, Matrosen, Polizei und Feuerwehrmänner, darüber dröhnten Kriegsflugzeuge.

Den Umzug zu gestalten war ein organisatorisches Gesamtkunstwerk. Um zehn Uhr erschien der Staats- und Parteichef auf der Tribüne, bis zwölf sollte der Aufzug beendet sein. Um das zu bewerkstelligen, wurde tagelang geprobt, und am Ersten Mai mußten die Züge, die in die feierliche Kolonne zusammenflossen, viel früher, schon ab fünf Uhr, auf ihren Startplätzen in allen möglichen Nebenstraßen der großen Prachtallee aufgestellt sein, Boten liefen auf und ab, um alles zu prüfen und dem Stab der Maidemonstration mitzuteilen, wer wo war und wie aussah. Schlechtausgerüstete Fahrzeuge oder aus lauter Vorfreude besoffene Verbände konnten noch ausgesondert werden. Der Morgen des ersten Maitages verwandelte sich in ein langes, ödes Warten.

Peter ärgerte sich. Er behauptete manchmal, er habe angefangen zu fotografieren, um nie in Reih und Glied marschieren, sondern immer »nebenherlaufen« zu können. Vielleicht war es die Grundlage seiner Lebenskunst, nicht allzusehr anzuecken und doch seinen eigenen Willen durchzusetzen, so zu tun, als wäre er konformistisch, aber immer und zu jeder Zeit, seine Freiheit zu bewahren. »Reih und Glied, Glied und Reih, ich bin aber nicht dabei«, reimte er gutgelaunt.

Zum ersten Mal war ihm das als Gymnasiast eingefallen. An einem Sonntag war die Schule aufgerufen, freiwillig am Bau eines Dammes am Donauufer in Novi Sad teilzunehmen, weil Hochwasser drohte. Freiwillige Arbeitseinsätze, auch Arbeitsaktionen genannt, waren beliebt. Nicht *freiwillig* teilzunehmen, konnte sich unangenehm auf die Zeugnisse oder das persönliche Fortkommen auswirken.

Peter hatte einen, wie er meinte, gesunden Widerwillen gegen mit Schweiß und physischen Anstrengungen verbundene Tätigkeiten. Er war auch nie Sportler gewesen, möglichst nie aktiver Teilnehmer am Geschehen, sondern Beobachter, Augenzeuge. Obwohl erst siebzehnjährig, hatte er keine Lust, sich mit Schaufel und Spaten der drohenden Naturkatastrophe entgegenzustemmen, und da er eine Klappkamera der Marke Kodak besaß, fragte er den zum Kommandanten der Arbeitsaktion ernannten Russischlehrer, ob er sich nicht als Fotoreporter betätigen dürfe. Der gab gerne seine Einwilligung, und anstatt zu schaufeln und zu graben, schlenderte Peter um seine fleißig schwitzenden Kameraden herum, um sie in bestmöglicher Haltung abzulichten. Die einen ärgerten sich, die anderen warfen sich vor ihm in Pose, um Modell zu stehen. Die Fotos gelangen so gut, daß der Lehrer zwei davon bei der Jugendzeitung »Junger Kämpfer« einreichte. Es wurden Peters erste veröffentlichte Arbeiten, und sie bestimmten seine weitere Laufbahn, denn von diesem Tage an wollte man ihn immer dabeihaben, um die Ereignisse zu verewigen. Offiziell und privat. Lehrer und Jugendfunktionäre, während er seinen Wehrdienst absolvierte, die Offiziere, und später die Politiker von Rang waren stets freundlich zu Peter. Jedermann wollte vorteilhaft abgelichtet werden und seine Bilder in den Zeitungen sehen.

»So kann Faulheit zur Tugend werden«, erklärte der Meisterfotograf. »Wer weiß, was aus mir geworden wäre, wenn ich damals nicht zu faul gewesen wäre, um zu schaufeln!«

Sein Beruf half ihm auch, am Umzug zu Ehren des Ersten Mai teilnehmen zu können, ohne so früh aufstehen zu müssen wie die anderen. Er war keiner Marschkolonne zugeteilt, hatte einen Presseausweis und brauchte nicht vor halb zehn zu erscheinen. Als er durch den warmen Frühlingstag an den schon stundenlang wartenden und entsprechend müden Teilnehmern der Parade vorbeispazierte, fühlte er sich wunderbar. Und so kam es zum Zusammentreffen seines Blickes mit Darias Tänzerinnenbeinen, lange bevor sie sich von Angesicht zu Angesicht begegnen sollten. Neben dem Lastwagen mit der Ballettschule lief er besonders lange her, aber er hob die Augen nicht von den Waden der Mädchen, und so kam es noch zu keinem Kontakt zwischen den damals so jungen Menschen.

Im folgenden Jahr wurde Peter Ende März eingeladen, an einer Sitzung des Organisationskomitees für die Maiparade teilzunehmen. Das sollte eine große Ehre für den jungen Genossen sein. Als einer der ersten ergriff er das Wort und schlug vor, die Demonstration abzuschaffen:

»Es ist doch das Fest der Arbeiter, nicht wahr? Dann

sollten sie sich aber nicht in einem Aufmarsch abquälen, sondern sich amüsieren. Eventuell sollten ihre Führer an ihnen vorbeiziehen, das wäre etwas Neues! Gegen Ausflüge ins Freie habe ich nichts, aber wirklich nur freiwillig! Und was die Armee angeht, falls die unbedingt marschieren muß, sollte sie es am 9. Mai tun, am Jahrestag des Sieges ...«

Niemand reagierte auf diesen unerhört frechen Vorschlag, man überhörte ihn einfach, Peter wurde zu den nächsten Besprechungen nicht mehr eingeladen.

»Aber geschadet hat mir das nicht!« beteuert Peter stolz, als er Daria erzählt, daß er so früh gegen eine seiner Meinung nach stalinistische Sitte protestierte.

»Wir haben das nie als Belastung empfunden«, erklärt Daria. »Du hast schon damals, wie später so oft, über das Ziel hinausgeschossen ...« In der Ballettschule sei es für die Schülerinnen eine Ehre gewesen, eine gute Position auf dem Wagen der Anstalt zu bekommen, von den über hundert Elevinnen hatte bloß ein Dutzend Platz. Die Lehrerinnen und Lehrer schlugen die hübschesten vor, und die Direktrice wählte gemeinsam mit Madame Nina aus. »Das war eine Auszeichnung, du! Die Mädchen, die nicht mitdurften, haben geweint ...«

»Aber das verstehe ich nicht, das ist doch so, wie soll ich es nennen, so sowjetisch gewesen ...«

»Nein! Denk an die Karnevalsaufzüge in katholischen Ländern, besonders in Rio de Janeiro! Gott, dort war ich leider nie! Oder an die Aufzüge in Amerika zum Nationalfeiertag! So etwas braucht der Mensch! Und nach der Parade bin ich zu einer meiner Tanten gegangen, die ganze Familie hat sich versammelt, wir haben Spanferkel gegessen und gebratenes Lamm. Und Torte! Kinder aus dem Heim, die keine Verwandtschaft in Belgrad hatten, wurden auch alle irgendwohin eingeladen. Alles war so wunderschön, Peter, wie kannst du nur immer an allem herumnörgeln? Es war zuerst auf den Straßen eine Feier für alle und dann ein Familienfest, eine Begrüßung des Frühlings!«

Daria findet in ihrer Vergangenheit immer gute Erinnerungen. Und an dem Schlimmen, das ihr widerfahren ist, war immer irgend jemand, der sehr fern war, schuld. Ihre Jugend und die erste Nachkriegszeit bleiben verklärt. Ist nicht wirklich alles so wunderschön gewesen?

Staub und Schminke

Ein Regisseur hatte Madame Nina gebeten, sechs junge Damen auszuwählen, die im Jugoslawischen Schauspielhaus, dem neugegründeten Theater, wo man die besten Schauspieler des ganzen Landes engagiert hatte, in Molières »Der Bürger als Edelmann« Hofdamen und Zofen tanzen und Dekorationsstücke des Bühnenbildes bewegen sollten. Die *Damen* waren sechzehn Jahre alt, Daria eine von ihnen. Madame Nina choreographierte selbst, obwohl es nur eine kleine Einlage in einer Komödie war, und hatte natürlich ihre Lieblingsschülerinnen genommen.

Die sechs Mädchen bekamen zum ersten Mal eine eigene Garderobe mit Sofa, Sessel und grellbeleuchteten Schminkspiegeln, durften im Buffet neben berühmten Schauspielern, die ihnen witzige und anzügliche Worte zuwarfen und im Vorbeigehen in den Hintern kniffen, Obstsaft trinken und Sandwiches knabbern. Als Daria zum ersten Mal von der Garderobe die bequeme Treppe hinunterstieg und sich auf dem letzten Treppenabsatz im gewaltigen, goldgerahmten Spiegel sah, für die Bühne geschminkt, im Kostüm und mit weißer Perücke, unter der ihre Stupsnase besonders gut zur Geltung kam, blieb sie andächtig stehen. Sie betrachtete sich selbst entzückt, als wäre ihr ein Engel erschienen.

Das war nun das Leben. Dieses leichte Odeur von Staub vermischt mit dem Geruch von Schminke und Mastix, wenn man hinter den Versatzstücken stand und auf seinen Auftritt wartete, dieses Licht, das sich so schnell veränderte, wenn vor den Proben die Scheinwerfer an den Zügen hinaufgezogen oder tiefer heruntergefahren wurden, die Spannung, wenn man leicht zitternd auf der Seitenbühne stand und auf den Augenblick wartete, in dem man vor das Publikum trat, und den Höhepunkt, den Applaus, den man erleichtert, Hand in Hand mit den anderen Mitspielenden, voll im strahlenden Licht, vor diesem vielhundertköpfigen Ungetüm, das so gnädig oder schonungslos vernichtend sein konnte, dem Publikum, entgegennahm, und die Verbeugungen erlebte sie hier zum ersten Mal.

In derselben ersten Saison ihres Theaterlebens durfte sie auch in der Oper »Die lustigen Weiber von Windsor« als »Fliege« herumschwirren, und der berühmte Baßbariton, der den Falstaff sang, fragte so hinter ihr her, daß sie es hören mußte:

»Wer ist dieses ausnehmend hübsche Ding?«

Nicht ganz so wichtig, aber ebenfalls nicht unbedeutend, war, daß sie zum ersten Mal Geld verdiente. Ihr schien es damals mehr zu sein als alle Gagen, die sie später bekommen würde. Die Honorare wurden in bar ausgezahlt. An jedem Ersten im Monat, ging sie vormittags zwischen zwei Schulstunden erst in das eine, dann in das andere Theater, holte sich ihr Geld ab und eilte in die Konditorei, Indianerschnitten und Schaumrollen für ihre ganze Klasse zu kaufen. Als sie einmal mit schlagobersverschmiertem Mund mit den Freundinnen auf dem Gang der Schule stand, kam Madame Nina vorbei, nahm Darias Gesicht zwischen ihre alten Hände, klopfte ihr schmerzvoll mit einem der großen Ringe auf den Kopf und schrie: »Was fällt dir ein! Willst du deine Kolleginnen mästen, damit sie fett werden und keine Konkurrenz mehr für dich sind? Ballerinas essen keine Mehlspeisen!«

Daria wohnte noch immer im Heim, aber als Ballettschülerin und jetzt schon *älteres* Mädchen von sechzehn Jahren durfte sie ein und aus gehen, wie sie wollte. Das Heim wurde zu einer angenehmen Pension. Sie schlief dort, erhielt täglich drei Mahlzeiten, wenn sie Zeit hatte rechtzeitig da zu sein, Wäsche, Kleidung. Und die Familie war, seit sie so sicher auf den eigenen hübschen Beinen stand, freundlicher. Daria konnte Stoffe und Seide kaufen und für sich nähen lassen. In der Stadt wurden staatlich geführte Geschäfte eröffnet, die sich »Kommission« nannten. Dort gab es ausländischen Ramsch, an den Privatleute irgendwie gekommen waren und den sie abgeben wollten, zu kaufen. Auch Textilwaren. Dann aber kam der Tag, an dem die Leiterin des Heimes Daria zu sich rief, erst ein wenig hüstelte, um dann zu sagen: »Ach, setz dich doch, bitte!« Sonst waren Mitteilungen der Heimleiterin stehend entgegenzunehmen. »Vor allem möchte ich dir gratulieren, ich höre, du stehst vor einem glänzenden Abschluß …«

»In Klavier bin ich immer noch schwach …«, wiegelte Daria ab.

»Du hast eine vielversprechende Laufbahn in unserem sozialistischen Theaterleben vor dir, und unser Heim freut sich, zu deinen bisherigen und zukünftigen Erfolgen beigetragen zu haben …«

»Ich verstehe!« sagte die junge Ballerina. Sie durfte Bettwäsche und zwei Decken mitnehmen, es wurde ihr angeboten, sich aus dem Magazin des Heimes noch Kleidung zu holen, aber das lehnte Daria ab. Schwerbeladen mit ihren Sachen, mußte sie dreimal mit der Straßenbahn zwischen dem Heim und Omamas Wohnung im Stadtzentrum hin- und herfahren. Taxis gab es schon in Belgrad, aber noch nie im Leben hatte sie sich eines geleistet. Es fiel ihr nicht ein, daß sie ihren Umzug mit wenig Geld viel bequemer hätte organisieren können.

Omamas Bleibe in der Nušić-Straße, wo Daria einzog, gehörte zu einer Achtzimmerwohnung eines vormals reichen, vom neuen Regime aber enteigneten Kaufmanns. Die Hälfte seiner Wohnung hatte er abtreten müssen. Wohnraum wurde staatlich verwaltet.

Nachdem die Deutschen 1941 in Belgrad einmarschiert waren, ging es ihrem Hausherrn, nein, Nachbarn, denn sie waren ja gleichberechtigt, weiterhin gut. Er hatte Warenreserven. Die Herren Offiziere waren gute Kunden. Bedauernswerterweise wurden jüdische Kollegen »eingelagert«. So nannte man das. Was mit ihnen geschah, wollte man lieber nicht wissen. Jedenfalls konnte Hitlers Statthalter in Belgrad, Gruppenführer Harald Turner, stolz nach Berlin melden, Serbien sei das bisher »einzige Land, in dem Judenfrage und Zigeunerfrage gelöst seien«. Der bevollmächtigte deutsche General, Franz Böhme, der bis zum März 1938 Chef des österreichischen militärischen Nachrichtendienstes gewesen war und deshalb als Kenner des Balkans galt, hatte den serbischen Ministerpräsidenten, Milan Nedić, wissen lassen, er würde gegen Juden »schärfste Maßnahmen« ergreifen, nämlich, sie umbringen lassen, und der Ministerpräsident könne vorübergehend zurücktreten. Nedić jedoch, der sich den »serbischen Petain« nannte, meinte, das »Vorgehen« gegen die Juden betrachte er durchaus auch als eine »seiner Hauptaufgaben«.

Daria trug zum Unterhalt des Haushalts bei. Omama kochte. Als sie hörte, für junge Tänzerinnen sei Pferdefleisch das beste, gab es oft Lungenbraten vom Pferd mit Erdäpfelsalat oder Suppe aus Pferdefleisch mit hausgemachten Nudeln. Das gab Kraft, ohne dick zu machen. Madame Nina kontrollierte einmal wöchentlich das Gewicht ihrer Schülerinnen, wenn ein Mädchen zugenommen hatte, brüllte sie:

»Du solltest Köchin werden und heiraten, zu einer Ballerina hast du nicht das Zeug!«

In den zehn Jahren seit der Vertreibung der deutschen Besatzungsmacht hatte sich Belgrad gewaltig verändert. Auf vielen Wänden stand noch immer mit weißer oder roter Farbe: ПРОВЕРЕНО, МИН ЊЕТ! Russische Pioniere hatten die Minen geräumt und ihren Befund, das Haus sei minenfrei, an die Wand geschrieben.

Die Straßenbahn wurde aus dem Zentrum verbannt, und dafür wurden lustige, rot-gelb gefärbte Trolleybusse aus Rußland eingeführt. Eine enorme Bautätigkeit begann sowohl im Stadtkern als auch an den Rändern der Stadt. Die Sumpffläche, die sich am linken Ufer des Saweflusses in Richtung des zur Belgrader Vorstadt gewordenen, einst österreichischen Zemun – Semlin – erstreckte, wurde zu Neu-Belgrad, einer unschönen, aus Fertigteilen errichteten Schlafstadt.

Die neue Bevölkerung prägte das Bild der Hauptstadt. Tonangebend zogen die Partisanen ein, die Kämpfer »aus dem Wald«. Sie brachten ihre Sitten und Unsitten mit, beschlagnahmten Häuser und Wohnungen, waren laut und glücklich. Manchmal sehr laut und schäumend überglücklich. Erschrocken verkrochen sich die alten Bürger. Aber die »Neuen« begannen sich anzupassen. Ständig hielt ihnen ihre Partei Lenins Auftrag: »Lernen, lernen, lernen!«, vor Augen. Dazu kursierte der Witz: »Marx, Engels und Lenin reden darüber, ob Polygamie oder Bigamie besser ist. ›Was gibt es darüber nachzudenken‹, sagt Engels, ›ich bin dafür, daß man für die körperlichen Bedürfnisse eine Geliebte hat und fertig.‹ ›Nein‹, widerspricht Marx, ›der Mensch braucht Frau und Kinder, die Familie ist die Grundlage der Gesellschaft.‹ ›Nein, nein‹, wendet Lenin ein, ›man soll sowohl eine Ehegattin als auch eine Mätresse haben.‹ Und auf die verwunderten Blicke der beiden Klassiker erklärt er, ›Dann denkt deine Frau, du bist bei der Geliebten, und die Geliebte, du bist bei der Gattin, und du kannst in Ruhe lernen, lernen, lernen …‹.« Nicht die ehemaligen Partisanen machten die Bürger zu Proletariern, sondern sie selbst waren bestrebt, so schnell wie möglich Bürger zu werden. Sie richteten es sich in ihren neuen Bleiben gemütlich ein, lernten Empire von Biedermeier zu unterscheiden, fragten nach Büchern und Bildern und nahmen die Phrasen von der neuen Welt, die sie schaffen sollten, ernst.

Der Chef des Balletts des Nationaltheaters, zu dem auch die Oper gehörte, sagte zu Daria: »Ich mag dich. Willst du bei uns vortanzen?«

»Natürlich! Wann?« antwortete sie strahlend.

»Ich muß dich leider auf etwas aufmerksam machen. Ich habe keine einzige freie Planstelle. Ich kann dir nichts bezahlen. Du wärst Praktikantin. Dann kannst du bei uns beim

Training mitmachen, und ich kann dich manchmal einsetzen, aber ein festes Engagement gibt es vielleicht erst in ein bis zwei Jahren ...«

Das bedeutete, daß die kleinen Fräuleins, die mit ihren Müttern, Tutus, Locken und einem Bösendorfer oder Steinway zu Hause vor acht Jahren in die Ballettschule aufgenommen worden waren und durchgehalten hatten, wieder im Vorteil waren. Ihre Eltern würden sie weiterfüttern, für Kleider, Schuhe, Strümpfe und Taschengeld aufkommen. Daria biß die Zähne zusammen und weinte erst, nachdem sie sich vom freundlichen, aber im Grunde gleichgültigen Chef verabschiedet hatte. Am nächsten Tag lief sie zu Madame Nina und erzählte ihr von dem Erlebnis. Die alte Tänzerin machte nur eine ihrer großartigen Handbewegungen:

»Ich bringe dich unter. Ich habe an dich und Sonja gedacht. Ihr werdet viel mehr tanzen als die Mädchen, die jetzt an der Oper aufgenommen werden. Und dann wird für euch eines Tages das große Portal sperrangelweit geöffnet, dann werdet ihr nicht durch den Nebeneingang als Praktikantinnen hineinschleichen müssen ...«

Sie meinte das neue Theater, das Operetten, Musicals und Komödien auf dem Spielplan hatte. Es befand sich im Zentrum der Stadt auf dem Hauptplatz Terazije. »Außerdem, dort muß man hübsch sein, vorn an der Rampe stehen und etwas herzeigen, du wirst nicht irgendwo in der dritten Reihe des Chors hinter häßlichen, dicklichen Mädchen verschwinden. Man wird dich sehen, Kind! Das ist am Anfang das Wichtigste!«

Madame Nina war mit dem Ballett in der Oper auch sonst ganz und gar nicht einverstanden. Schon weil nicht sie die Chefin war.

So gingen Sonja, genannt Sonjetschka, ebenfalls eine Russin, deren Eltern es nach der Revolution nach Jugoslawien verschlagen hatte, technisch die beste Tänzerin der Klasse, aber mit einem zu kurzen Hals und zu großen Brüsten geschlagen, und Daria halb traurig, halb neugierig, sich dem Direktor des Terazijetheaters vorstellen. Sein Spitzname war Hasilein. Er nahm sie ohne Vortanzen sofort unter Vertrag, Madame Ninas Empfehlung genügte.

Auch er sprach von ihr als »Madame Nina«. Das fiel Daria in seinem Büro zum ersten Mal auf. Jedermann wurde mit Genosse, Genossin angeredet, aber niemandem wäre es eingefallen, *Genossin Nina* zu sagen. Übrigens hatte sie ihren Schülerinnen immer wieder gesagt: »Ihr seid Damen! In Paris ist die jüngste Tänzerin gleich *Madame*, nicht wie in Hollywood, wo eine sechsmal geschiedene Achtzigjährige noch Anspruch auf die Anrede *Miß* erhebt ...«

Daria und Sonja probten gleich für Schuberts »Dreimäderlhaus«. Das gesamte weibliche Ballett mußte mit einer einzigen großen Garderobe vorliebnehmen. Es gab schmale Pulte, wackelige Stühle und nicht genügend Duschen und Toiletten. Zur Bühne führte eine enge, eiserne Wendeltreppe hinunter. »Wie in einem U-Boot«, erklärte ein Schauspieler. Nach den kurzen Gastspielen in den beiden großen Theatern der Stadt war es für Daria eine herbe Enttäuschung.

Aber als sie ihr wunderbares Kostüm bekam, die erste Probe mit dem ganzen Orchester stattfand, um sie herum die Sänger, Choristen und Tänzer agierten, der Vorhang hinauf- und herunterrauschte, und vor allem, als sie wieder den Geruch des Staubes zwischen den Versatzstücken und der Schminke auf den schwitzenden Gesichtern einatmete, als sich endlich, nach der Premiere, das Publikum mit brausendem, ausgiebigem Applaus bedankte und sie mit allen anderen Darstellern ihre Reverenzen machte, war sie so glücklich, als wäre sie nach einer langen, weiten Reise heimgekommen.

Was essen Dichter zu Abend?

Nachdem Titos Partisanen gesiegt, Stadt und Land, Belgrad und Jugoslawien, erobert hatten, schickten sie sich an, eine neue Ordnung zu etablieren. Unendlich vieles galt es zu übernehmen und neuzugestalten, mannigfaltige Aufgaben mußte man erkennen und sich daranmachen, sie zu lösen. Gegen alle, die früher irgend etwas verwaltet hatten und dementsprechend Erfahrung besaßen, herrschte tiefes Mißtrauen. Aber man war voller Lebenslust, glaubte felsenfest an die heilspendenden Lehren der Leuchten des wissenschaftlichen Sozialismus und schielte erst einmal in Richtung Sowjetunion, wo sie ja eigentlich gelernt haben sollten, wie man die Dinge anging.

Abgesehen davon, welche Ministerien man überhaupt einrichten und wo welches untergebracht werden sollte, nebenbei, wer von den Genossen fähig war, Minister zu sein, stellten sich alle nur erdenklichen Fragen der Wirtschaft, der Finanzen, einfach des Lebens. Städte kamen nicht aus ohne elektrischen Strom und Heizung, die Menschen brauchten etwas zu essen und Kleidung. Wie einfach war doch alles an der Front gewesen, als man die Kämpfer antreten ließ und fragte, was sie benötigten:

»Gewehre? Munition? Feste Schuhe? Wunderbar! Heute nacht machen wir einen Großangriff, dann könnt ihr euch alles vom Feind holen!«

Feinde gab es glücklicherweise noch immer. Die Bourgeoisie! Die Gegner jeglichen Fortschritts! Von denen konnte man sich immer noch nehmen, was man brauchte. Aber das Verteilen machte Sorgen.

Da war, zum Beispiel, das schöne, einstöckige Haus gleich unterhalb des Nationaltheaters, in der Francuska ulica Nummer 7. Vor dem Ersten Weltkrieg, im Königreich

Serbien, war hier die türkische Botschaft untergebracht gewesen, zwischen den beiden Weltkriegen der hochherrschaftliche Autoclub unter der Schirmherrschaft der Königin Maria, wo auch ihre Majestät mitunter geruhten, Karten zu spielen, während der Besatzungszeit das Kommando der deutschen Geheimen Staatspolizei.

Als erster warf der neugegründete Verband für Automobil- und Motorsport einen begehrlichen Blick auf den schönen Bau. Aber der Chefideologe, Milovan Djilas, hatte eine bessere Idee: Hierher ins Stadtzentrum gehörten die Schriftsteller, die »Ingenieure der menschlichen Seele«, wie Genosse Stalin sie nannte. Ein mäßig begabter Literat, aber langjähriger Kommunist, Čedomir Minderović, wurde beauftragt, einen Schriftstellerverband aus dem Boden zu stampfen und mit ihm hier einzuziehen.

Weit wichtiger war es freilich, ein Zentrum für Kernspaltung zu errichten, man glaubte Atomenergie, vielleicht auch Kernwaffen, zu brauchen. Dafür war Innenminister Aleksandar Ranković, der zweite Mann nach Tito, ein ehemaliger Schneider für Bauernkleidung, zuständig. Und für dieses Gebiet hatte die Partei einen Mann, der mehr von seiner Aufgabe verstand als der gute Minderović von Literatenorganisationen. Pavle Savić war in Paris Assistent von Monsieur Joliot und Madame Joliot-Curie gewesen, als sie den Nobelpreis für die Entdeckung der größten Gefährdung der Menschheit erhalten hatten. Savić war nicht nur ein vielseitiger Gelehrter, sondern hatte in Paris für Spanienkämpfer Ausweise gefälscht und während des Partisanenkrieges Funkstationen gebastelt, mit denen Tito Kontakt zu Moskau unterhielt und Befehle an seine Einheiten übermittelte. Ihn zog es östlich von Belgrad an die Donau zum idyllischen Ort Vinča, und er brauchte nicht nur Apparate, Instrumente und einen Reaktor, sondern auch schöne Möbel für seine Büros. Die wollte Minderović auch. Mit dem Beschlagnahmen von Hausrat wollten sich die beiden nicht abgeben, für sie sollte nach Maß getischlert werden. Unter den deutschen

Kriegsgefangenen befanden sich Handwerker, auch Tischler und Tapezierer, die man zusammengezogen hatte, um das Innenministerium einzurichten. So bekamen das Innenministerium, das Institut für Kernspaltung und der Schriftstellerverband die gleichen wunderschönen, schweren und unpraktischen Schreibtische, Bücherschränke und Fauteuils. Im Schriftstellerverband und im Institut für Kerntechnik stehen sie noch heute und sehen trotz der Jahrzehnte, die über sie hinweggegangen sind, und der menschlichen Hinterteile, die auf ihnen gesessen sind, oder Ellbogen, die sich auf sie gelümmelt haben, aus wie neu. Im Innenministerium verbrannten sie im Frühjahr 1999, nachdem dort eine NATO-Rakete eingeschlagen hatte.

Der Partisanenkommandant Tschitscha, der Onkel, wurde so genannt, weil er schon siebenundzwanzig Jahre alt war. Für die meisten seiner Soldaten fast schon ein Greis. Auf den Ärmeln seiner Soldatenbluse waren zwei goldene Streifen und zwei goldene Sterne aufgenäht, das bedeutete, daß er Oberstleutnant war. Goldene? Sie waren verblichen und schmutziggelb. Nachdem er Belgrad mitbefreit hatte, wurde er zum Obersten befördert und bekam einen dritten Stern für jeden Ärmel, aber strahlend leuchtende, die dadurch die Blässe der abgewetzten, alten noch mehr betonten. Anfangs schlief er mit seinen Männern gemeinsam in einem Schlafsaal der ehemaligen Gardekaserne, bekam aber als Rangältester ein Bett am Fenster. Später hieß es, er solle sich doch lieber eine Extrakammer nehmen, was er einsah, denn die jungen Soldaten waren in seiner Anwesenheit befangen. Er hatte dort ein eisernes Bett, Tisch und Stuhl und einen fast leeren Schrank. Uniform und Wäsche, Zahnbürste und Seife bekam er vom Intendanten, Mittag- und Abendessen nahm er gemeinsam mit seinem Regiment ein. Es gab noch keine großen Unterschiede zwischen dem Partisanenoberst und dem Waisenkind, das Ballettschülerin werden wollte.

Dann kam der Befehl, in der Kaserne dürften die Zimmer nicht mehr zweckentfremdet werden. Man teilte ihm eine Wohnung zu. Er lieh sich einen Jeep und fuhr in sein Heimatdorf, holte sich von seiner Familie zwei Seiten Speck, geräuchertes Rindfleisch, einen Sack Erdäpfel und eine Fünfliterflasche Slibowitz, um nicht auch an Sonn- und Feiertagen in die Kaserne essen gehen zu müßen.

Überrascht war er, als er einige Monate nach dem Sieg rückwirkend für sechs Monate Sold ausgezahlt bekam. Sehr viel Geld.

»Genossen, wir haben doch nicht für Geld gekämpft!«

»So hat es die Partei beschlossen, und du brauchst nicht klüger zu sein als das Zentralkomitee!« Als Oberst durfte er im Diplomatenmagazin einkaufen. Ausländische Diplomaten konnten alles, was es in den Geschäften nicht gab, in besonderen Läden billig besorgen. Führende Genossen auch.

An Privilegien gewöhnt man sich viel zu schnell. In diesen Nomenklaturaläden, die sich Magazin nannten, kaufte er zum ersten Mal im Leben Orangen und nahm sie in die Kaserne für seine Männer mit. Die meisten von ihnen hatten noch nie im Leben welche gesehen und wußten nicht einmal, wie man sie schälte. Später gewöhnte er sich an die Vorteile der Sondergeschäfte. Man hatte gegen die Klassengesellschaft gekämpft. Jetzt baute man eine mit Kasten auf.

Die Schriftsteller waren nicht wichtig genug, um in den Magazinen einkaufen zu dürfen, aber ihr neugegründeter Club konnte dort Nahrungsmittel und Getränke beziehen. Dem Schriftstellerclub wurden mit Schnitzereien verzierte Tische und Tischchen, üppig mit besten Stoffen bezogene Stühle, Sessel und Sofas, gute Bilder und Luster, bestes Porzellan und Eßbesteck zugeteilt, und aus dem Hotel Majestic, das unter der besonderen Aufsicht des Geheimdienstes stand, einige Kellner und Köche abgetreten.

Zum Glück für die Zukunft dieses Etablissements, das für die Geschichte nicht nur der Kultur, sondern auch der Politik Serbiens, eine besondere und nicht immer rühmliche Rolle spielen würde, begann sich der Generalintendant des Nationaltheaters, der gleichzeitig Präsident des serbischen

Schriftstellerverbandes war, Milan Bogdanović, um den Club zu kümmern. Er war kein Altkommunist, aber stets das gewesen, was man einen *Sympathisanten* nannte. In der literarischen Zeitschrift, die der von der Dynastie oft als Republikaner verfolgte, aber sich dank seiner Weisheit stets durchsetzende Literaturkritiker redigiert hatte, waren Kommunisten immer willkommen gewesen. Den Krieg hatte er als Offizier der Reserve relativ komfortabel in deutscher Kriegsgefangenschaft verbracht. Wieder zurück, stellte er sich aus Überzeugung den neuen Machthabern, unter denen sein begabter ehemaliger Student, Milovan Djilas, einer der Wichtigsten war, zur Verfügung. Er war ein Gourmet, der Rabelais nicht nur übersetzt hatte, sondern als eine Figur, die der französische Dichter ausgedacht haben könnte, durchs Leben ging.

Als Generalintendant ließ er Experten für Schauspiel, Oper und Ballett gewähren, war aber jeden Abend in seiner Loge, niemand wußte, ob er vor sich hin döste oder zuschaute, aber als ein Schauspieler einmal betrunken auftrat, begab er sich ins Büro, unterschrieb die Entlassungspapiere und überreichte sie gleich, nachdem der Vorhang gefallen war, persönlich dem plötzlich ganz nüchternen, armen Mann, der seine Karriere in der Provinz fortsetzen mußte.

Mit dem neuen Regime, das sich zum großen Teil aus viel jüngeren Menschen zusammensetzte, nur Tito selbst war ein Jahr älter, stand Bogdanović auf du und du. Ihm wurde ein großer, schwarzer Packard zugeteilt. So lange der Generalintendant im Theater war, mußte der Chauffeur auf ihn warten. Nach der Vorstellung, meist schon tief in der Nacht, fuhr er im Auto die fünfzig Meter zum Schriftstellerclub und genehmigte sich ein komplettes Abendmahl, bestehend aus Suppe, Fisch, Fleischgericht mit Beilagen und Dessert, dazu eine Flasche Rotwein. Der Chauffeur wartete. Nach Mitternacht fuhr man auf den Hausberg der Belgrader, den Košutnjak, hinauf, und Bogdanović ging zehn bis fünfzehn Minuten, gute Luft atmend, zwischen den Tannen und

Eichen spazieren. Der Chauffeur wartete. Dann fuhr man nach Hause. Der Chauffeur wünschte eine gute Nacht und war am morgen stets pünktlich wieder da, um zu warten, bis der Chef munter und frisch erschien.

Einmal raufte der junge Dichter Velimir Lukić mit einem Kollegen und landete nach einem unangenehmen Faustschlag in Bogdanovićs Suppe. Daraufhin erhielt er im Club Hausverbot. Jahrzehnte später, Bogdanović war längst tot, wurde Lukić, der sich zu einem der besten Dramatiker seiner Generation entwickelt hatte, Generalintendant des Nationaltheaters. Derselbe Chauffeur war noch immer da. Er suchte sich seine Aufgaben so aus, daß er selten zu überreden war, irgendeinen Auftrag zu erledigen, an private Fahrten mit dem Dienstauto dachte ohnehin niemand, man hatte jetzt einen eigenen Wagen. Als man den Fahrer daran erinnerte, daß Bogdanović auch für Fahrten von fünfzig Metern das Auto genommen hatte und er täglich bis zu fünfzehn Stunden auf ihn hatte warten müssen, sagte er: »Das war etwas anderes. Der war ein Herr! Jetzt aber haben wir hier die Selbstverwaltung.«

Als Portier im Schriftstellerclub stellte Bogdanović den alten Djuro ein, der Küster bei einem orthodoxen Popen gewesen war. Als Direktor und Oberkellner zugleich verpflichtete er einen gewissen Ivo, der davor als Kammerdiener des päpstlichen Nuntius gelernt hatte, wie man dient und bedient. »Das lernt man nirgendwo besser als bei den Geistlichen«, erklärte der alte Atheist lächelnd. »Dort wird gehorcht!«

Mit diesen Personalentscheidungen war der Einfluß des Geheimdiensts verschwunden, oder war, falls es ihn doch noch gab, jedenfalls nicht mehr erkennbar. Das machte sich vor allem dadurch bemerkbar, daß man jetzt, am alten Djuro vorbei, leichter in den Club gelangen konnte, ohne eine Mitgliedskarte vorzuzeigen, als zu jener Zeit, als Polizisten in Zivil den Gästen ungeschickt aus den Mänteln geholfen, sich aber vorher über ihre Identität vergewissert hatten.

Ähnliche Clubs bekamen Journalisten, Hochschulprofessoren, Ingenieure und andere bevorzugte Berufsgruppen, indirekt sollte so jeder etwas vom Segen des Sozialismus für bevorzugte Kinder des Systems abbekommen, aber die beste Küche war und blieb bei den Literaten. »Unsere Revolution frißt ihre Kinder nicht«, schrieb ein bissiger Satiriker, »aber Erwachsene sollten sich lieber hüten!«

Die Oberkellner dieser Clubs wurden zu Vermittlern für seltene Waren. Sie konnten alles besorgen, zum Beispiel Schreibmaschinen für die Dichter, die es im Handel noch nicht gab. Ob die Inspekteure des Geheimdienstes sie in der Hand hatten oder, umgekehrt, die Kellner diese kleinen Beamten und ihre jungen Familien durchfütterten, war nicht ganz klar. Es war auch egal.

Die Linden in Belgrad dufteten betörend, zum fünften oder siebenten Mal nach dem Krieg. Immer mehr Autos, auch private, bevölkerten die Straßen, und an der Ecke vor der Hauptpost wurde die erste Verkehrsampel aufgestellt.

Als die Clubs eröffnet wurden, kamen die Menschen, die Mitglieder werden durften, vor allem, um billig und ohne Lebensmittelkarten etwas zu essen, was es anderswo für den Normalbürger nicht gab, Lungenbraten vom Rind, Leber von gemästeten Gänsen, Südfrüchte und die besten Weine des Landes. Inzwischen gab es wieder Restaurants für jedermann, wenn sie auch teuer waren. Die Küche im Souterrain des Hauses in der Französischen Straße, zu dem im Sommer ein von einer hohen Mauer geschützter Garten gehörte, blieb auch dann noch bemerkenswert gut, als die »diplomatischen Magazine« und Lebensmittelkarten längst einer unangenehmen Vergangenheit angehörten. Nun drängten »Nichtmitglieder« in den Club, um zu sehen, was die Dichter der Nation zu Abend aßen. Und manche Politiker, so der ehemalige Maler und jetzige Parlamentspräsident, Moša Pijade, oder der bekannteste Held des Partisanenkriegs, General Peko Dapčević, um sich »unter das Volk« zu mischen. Für sie waren diese auserwählten Bürger schon irgendwie der Plebs.

Man sprach nicht mehr vom Wiederaufbau, sondern von der Errichtung des Sozialismus. Keiner nannte die Literaten noch »Ingenieure der menschlichen Seele«. Als junge Literaten Ivo Andrić, den späteren Nobelpreisträger, fragten, was er vom sozialistischen Realismus halte, räusperte er sich und erklärte: »Wissen Sie ... So wie der Sozialismus ist, so wird wohl auch der Realismus sein ...«

Allmählich bildete sich für den Schriftstellerclub ein neues Publikum. Das Ballett hielt Einzug in die geheiligten Räume des guten Abendmahls, obwohl sie ja Diät essen mußten, die armen Mädchen!

Zuerst waren die Damen erschienen, die die Generäle geheiratet hatten. Dann nahmen sie ihre jüngeren Kolleginnen mit. Am ersten Salon links schlichen sie sich auf Zehenspitzen vorbei, denn dort tafelte der Generalintendant, und vor ihm hatten alle Tänzerinnen eine Heidenangst. Er thronte in seiner Loge wie der Gott des Theaters und flößte bei Tisch genausoviel Ehrfurcht ein. Ihm beim Essen zuzusehen wäre ein Sakrileg gewesen, obwohl man ja eigentlich neugierig gewesen wäre.

Aber im mittleren Salon, wo die kleinen runden Tische standen, machte man seine frechen Battements, um mehr als die wohlgeformten Fesseln zu zeigen, kreischte leise auf, wenn man einen Bekannten entdeckte, kicherte und schäkerte. Champagner und Sekt waren im sozialistischen Jugoslawien noch nicht in Mode gekommen, aber das frivol klingende Lachen der jungen Tänzerinnen prickelte bereits genauso hell.

Heilige und Ketzer im Sozialismus

Darias erster Film war der »Zigeunerbaron«, eine französisch-deutsche Koproduktion. Gedreht wurde im Sommer, zuerst auf der Belgrader Festung, dann in der Nähe von Dubrovnik. Wieso Dubrovnik? Den kleinen Tänzerinnen teilte das niemand mit, und es interessierte sie nicht. Fröhliche Zeit zum Baden im Meer. Und der erste Schritt in die große, geheimnisvolle, wunderbare Welt des Filmes.

Noch fuhr die alte Schmalspurbahn durch Serbien und Bosnien. »Es ist verboten, sich aus dem Fenster zu lehnen!« stand auf Emailschildern. Mühsam keuchte die Lokomotive bergauf und durch lange Tunnels. Dann stank es nach Rauch. Einen Speisewagen gab es nicht, aber die meisten Mädchen hatten Freßpakete, mit Schmalz beschmierte und mit rotem, scharfem Paprika bestreute Brote, Backhendl in rot-weiß karierten Servietten. Das Wasser in den Flaschen wurde warm. Dann sprangen die Kollegen, die sonst wie Freundinnen behandelt wurden, aber in dieser Situation Männeraufgaben zu bewältigen hatten, auf den Stationen aus den Waggons und pumpten herrlich kühles, nach Eisen schmeckendes Wasser in die grünen Feldflaschen.

In Dubrovnik lernte Daria in einem Lokal auf dem Marktplatz Austern essen, Tische und Stühle waren aus Plastik, außer Weichtieren, Brot und Wein gab es nichts. Hummer waren hier billiger als Hähnchen. Noch hatte der große Reiseverkehr die jugoslawische Adriaküste und Dubrovnik nicht entdeckt.

Daria, das Känguruh, schlief mit ihren Freundinnen, der Putte und der Katze, in einem winzigen Zimmer in der Altstadt. Das Klosett befand sich am Ende des Ganges. Es stank entsetzlich nach Urin. Der Bequemlichkeit halber benützten die Mädchen ein Töpfchen. Haben französische

Königinnen auch gehabt, trösteten sie sich. Um salzige Meeresluft einzuatmen, mußte man hinaus aus den engen Gassen ans Ufer oder an den Hafen.

Vormittags promenierten die feinen Gäste, die in den teuren Hotels wohnten, durch die Altstadt. Daria und ihre Freundinnen schliefen, wenn sie nicht schon früh zu Dreharbeiten mußten, gerne in den Mittag hinein, man hatte ja die ganze Nacht durchgelacht, durchgesungen, durchgetanzt. Besonders die Katze war wütend, wenn sie geweckt wurde. Sie war klein, zauberhaft proportioniert, leicht, ideal für akrobatische Hebefiguren, konnte sich lautlos wie auf Samtpfoten bewegen, deshalb hatte sie ihren Spitznamen bekommen. Eines Morgens, als Passanten besonders lästig und laut unter ihrem Fenster stehengeblieben waren, sprang sie aus dem Bett und schüttete den Leuten den Inhalt des Nachttopfs auf den Kopf. Erschrocken, hysterisch kichernd, teilte sie den Kameradinnen mit: »Wißt ihr, wer das gerade war? General Peko und seine Frau! Beide in Weiß!«

General Peko Dapčević hatte eine Filmschauspielerin geheiratet. Die Liebesaffäre hatte im Jahr zuvor hier in Dubrovnik begonnen und war zum Inhalt jedes Kaffeehausklatsches im Lande geworden. Über das schöne Ehepaar war schon viel mehr Unrat ausgeleert worden als das bißchen Ballettrattenurin. Ganze Kübel voll Jauche wurden von höchster Stelle auf sie geschüttet, und indirekt erschüttert wurden dadurch ganz Jugoslawien und sein Sozialismus. Ein Skandal! Ein Veteran, ein alter Kämpfer, beispielhafter Kommunist und Nationalheld, über den Lieder gesungen werden, und so eine kleine … Na, Sie wissen schon! Es stellte sich heraus, daß selbst der Sozialismus nicht nur Gläubige hatte, sondern auch Ketzer.

Im Jahr zuvor war die erste jugoslawische Filmkomödie in Dubrovnik gedreht worden. Der Titel war »Alle ans Meer!«. Die hübsche Milena Vrsajkov, genannt Baby, spielte die Hauptrolle. Sie wohnte im Nobelhotel Excelsior, Peko in der benachbarten Villa Scheherazade, einem Erholungsheim für die höchste Prominenz. Oder »zweithöchste«, denn die allerfeinsten badeten, wie Tito selbst, lieber auf der Insel Brioni. Generaloberst Peko Dapčević, der seinen Sommerurlaub auch dort hätte verbringen können, mochte diesen Clan nicht besonders. Er langweilte ihn einfach. Auch die Dubrovniker Villa mit ihrer orientalisch anmutenden grünen Kuppel und die in den übrigen Suiten untergebrachten Minister mit ihrem Anhang gingen ihm auf die Nerven. Er schwamm jeden Morgen zum Hotel hinüber oder noch weiter, zum öffentlichen Badestrand.

Er begann, Baby den Hof zu machen. Sie beachtete ihn nicht, sie ging mit dem hübschen Assistenten des Kameramanns tanzen. Wo immer sie im Bus hinfuhren, Peko kam im Jeep hinterher. Der Kriegsheld war es nicht gewöhnt abzublitzen. Intensiver als die Handlung des seichten Films entwickelte sich der Kampf Pekos um das Mädchen. Er setzte alles ein, was er bieten konnte, Blumen, Konfekt, Einladungen. Er war charmant, ein Kriegsheld, sein Konkurrent, ein männliches Babyface, konnte diesem Sturm nicht lange standhalten.

Heirat im Herbst. Sein Trauzeuge wurde Milovan Djilas. Nachdem er Baby erobert und in sein Bett gezwungen hatte, kehrte Peko wieder den Montenegriner, der er ja auch war, heraus. Die Frau hatte gefälligst zu Hause zu bleiben, sie hatte doch in Gottes und Marxens Namen auch noch ihr Theater, er aber lebte so weiter, wie er es als Junggeselle gewohnt gewesen war. Manöver. Jagd. Er murmelte nur, er müsse weg und könne nicht sagen, wann er wieder nach Hause kommen werde.

Baby beklagte sich bei Djilas. Nicht nur über ihren Mann. In der hohen Gesellschaft wurde sie nicht gerne gesehen. Die Frauen von Tito, Kardelj, Tempo und wie die Politbüromitglieder alle hießen waren beleidigt, daß Peko keine ehemalige Partisanin gewählt hatte, sondern so ein Flittchen aus der Provinz.

War Djilas auch ein wenig verliebt in Baby? Er hatte

sich von seiner Frau und langjährigen Gefährtin, Mitra, scheiden lassen und die erstbeste junge Person, die er kannte, seine blasse Sekretärin, geehelicht. Hatte er außer mit diesen beiden je mit einer anderen Frau geschlafen? War das der Grund für seine spätere Ketzerei? Die Deutung sei der Psychoanalyse überlassen, in der jugoslawischen Literatur fanden diese Liebensgeschichten jedenfalls ihren Niederschlag. Zweimal sogar. Und beide Male mit großer Aufregung auch für den politischen Alltag.

Der Dichter Branko Ćopić, selbst Gast des Excelsior, veröffentlichte eine Satire, der er wohlweislich gleich den Titel »Eine ketzerische Geschichte« gab. Er nahm einen erfundenen stellvertretenden Minister, seine Frau und seine Schwägerin aufs Korn, die in seiner Geschichte in der Scheherazade logierten.

Getroffen fühlte sich die gesamte Nomenklatura. Djilas würde sie später in seinem aufsehenerregenden Buch »die neue Klasse« nennen. Selbst Tito war entrüstet. Es war das einzige Mal im Laufe seiner Jahrzehnte währenden Herrschaft, daß er einen Künstler namentlich und öffentlich kritisierte. In einer Rede sagte er, wenn auch eher nebenbei: »Eine solche Satire werden wir nicht zulassen, aber selbstverständlich werden wir deswegen niemanden verhaften ...«

Tags darauf erzählte Ćopić strahlend jedem, der es hören wollte: »Ich bin heute der sicherste Mensch in Jugoslawien!«

»Wieso?«

»Na, wem sonst hat der Marschall versprochen, daß er nicht verhaftet wird?«

Viele Jahre später würde sich der lustige Ćopić von einer Belgrader Brücke hinunterwerfen, aber nicht in die Sawe, sondern mit dem Kopf voraus auf das betonierte Ufer. Niemand weiß, warum.

Djilas hatte angefangen, in einer Artikelserie die Zustände im Land zu beleuchten und zu kritisieren. Man achtete kaum darauf. Die meisten Zeitungsleser glaubten, das sei mit der Führung, die ja auf immer größere Distanz zur Sowjetunion ging, abgesprochen. Djilas aber mußte sich täglich von Baby anhören, daß sie von den Frauen der höchsten Funktionäre geschnitten werde. Ihr Mann wollte davon nichts wissen, er mied diese Gesellschaft privat ohnehin, zog es vor, in den Schriftstellerclub und in gewöhnliche Kneipen zu gehen, und fühlte sich mit Tänzerinnen, Sängerinnen und Schauspielerinnen, den Kolleginnen seiner Gattin, viel wohler, wenn er nicht überhaupt die Gesellschaft von Männern vorzog. Aber diese Frauen waren genauso hübsch oder noch schöner als Baby. Allmählich drängten sich noch jüngere in diesen Kreis, Konkurrentinnen bei ihrem General. Das waren Titos Jovanka, Kardeljs Pepca und die anderen Damen der Partei gewiß nicht. Als Djilas eine Zeitschrift, die »Neue Zeit«, herauszugeben begann, veröffentlichte er eine eigene Novelle mit dem Titel »Anatomie einer Moral«. In seinen parteikritischen Texten hatte er Sätze gebraucht, die niemand so richtig verstand und mit denen er deshalb nirgendwo aneckte, wie: »Es gibt nichts, was nichts wäre. Denn dadurch würde das Nichts zum Etwas. Nichts aber gibt es nicht …« Er hielt das für Philosophie. In seiner Geschichte beschrieb er die Person einer Sängerin – er glaubte damit die Gestalt der Schauspielerin genügend verfremdet zu haben –, die einen »Kommandanten« des Partisanenkrieges heiratet und deshalb gesellschaftlich gemieden und verfolgt wird.

Die Parteidamen riefen einander an: »Hast du das schon gelesen! Unerhört!« Sie setzten ihren Männern zu: »Wirst du so etwas zulassen? Er sagt, wir führten einen verlogenen, aristokratischen Stil ein … Will er unsere Köpfe rollen lassen? Fühlst du dich wie Louis XIV.?«

Natürlich wurde auf einer Plenarsitzung des Zentralkomitees Djilas nicht deshalb angegriffen, weil er Baby verteidigt hatte, sondern wegen der Artikel, von denen sogar Tito zugab, am Anfang hätten sie ihm gefallen, aber später sei der Autor »… zu weit gegangen«. Djilas wurde aus allen

Parteiämtern ausgeschlossen und mußte auch seine übrigen Posten verlassen. Trotzig begann er jetzt erst richtig die Entwicklung in seinem Land anzugreifen. Der erste Dissident war geboren. Sein neu erarbeiteter Standpunkt brachte ihm mehrere Haftstrafen ein.

Daria war damals in Sascha, einen Tontechniker vom Radio, verliebt. Ihre erste Liebe. Madame Nina hatte stets gewarnt, daß Verliebtsein gefährlich sei. Zumindest schwierig. Es stellte sich heraus, daß sie recht gehabt hatte. Wie immer.

Saschas älteste Schwester war die Primaballerina im Opernballett. Wenn Daria im Buffet des Rundfunkhauses auf ihn wartete, brandeten die Gespräche von den Nachbartischen an ihr Ohr. Djilas! Tito! Auch die Vrsajkova ... Baby? Aber darum kümmerte sich Daria nicht. Sogar den Nachttopf hatte sie schon vergessen, den die Katze Peko und seiner Frau auf die Köpfe geschüttet hatte. Ihre Sorge galt außer ihrem Freund dem Problem ihrer Fouettés. Die waren verbesserungswürdig. Zweiunddreißig Fouettés en tournant schaffte sie nicht. Das aber war die Voraussetzung, um an den schwarzen Schwan auch nur denken zu dürfen. Saschas Schwester, Jeanne, drehte sich, als wäre das die natürlichste Fortbewegungsart der Welt, und ihr mußte sie zusätzlich imponieren. Daria nahm Privatstunden. Sie rackerte sich ab. Sie war manchmal verzweifelt. Sie erfuhr, daß nichts perfekt ist, weder im Sozialismus noch im Ballett. Nicht einmal sie selbst war perfekt.

Eine Trauerweide am Donauufer im Gegenlicht

Die Belgrader Hauptgeschäftsstraße, die Knez-Mihajlova, vergleichbar mit der Wiener Kärntner Straße oder der Budapester Váci utca, führt zum Kalemegdan, dem ehemaligen Festungskomplex, der heute ein Park mit Denkmälern, Museen, Spielplätzen und dem Zoo ist. Von dort aus öffnet sich ein Blick auf die Mündung der Sawe in die noch größere Donau. An manchen Abenden, besonders zwischen Mai und September, verschwimmt der Blick auf das Wasser, als sähe man alles durch einen seltsamen, rot-violetten Schleier, wie er sonst nirgendwo auf der Welt existiert. Dann verfärbt sich der Himmel und reflektiert seine Farben auf die Erde. Wenn man jung genug ist, glaubt man, unerwartet Schwung zu gewinnen und durch die Lüfte über die Ströme fortschweben zu können, Flügelkräfte zu haben, man mag sie nur noch nicht ausprobieren, weil man sich auch hier so wohl in seiner Haut fühlt. Wann immer sie vor der Vorstellung zu dieser Stunde Zeit hatte, ging Daria durch die Grünanlage bis an den Rand der Festung über dem Wasser und stand still. Sie war ergriffen und hielt Andacht vor der Natur. Auf dem anderen Ufer gingen hinter den Fenstern der Neustadt die Lichter an.

Sascha konnte sie um diese Zeit selten begleiten. Er hatte meist Dienst im Radio. Manchmal schien es, daß er fast immer Dienst hatte. Er war aber auch ein zu realistischer Mensch, um den Zauber solcher Augenblicke zu fühlen, ein Techniker eben. Die Nächte verbrachte sie mit ihm, die Abende gehörten ihr allein.

Fürs Gewässer war er eher vom Boot her zu haben. Vom Ruderclub Roter Stern auf einer flußaufwärts gelegenen Saweinsel ruderten sie los, mit sicheren, festen Bewegungen legte er sich in die Riemen. Im Ballettsaal hatte sie oft Gelegenheit, einen schönen Männertorso zu bewundern, das war sie gewöhnt. Nicht das Muskelspiel seiner Arme und Brust faszinierte sie, nicht einmal sein noch knabenhaftes Gesicht, sondern ihre eigene Liebe zu ihm. Junge Menschen lieben sich selbst in ihrer Liebe zu einem anderen, vielleicht ist das das ganze Geheimnis ihrer Innigkeit, ihrer Sanftheit, ihrer Kraft, Glück zu geben und deshalb glücklich zu sein.

Das Ufer war schlammig, im Schlamm konnten ekelhaft glitschige Blutegel lauern. Der Geruch der nassen Erde und des Teeres des Bootes erinnerten an die Kindheit. An Vater. Träge floß die Sawe im Sommer dahin, und man konnte sich eins fühlen mit ihren sachte an das Ufer klatschenden Wellen. Wenn ein größeres Schiff vorbeizog, schaukelte man im Nachen, auf dem Rücken liegend, im Wasser. So leicht und mühelos konnte Liebe sein. Warum jammerten die Freundinnen über Leid und Kummer, berichteten über die Schmerzen der Entjungferung, wechselten ihre Partner, argwöhnten ob der »jetzige« treu sei? Daria hörte zu, plauderte darüber hinweg, sagte nichts von sich. Da die anderen ohnehin wenn möglich nur über sich selbst sprachen und sich kaum für andere interessierten, mochten sie die Schweigsame und glaubten nicht, daß sie ihnen etwas vorenthielt.

Die Augenblicke der friedvollen Freude wurden seltener. Am Anfang ihrer Beziehung mit Sascha war es ihr als besonderer Glücksfall erschienen, daß seine ältere Schwester die Primaballerina war, soeben ruhmvoll von einer Tournee zurückgekehrt, die sie von Paris bis nach Australien geführt hatte. Nun stand sie wieder auf der heimatlichen Bühne und beäugte argwöhnisch den konkurrierenden Nachwuchs. Sie hatte nichts dagegen, daß der »kleine Bruder« eine Tänzerin liebte, aber die wollte sie unter ihre Fittiche nehmen. Von Darias Freundschaft mit Nadelspitze, Igelkopf, Putte und Katze hielt sie nichts.

»Aus denen wird nie etwas!« Daria zuckte die Achseln. Sie hatte nicht die Absicht, mit der älteren, bewunderten

Kollegin zu streiten. »Was hast du soviel Zeit mit ihnen zu verbringen?«

»Wir waren doch in derselben Klasse in der Ballettschule und ...«

»Und was? Du mußt wählen, die oder ich!«

Daria dachte nicht daran. Wieso wählen? Mit Jeanne konnte man nicht so lustig sein, kichern, alberne Spielchen treiben. Sie war nur einige Jahre älter, tat aber, als gehörte sie einer anderen, klügeren, erfahreneren Generation an, hielt Abstand von den Jüngeren, als litten sie an einer ansteckenden Krankheit. Mit denen ließ sich Daria zu Partys einladen, plünderte die Speisekammern der abwesenden Hausfrauen, verließ die Räume fluchtartig, wenn die Jungen glaubten, jetzt dürften sie knutschen. Viele Männer begnügten sich damit, sich mit den jungen Ballerinas zu zeigen, spendierten Abendessen, wußten, daß sie nichts dafür bekommen würden. Wenn Daria eingeladen wurde mitzukommen, sagte sie:

»Gern, aber geschlafen wird nicht mit mir!«

Naiv war sie nur Jeanne gegenüber. Den Vorschlag, bei ihr zu wohnen, nahm sie gerne an. Sascha atmete in einem anderen Zimmer. Aber das ging nicht gut, das ging gar nicht gut.

Daria brauchte einen Paß. Erst einmal wollte sie nach Italien. Sogar ihre dicken Tanten waren schon dort gewesen. In Triest war alles billig. Man mußte ein Gesuch bei der Polizei einreichen. Bald wurde sie vorgeladen. Ein glatzköpfiger Mann bat sie im Sessel am kleinen Tisch Platz zu nehmen. Daß man so höflich sein würde, hatte die Tänzerin nicht erwartet, sie hatte geglaubt, man würde sie an einem Schalter abfertigen. War man zu jedem so zuvorkommend oder wußte sogar die Polizei, daß sie eines Tages eine große Künstlerin sein würde? Gewohnheitsgemäß schlug sie die Beine so übereinander, daß der Rock hochrutschte, und stellte belustigt fest, mit welcher Mühe der Beamte seinen Blick zu beherrschen versuchte, um nicht hinzuschielen.

Er begann ein nichtssagendes Gespräch, fragte sie nach ihrer Tätigkeit aus, wie sie mit dem Theater zufrieden sei. Gehalt? Repertoire? Er habe schon lange keine Zeit gehabt, ins Theater zu gehen, leider … Und der Intendant? Was für ein Mensch sei er eigentlich? Es sei doch eine Versuchung, mit so vielen, hübschen Frauen zusammenzuarbeiten, wie benehme er sich in dieser Hinsicht? Zuerst hatte sie es als seichte Plauderei aufgefaßt. Als Kaffee gebracht wurde, der Beamte aber noch immer nicht auf ihren Paßantrag zu sprechen kam, wurde sie mißtrauisch und antwortete in immer kürzeren und abgehackteren Sätzen. Ihn schien das nicht zu stören, denn plötzlich ließ er die Katze aus dem Sack: »Ihr Paßantrag ist schon bearbeitet, Genossin Daria. Das Dokument liegt am Schalter bereit, aber wir haben eine kleine Bitte. Ihre Meinung über das Theater ist für uns interessant. Könnten Sie nicht kurz notieren, was Sie mir erzählt haben?«

Daria sprang auf und schrie ihn an, als hätte er ihr angeboten, mit ihm ins Bett zu steigen: »Ich verstehe! Ich soll für euch spitzeln! Was fällt euch ein! Wißt ihr überhaupt, wer mein Vater war?«

»Nein«, sagte der Mann ruhig. »Wer war er?«

Sie nannte seinen Namen.

»Der Krassnij Flot?« Jetzt konnte der Geheimdienstmann seine Verwunderung nicht verbergen. »Kind, bin ich blöde. Verzeih! Na, setz dich doch wieder. Deinen Paß und das Visum für Italien kriegst du ja sowieso. Trinkst du ein Schnäpschen mit mir? Oder, warte, einen Eierlikör?«

Eierlikör war das Modegetränk. Sie nahm das Stamperl erleichtert an. Der tote Vater beschützte sie noch immer. Als sie aber später über die Begegnung nachdachte, war sie nicht mehr ganz so froh wie nach der ersten Erleichterung, daß *sie* niemand zu Spitzeldiensten zwingen konnte. Hatte dieser Beamte oder einer seiner Kollegen mit ihren Freundinnen gesprochen?

Jedenfalls ging es nun nach Italien, nach Mailand, Florenz, Triest. Allein und ohne eine Fremdsprache zu sprechen. Aber die Geste und der Augenaufschlag ist die Verständigungsmöglichkeit jeder schönen Frau und einer Tänzerin ganz besonders. Voll beladen mit Garderobe, Strümpfen, Wäsche, einem frechen Sommerhütchen und kleinen Geschenken kam sie zurück. Die breiten Jupes, die man jetzt trug und von denen sie mehrere erstanden hatte, paßten gut zur grünen Vespa, die sich Sascha beschaffen konnte, denn er verbesserte sein Gehalt mit der Reparatur von elektrischen Geräten.

Daria erfaßte Unruhe. Die neue Saison begann, und sie wollte sich von Jeanne auf keinen Fall, nicht einmal um Saschas willen, herumkommandieren lassen. Zu Omama zurückzukehren kam nicht in Frage. Erst als sie eine Wohnung gefunden hatte, teilte sie ihm mit, daß sie ausziehen würde.

»Und ich?« fragte Sascha erschrocken. Daria streichelte sein Gesicht mit ihren schlanken Händen.

Der Oktober brachte noch milde Tage. Sie nahmen das letzte Mal in diesem Jahr ein Boot. Ohne etwas zu sagen, ruderte Sascha nicht die Sawe aufwärts, an der Insel entlang wie sonst, sondern mit schnellen, energischen Bewegungen auf die Mündung zu. Beide schwiegen und blickten starr in die entgegengesetzte Richtung. Die Silhouette der Stadt zog an ihnen vorbei. Unter den Brücken tauchten sie für kurze Zeit in den Schatten. Sie begannen die breite Donau zu überqueren. Daria erschrak ein wenig, sagte aber noch immer kein einziges Wort, und Sascha schwieg mit fest zusammengepreßten Lippen. Auf seiner Stirn perlten leichte Schweißtropfen. Fast hätte sie ein wütend tutender Schlepper überfahren, weil sich der Ruderer an keine Regel hielt und das kleine Boot von der Brücke des Schiffes aus kaum zu sehen gewesen war. Am anderen Ufer der Donau waren sie selten gewesen. Sascha band das Boot fest. Da er noch immer nichts sagte, blieb Daria sitzen. Ohne ein Wort legte er den Kopf auf ihren Schoß.

Im Westen neigte sich die rote Sonne dem Wasser zu. Sie schien sich im Geflecht der Weidenzweige, die sich weit über den Fluß streckten, verfangen zu haben. Daria wußte, das war das Ende vom Erwachsenwerden, das war der Beginn vom Erwachsensein. Sie hatte ein wenig Angst. Vor der Rückfahrt über die Donau, denn es würde schon dunkel sein. Und vor dem Leben. Sie wußte, es war ein Abschied. Von ihrem ersten Geliebten. Als kleines Kind hatte sie Mutter, dann Vater verloren, später Onkel Noah, die Großeltern mütterlicherseits. Alle, die sie bisher geliebt hatte, hatten sich ohne Abschied weggeschlichen. Zum ersten Mal bestimmte sie eine Trennung. Trotz des Schmerzes, den sie sich selbst antat, um frei zu werden, war sie ein wenig stolz auf sich. Auch als sie bemerkte, daß Sascha in ihrem Schoß weinte. Denn er hatte, ohne daß sie ein Wort gewechselt hatten, verstanden, daß das der Abschied war.

Wie sie dann über die dunkelgrüne Donau und die Sawe flußaufwärts zum Ruderclub gelangten, wie ärgerlich sie der Wächter empfing, der schon fast die Wasserpolizei alarmiert hatte, war Nebensache. Stumm rollten sie auf der Vespa stadteinwärts. Daria hielt sich ein letztes Mal an Sascha fest, sehr fest, dachte aber nur noch an die Trauerweide am Donaustrand im Gegenlicht.

Die Erde bebt

Steinerne Blume und amerikanische Nixe

Im Agitprop des Zentralkomitees der Kommunistischen Partei Jugoslawiens rauchten die Köpfe. Es ging um den Import von Filmen. Schon die alten Römer wußten, daß das Volk außer Brot auch Zirkus benötigt, aber manch ein strenger Genosse gab zu bedenken, daß es sich um dekadente, vielleicht sogar schädliche Streifen handelte. Man hatte in der ersten Zeit nach der Machtübernahme dieses Thema vernachlässigt. Von den Russen wollte man nichts mehr haben, die amerikanische Produktion hatte man aber bisher als Opium aus Hollywood, als reaktionäre Kunst, bestenfalls als Formalismus geschmäht.

Es war jedoch ein rentables Geschäft. Mit Ideologie konnte man sich nichts kaufen. Trotzdem wurde eine Filmzensur etabliert. Sie sollte sich alles genau anschauen, die Gefährlichkeit begutachten, darüber nachdenken, welche Dosis dieses Giftes der sozialistischen Jugend zumutbar war. In bequemen Sesseln sitzend, Schnäpse und Säfte gratis dazu konsumierend, gingen auserwählte Funktionäre diesem wichtigen Geschäft nach. Bald konnte man auch Freunde, besser noch Freundinnen, mitnehmen. Selten wurde ein Film wirklich verboten. Hauptsache, man hatte ein Diskussionspodium. Was tatsächlich in den Lichtspielhäusern und vor den Kinos auf den Straßen geschah, wo man Karten zu erhöhten Preise weiterverkaufte, wußte das Zentralkomitee nicht genau.

Schon am selben kalten Dezembertag, an dem sich die ernsten Genossen besorgt seufzend dazu entschlossen hatten, die heranblühende Jugend der Gefahr des amerikanischen, auf Zelluloidstreifen gepreßten Toxikums doch auszusetzen, fand in einem Filmtheater der Hauptstadt die jugoslawische Premiere einer Kombination von Schwimmfestival und musikalischer Komödie, »Bathing Beauty«, mit

Esther Williams in der Hauptrolle, statt. Diese im Rest der Welt nur mäßig beachtete Romanze wurde für Jugoslawien zur moralischen Wende.

Die prächtig gebaute Schwimmerin am sauberen Pool mit grünem Wasser sang und trank Cocktails. Der Trompeter Harry James hob sein goldglitzerndes Instrument einem strahlendblauen Himmel entgegen. Was die Mädchen im Wasser taten, konnte man nur mit Ballett vergleichen. Daß die Aufnahmen im erst viel später kommunistisch werdenden Kuba gemacht worden waren, wußte niemand. Die jungen Männer bewunderten die endlos langen Beine der Seejungfer, die Mädchen wollten genauso aussehen. Im italienischen »Bitteren Reis« prangten weiß die prallen Oberschenkel der Silvana Mangano, im schwedischen Streifen »Sie tanzte nur einen Sommer« waren die nackten, kleinen Brüste von Ulla Jacobsson zu bewundern. Ein moralischer Umbruch in Richtung einer weniger grauen Welt! Russische Filme, die man sich früher gerne angesehen hatte, weil es nichts anderes gab, interessierten kaum noch.

In Belgrad kam es zu ersten Raubüberfällen. Die jugendlichen Täter wurden schnell gefaßt und gaben zu Protokoll, sie seien von Gangsterfilmen inspiriert worden, zum Beispiel von »Asphalt Jungle« mit einer noch sehr jungen und absolut unbekannten Blondine namens Marilyn Monroe. Die im Kino studierte amerikanische Lebensweise hatte es den kleinen Ganoven in jeder Hinsicht angetan.

Daria war anderer Meinung als die meisten ihrer Freunde. Die Choreographie im russischen Ballettfilm nach dem Märchen »Die steinerne Blume« fand sie erschütternd und weinte ergriffen. So wollte sie tanzen, nicht so schwimmen wie die Williams. In den Helden des Filmes »Junge Garde« sah sie noch immer Vorbilder. So war Vater gewesen! Daß der Autor des Romans, auf dessen Grundlage der Film gedreht worden war, Alexander Fadejew, Selbstmord begangen, weil er sich von Stalin mißbraucht gefühlt hatte, war ihr unbekannt.

Daria konnte nicht wissen, daß die beiden Weltmächte, die Vereinigten Staaten von Amerika und die ruhmreiche Sowjetunion, einen Kampf um ihre Seele begonnen hatten, um die Seele ihrer Generation, des ganzen Landes. Im sowjetischen Kulturhaus gab es einen Kinosaal, der immer bestens besucht war, weil kein Eintrittsgeld verlangt wurde. Daria und ihre Kolleginnen waren regelmäßige Besucherinnen. Aber die andere Seite hatte ebenfalls etwas zu bieten. Den englischen Tanzfilm »Die roten Schuhe« mit der schottischen Ballerina Moira Shearer sah sie sich neunmal hintereinander an.

Man ging fast ehrfürchtig ins Kino und glaubte, dort die große, weite Welt kennenlernen zu können. Der geheimnisvolle französische Film »Les Enfants du paradis« wurde zur Grundlage einer neuen Ästhetik. Als der Schmollmund Brigitte Bardots die breiter werdenden Leinwände zu beherrschen begann, stellte Daria begeistert fest, daß sie am selben Tag, im selben Monat, im selben Jahr wie die französische Diva, die auf so unschuldige Weise fast alle ihre Reize zur Schau stellte, geboren war. Ihre große Liebe blieb zwar bedingungslos das klassische Ballett, sie zog die Feen aus der »Steinernen Blume« der amerikanischen Badenixe unbedingt vor, aber auf dem Parkett der vielen neueröffneten Tanzsäle tanzte auch Daria zu den neuen Rhythmen.

Die Genossen von der Agitprop hatten auch wegen der verruchten Musik aus Amerika Bedenken. Wie, um Himmels willen und im Namen von Marx und Engels, sollte man diesen dekadenten Jazz mit dem gesunden Geist der Volksmusik versöhnen? Tanzveranstaltungen für die Jugend gab es gleich nach der Befreiung, aber da hielt zuerst ein Kommissar eine politische Ansprache, Partisanenlieder und Volksgesänge wurden zum besten gegeben, erst danach wurde getanzt: zuerst ein Volkstanz nach dem anderen und ganz feierlich der Partisanenkolo. Erst danach durften Walzer, Tango, möglichst aber nichts zu Temperamentvolles getanzt werden.

Bei jungen Männern kamen sehr enge Hosenbeine, wie im Westen, in Mode. Das galt als Abweichung von der Parteilinie und war verpönt. Jungkommunisten kamen plötzlich in die Säle, kontrollierten die Beinkleider, und falls sie nicht die ideologisch richtige Weite hatten, wurden sie mit scharfen Messern aufgeschlitzt.

Vor den Kinos mit den amerikanischen Filmen stand man an den Kassen Schlange, und als das erste Jazzkonzert veranstaltet wurde, mußte die Miliz den Eingang vor der andrängenden Menge beschützen.

Tito sah sich fast jeden Abend zwei bis drei Filme an. So viele gute waren nicht zu finden. »Wenn es keine guten gibt, dann eben schlechte«, brummte er vor sich hin. Er war und blieb Epikureer. Das färbte auf seine Genossen ab. Nicht nur leben, auch leben lassen! »Die Jugend soll sich amüsieren!«

Aber Jazz? In einer Mensa im Stadtzentrum, die hübsch eingerichtet war, in der Eingangshalle standen sogar einige überflüssige Marmorsäulen, spielte eine Jazzkapelle. Liebhaber moderner Rhythmen nannten diesen Saal »Tempel des Tanzes«. Hier wurden junge Menschen ausgelacht, wenn sie sich nicht so bewegen konnten, wie es die moderne Musik verlangte. Jugendfunktionäre begannen eine Kampagne gegen »diese Hysterie«. Es gab aber auch schon schlaue Verteidiger, die darauf hinwiesen, Jazz sei zwar in Amerika, aber als Musik der Negersklaven entstanden und verdiene schon deshalb die Sympathie aller fortschrittlichen Menschen.

Wer nicht zur Schicht gehörte, die den Tempel des Tanzes besuchte, fand andere Gelegenheiten, sich auszutoben. Unter dem Namen Indexbar hatten sich Studenten ein Tanzlokal eingerichtet. Seidenstrümpfe sollten die Mädchen jedoch auch dort anziehen. Daria und die Katze hatten noch keine, malten sich mit Tusche schmale Linien wie Nähte auf die nackten Waden. Auch im Winter. Obwohl man sie oft anstarrte, wenn sie mit den richtigen Partnern einen originellen Rock hinlegten, fiel es nie jemandem auf. Und sie erkälteten sich auch nie, wenn sie, verschwitzt und an den Beinen als Schutz gegen die Schneenacht nur die schwarzgemalte Linie, nach Hause gingen.

Wie nackt darf man sein?

Mit ängstlicher Eifersucht beobachtete Daria, welche Auftritte ihre Klassenkameradinnen hatten, die als Praktikantinnen in das Ballett des Nationaltheaters aufgenommen worden waren. Befriedigt stellte sie fest, daß sie selbst in ihrem Operettentheater viel öfter vor das Publikum treten durfte. Die Tanznummern, die sie in ihrer ersten Saison aufzuführen hatte, waren seriös, die Kostüme prachtvoll. An das allererste, ein Kleid im Biedermeierstil in Schuberts »Dreimäderlhaus«, dunkelrot mit schwarzen Streifen, erinnerte sie sich ihr Leben lang. Auf einem Schemel stehen und die Schneiderinnen mit den langen Stecknadeln am Stoff auf dem eigenen Körper hantieren lassen, war ein sinnliches Erlebnis, als tasteten sie die Hände eines geliebten Mannes ab.

Daria, Sonja und die Katze, die mit ihr in diesem Theater aufgenommen worden waren, wurden, obwohl die Jüngsten, von den Choreographen in die erste Reihe gestellt. Die Älteren, die noch vor dem Krieg im Storchentheater angefangen hatten, waren weder so hübsch noch so gut.

Storchentheater. Naserümpfen. Angelegenheit der besiegten Bourgeoisie! »Vor dem Krieg«, das war eine graue, längst vergangene Epoche, obwohl nicht viel mehr als ein Jahrzehnt seither vergangen war. Steinzeit! Natürlich haßten und beneideten die älteren Tänzerinnen die jungen, hielten gegen sie zusammen. Die verfluchten kleinen Dinger! »Na, die werden auch erleben, wie es ist, zurückgesetzt zu werden!« schimpfte Ruth. Argwöhnisch beobachtete sie, ob die eine oder andere der »Kleinen« mit den Dirigenten, Regisseuren oder sogar mit der Intendanz …? »Neid ist berechtigt!« stellte die Katze fest.

Nicht so die Schauspielerinnen. Die fühlten sich nicht bedroht, nahmen »die Kleinen« nicht ernst, waren richtig nett. »Sind sie nicht süß, die neuen Mädchen?« Frau Azalee war mit einem jüdischen Zahnarzt verheiratet, der auch Tito behandelte. »Sie setzen sich neben mich, Kind!« sagte Azalee zu Daria. Sie war die einzige, die jeden siezte. »Ist die eingebildet!« sagte man hinter ihrem Rücken.

Tänzerinnen und Schauspielerinnen waren in derselben großen Garderobe untergebracht, jede hatte nur ein schmales Schminkpult. Als Daria zum ersten Mal ihre Schublade aufmachte, kreischte sie auf. Sie war voll teurer, ausländischer Schminke. Azalee machte sie darauf aufmerksam, daß da eine Dame gesessen habe, die jetzt mit einem Botschafter verheiratet sei. *Dame*, sagte sie, nicht Genossin, wie man sich üblicherweise anredete. Die Dame Genossin Botschafterin kam nach einigen Wochen und zählte die kleinen Dosen, Schachteln und Tuben genau ab. »Es fehlt nichts!« Daria war entsetzt, war das nicht selbstverständlich? Schminke bekam man ja vom Theater, freilich nicht so feine. Und Bademäntel, Trikots, alles mögliche. Frau Azalee und die Genossin Botschafterin brauchten das nicht, winkten verächtlich ab. Da war sie wieder, die Kastengesellschaft, mitten im Sozialismus.

In der Operette »Die Blume von Hawaii« sollten die drei neuen Mädchen barfuß und mit nackten Beinen tanzen. Vorne, an der Rampe! Die Badekostüme im Sommer gaben zwar mehr Fleisch frei, aber am Strand war jedermann halbnackt. Es war etwas anderes, so vor einem gutgekleideten Publikum, von unten und oben von unzähligen Scheinwerfern beleuchtet, aufzutreten, als in weißen Trikots und auf Zehenspitzen Schwäne zu tanzen. Zu der Premiere kam die gesamte Mannschaft des Fußballclubs Roter Stern und die Basketballer, um sich die Mädchen genau anzuschauen.

Die ehemaligen Partisanen hielten offene Gespräche über die Sexualität für genauso falsch wie über körperliche Schönheit. Hatten sie Angst vor sich selbst? Sie predigten Moral fast wie die Kirche, außerhalb der Ehe durfte von Sex keine Rede sein. Und Sex *in* der Ehe? War das nicht ein Widerspruch in sich? Ehen schloß man, um Kinder zu zeugen!

In Belgrad wurden einige Nachtlokale eröffnet. Hauptsächlich für Ausländer. Dort konnte man nackte Frauenhaut sehen, wenn man mutig genug war hinzugehen. Außerdem gab es die Kunst. In den ersten Jahren streng im Trikot. *Kunst im Trikot!*

Vielleicht hätte das Politbüro am liebsten auch griechische Statuen wenigstens mit Lendenschurz und Büstenhalter bekleidet.

Sportler und Theaterkünstler waren populär. Fußballer, Basketballer und Ballerinas hockten in den Konditoreien und Restaurants zusammen und klagten über Schmerzen im Meniskus. Man arbeitete ja vor allem mit den Beinen und strapazierte die armen Knie. Ihre Körper waren kein Tabu, sondern Werkzeug für ihren Beruf. Man gab sich kameradschaftlich, auch wenn es zwischen den Geschlechtern knisterte, die einen besuchten ihre Genossinnen abends im Theater und warteten nach der Vorstellung vor dem Künstlereingang, die anderen waren am Sonntagnachmittag auf den Tribünen und schrien sich heiser.

Breite Jupes. Beatles. Immer kürzere Röcke. Es gab Antibiotika, man hatte keine Angst mehr vor Geschlechtskrankheiten. Die Pille kam und nahm die Furcht vor ungewollten Schwangerschaften. Und von Aids hatte noch niemand etwas gehört.

In Jugoslawien, das sich für sozialistisch hielt, aber Abstand von der Sowjetunion nahm, wurden allmählich bunte, illustrierte Zeitschriften zugelassen. Wer sollte auf den Titelseiten abgebildet werden, wenn nicht Sportler und Künstler? Und Künstlerinnen. Manchmal auch in freizügiger Aufmachung.

Auf einmal wurden für die Werbung, die man vor kurzem noch als kapitalistischen Unsinn geschmäht hatte, Modelle gebraucht, obwohl noch niemand wußte, daß das auch ein Beruf sein würde. Daria warb leichtgeschürzt für

Sparherde. Dann wurde sie in einem fleischfarbenen Trikot so fotografiert, als wäre sie nackt. Das Bild wurde ausgerechnet für die Verpackung von Babyseife benützt. Wieso warb man mit einem Mädchenkörper für Kleinkinder? Dasselbe Bild kam auf kleine, runde Spiegel, die wurden in Trafiken, vor allem an junge Soldaten, verkauft. Daria war stolz auf ihre Figur, das gute Honorar hatte geholfen, Hemmungen zu überwinden. Als Tante Radmilas Sohn, Novak, mit so einem Spiegel erschien, war die Familie entsetzt, »Schaut mal her, ist das nicht Daria?« Man klagte und fragte: »Was würde dein armer Vater sagen? Ist er dafür im Kampf gegen den Faschismus gefallen?« Daria aber kaufte dem sechzehnjährigen Novak vom unerwartet verdienten Geld einen blauen Straßenanzug. »Damit du siehst, daß Werbung einen Sinn hat, weil man Geld dafür bekommt!«

Darias Theater wurde mit dem städtischen Schauspielhaus fusioniert. Das war in einem Vorort neu erbaut worden, die dortigen Bewohner sollten im sozialistischen Staat auch in den Genuß von Theatervorstellungen kommen, es stellte sich aber leider heraus, daß man zur abendlichen Unterhaltung doch lieber ins Zentrum fuhr, der Zuschauerraum »dort oben«, »am roten Kreuz«, wie man die Gegend wegen eines alten Denkmals nannte, war oft halbleer. Das Theater auf dem Terazijeplatz hingegen war immer rammelvoll. Ein neuer Intendant, Dinulović, Jude, Nachkomme einer alten Schauspielerfamilie, wurde bestellt. Er sagte dem Ballett: »Ihr habt keinen Grund, euch aufzuregen. Alle Stücke werden wir auf beiden Bühnen spielen. Oder fast alle. Ihr werdet noch mehr Auftritte haben als bisher. Ihr werdet ja sehen, Kinder …« Ein alter Schürzenjäger, der den Mädchen auf väterliche Art näherkam, aber wußte, wie man das macht und dabei trotzdem sympathisch bleibt.

Der Spielplan veränderte sich doch. Es gab weniger Operetten mit klassischen Einlagen und dafür immer mehr Musicals und Schauspielstücke mit Tanznummern. Das bedeutete auch andere Kostüme, weg von der Klassik, *girls* sollte man geben. Nicht nur nackte Beine, auch Bauchnabel wurden gezeigt, die Höschen hatten immer grellere Farben und wurden knapper und knapper.

»Ich kann nicht mehr!« sagte Sonja. Sie wurde als Praktikantin, das heißt, ohne Gage, in das Nationaltheater aufgenommen. »Ich bin eine klassische Ballerina, keine Bartänzerin!«

Die Katze tröstete sich und Daria:

»Sie ist zu dick und hat zu fette Titten! Sie kann sich gar nicht so zeigen, wie wir das machen!«

Manchmal erkannte Daria Freunde in der vierten oder fünften Reihe des Parketts. Natürlich durfte man nicht hinwinken, nicht einmal zwinkernd zu erkennen geben, daß man sie gesehen hatte, sich freute, daß sie da waren. Viele Zuschauer waren ihr bekannt, Damen mit großen Hüten »wie vor dem Krieg«, die dazugehörigen Herren im gesetzten Anzug mit silbrig funkelnden Schlipsen. Man wollte in Operettenmelodien schwelgen, das erinnerte an frühere Zeiten. Daria entging nicht, daß bei einigen Vorstellungen, besonders jenen, in denen das Ballett gewagte Kostüme trug, Zuschauer tuschelten, die Köpfe zusammensteckten, auf etwas blickten, was sie in der Hand hielten, was aber nicht das Programm sein konnte.

Und dann zeigte ihr die Katze verlegen kichernd ein Foto. Ihre neue Kollegin, Alexandra. Von Anfang an wurde sie Hühnchenhirn genannt. Jede Jungtänzerin trug noch ihren Spitznamen aus der Ballettschule. Daria war eben das Känguruh, Katze die Katze. Alexandra war jung, hübsch, begabt. Kurzes, schwarzes Haar. Babyface. Auf diesem Foto war sie nackt. Ganz nackt. Nackt auf einem eisernen Bettgestell kniend, mit einem männlichen Glied im Mund, mit je einem weiteren in jeder Hand. Sie war ganz zu sehen, Brüste, der Bauch, die Schenkel, von den drei Männern nur die Körperteile bauchabwärts. Und Alexandra lächelte dazu so süß und unschuldig, als lutschte sie Eis.

»Das ist es, was die Leute im Zuschauerraum anschauen.

Eine Serie von Fotos mit ihr. Billig unter der Hand zu kaufen. Sie kommen, vergleichen das Gesicht, vergewissern sich, daß sie es ist!«

»Nein!« sagte Daria, weil sie nicht wußte, was sie sagen sollte.

»Doch!«

»Würdest du so etwas? ...«

»Nein! Nie! Um kein Geld auf der Welt. Zumindest nicht hier in Belgrad. Gott! Und du?« Und als Daria nichts sagte, setzte die kleine, schöne Tänzerin fort. »Aber ...«

»Aber was?«

»Wie nackt darf man im Sozialismus eigentlich sein?«

Am Ende erfuhr auch die Direktion von dem Skandal. Der kaufmännische Direktor war aus demselben Städtchen wie Alexandra und wurde deshalb mit der Ermittlung beauftragt. Die Polizei wußte von dem Vorfall, der schon einige Jahre zurücklag. Das Mädchen war damals noch minderjährig gewesen, wurde verhört, wollte weder die Männer noch den Fotografen preisgeben. Man schloß die Akten, so interessant war das nun doch nicht. In der Direktion stellte man erneut fest, sie war begabt. Wenn man sie entlassen würde, könnte sie unter die Räder kommen. Man ließ es bei einer mündlichen Verwarnung bewenden, ihr Privatleben gehe die Direktion nichts an, sagte man ihr, freilich, wenn die Leute mit solchen Fotos ins Theater kämen, sei das für den Ruf der Institution nicht gut, nicht wahr, das sehe sie doch ein? Sie hob den Blick nicht, erklärte, sie sehe es ein, es werde auch nie mehr vorkommen. Ehrenwort! Dabei blieb es.

An einem Nachmittag wollte Daria als erste im Ballettsaal sein, um ein wenig allein und in Ruhe an der Stange zu arbeiten. Der Saal war in der fünften Etage über dem Marx-und-Engels-Platz mit seinem roten Granitpflaster und dem Springbrunnen in der Mitte. Aber Alexandra war schon da. Sie saß, ein Bein über die Brüstung geworfen, auf dem Fenstersims und weinte. Erschreckt zuckte sie zusammen, als sie die Tür hörte, und sagte sehr laut, sehr theatralisch:

»Ich springe! Ich habe mein Leben verwirkt!«

»Bist du verrückt? Ustaschi haben Kinder ermordet, die SS hat Juden vergast, und du? Was ist Schwänzelutschen im Vergleich dazu?« Alexandra mußte lachen, weil sich das sogar reimte, ließ sich vom Sims herunterziehen und umarmen. Daria setzte eisern fort: »Übrigens, Selbstmord ist im Sozialismus strengstens verboten! So etwas schickt sich nicht!«

Die große Tournee

Nur bis Kragujevac, hundertzwanzig Kilometer südlich von Belgrad, war die Straße asphaltiert. König Alexander hatte sie bauen lassen, weil sie zu seinen Weinbergen auf dem das hügelige Land überragenden Berg Oplenac führte, auf dem die von weitem sichtbare weiße Grabeskirche der Dynastie Karadjordjević thronte. Kurz nachdem sie fertiggestellt war, konnte der Leichnam des Bauherrn einziehen, er war in Marseille von einem mazedonischen Terroristen, den kroatische Ustaschi bezahlt hatten, mit Wissen des deutschen Führers und Reichskanzlers erschossen worden.

Es war Juni, heiß, und die Straßen nach Kragujevac waren alle schmal, holprig und schrecklich staubig.

Vorne fuhr der Direktor mit den drei wichtigsten Schauspielern im Opel, dann folgte der Bus, in dem das Ensemble zusammengepfercht war, hinter ihnen ein Lastwagen mit den Kulissen. Wie jeden Sommer sollte man die Kultur der Hauptstadt in die Provinz bringen. Nur sechs Tänzerinnen und ein verkleinertes Orchester waren dabei. Daria hatte einige Blusen und Hosen in eine Reisetasche gepackt, aber die Schauspielerinnen schleppten je vier, fünf Koffer mit, ihr Gepäck mußte mit vielen Schnüren auf dem Dach des Busses festgezurrt werden.

»Jeden Abend wird nach der Vorstellung etwas los sein, und man darf doch nicht immer in denselben Fähnchen erscheinen!« erklärte Frau Azalee.

Bald danach konnte man die private Garderobe der Bühnenkünstlerinnen begutachten, sie breitete sich im Staub, im Straßengraben und auf einem Feld aus. Der Bus war unter einer Bahnüberführung durchgerast, der Chauffeur hatte nicht auf die Höhe des Gepäckturmes geachtet. Wie mit einem Rasiermesser war die höchste Schicht der Koffer abgetrennt worden. Abendkleider, Röcke, feine Unterwäsche, Strümpfe. Bauern hielten ihre Traktoren an und schauten zu, wie die Tänzerinnen in Shorts und luftigen Shirts und die Schauspielerinnen schwerer atmend in entsprechender Ausflugsgarderobe, teils lachend, teils fluchend die Bekleidungsstücke einsammelten, von den belustigten Schauspielern angespornt, und der Fahrer, dem einige Bühnenarbeiter zu Hilfe eilten, die heilgebliebenen Koffer und Taschen auf dem Dach neu ordnete.

In Kragujevac waren im Herbst 1941 in einer ersten große Sühneaktion Tausende Serben erschossen worden, unter ihnen alle Schüler des Gymnasiums. Viele Frauen trugen noch immer, so viele Jahre nach dem Krieg, Schwarz für ihre toten Männer und Söhne.

Bei Niš, dem Geburtsort des römischen Kaisers Konstantin, besuchte das Ensemble den Schädelturm, eine grausige Gedenkstätte, die die Türken aus den Köpfen getöteter Serben gebaut hatten. Aus dem alten Mörtel schienen die leeren Augenhöhlen die Besucher anzustarren. Die Türken waren der Inbegriff allen Übels. Das stand in den Geschichtsbüchern. So wurde es in Liedern gesungen. Hier war der Beweis! Daria erschauderte. Sie fragte sich, wer mit blauen, grünen, schwarzen, lebendigen Augen aus diesen Köpfen in die Welt geschaut hatte. Sie drückte mit den Daumen auf ihre Lider, bis sie schmerzten, versuchte sich vorzustellen, ihr Schädel befände sich in der Mauer. War Vaters Kampf gegen die Deutschen so gewesen wie der Widerstand der Menschen, denen diese Totenköpfe einst auf dem Leib gesessen waren?

Die Tänzerinnen, die hinten im Bus Platz genommen hatten, legten ihre Beine auf die Lehnen der Sitze vor ihnen oder streckten sie zum Fenster hinaus. Madame Nina hatte empfohlen, stets die Beine hochzulegen. Die Schauspieler störte das nicht, sie waren Ballettwaden gewöhnt: »Eigentlich habe ich Schweinshaxen in Saft lieber«, sagte ein Komiker. Jede Stunde kreischte eines der Mädchen auf:

»Bitte bald irgendwo halten! Ich muß mal!« Das Ballett muß immer mal. Kurz vor Beginn der Vorstellung, oft schon eingeschnürt in komplizierte Kostüme, die man erst abschälen muß, bevor man das Trikot herunterstreifen kann, müssen die Mädchen. Die Garderobefrauen kennen das und lachen. Der Dirigent ist schon an seinem Pult und wartet nervös auf das Aufleuchten des Lämpchens, das ihm signalisiert, daß er anfangen kann. Vielleicht beginnt das Publikum schon ungeduldig zu klatschen.

In jeder neuen Stadt hielt der Bus vor einem Hotel. Das waren meist alte, schlechtgepflegte Häuser mit heruntergekommenen Zimmern, quietschenden Matratzen, Fliegen und Schaben, Bad und WC am Ende des Flurs, auch ein Problem für die Mädchen, die mit dünnen Bademänteln zum Ende des Ganges eilten oder *dafür* das Waschbecken im Zimmer benützten.

»Kannst du dir Frau Azalee vorstellen, wie sie es im Lavabo macht?« fragte die Katze, und Daria mußte lachen, denn das konnte sie wirklich nicht.

Aber man war nur zum Schlafen und Umziehen im Hotelzimmer. In einigen Städten gab es schöne alte Theater mit Plüschsesseln und vergoldeten Logen, in anderen neue, kahle Gebäude, »Kulturheime« genannt, mit großer Bühne und zu wenigen elektrischen Leitungen, im Saal knirschende Klappstühle, wieder anderswo spielten sie in Offizierskasinos. Jeden Abend waren die Verhältnisse anders, einmal war die Bühne zu eng für die Choreographie, dann war alles zu groß und breit, stets mußte man improvisieren, die Scheinwerfer begleiteten die Tänzerinnen nicht so, wie sie sollten. Unten im Parterre saß das überall gleich schreckliche vielhundertköpfige Monster, das Publikum. Entweder waren die Bürger des Städtchens in ihrer besten Kleidung gekommen, oder man hatte Schulklassen kollektiv ins Theater gebracht. Manchmal wurden die Soldaten zum Kulturgenuß abkommandiert, das waren die dankbarsten Zuschauer, nur daß der eine oder andere vor Müdigkeit einschlief und zu schnarchen begann. Im Saal hustete es, man raschelte mit dem Programm oder Bonbontüten, flüsterte, die Mädchen fühlten lüsterne Blicke an ihren Beinen und Körpern hochkriechen, mußten aber lächeln, lächeln, lächeln, die Bewegungen der Beine und Arme, des ganzen Leibes, liefen glücklicherweise schon automatisch, folgten jedem Takt der Musik, man mußte an nichts denken, bis der anhaltende, immer wieder aufbrausende Applaus Erleichterung brachte und man, sich verneigend und knicksend, fühlte, wie müde man war. Die vielen Blumen würden in den öden Hotelzimmern bleiben und verwelken.

Jeden Abend in einer anderen Stadt ein Festessen, fast immer das gleiche, kalte Vorspeisen, vor allem Rohschinken und Käse und kaltes faschiertes Fleisch in Weinblättern, dann eine duftende, heiße Suppe und endlich Berge von Fleisch vom Grill, Spanferkel, Lamm, dazu gebratene Erdäpfel, Salat, Wein, Wein und Wein. Und Palatschinken. An der Spitze der Tafel der Bürgermeister, der Parteisekretär und der Kommandant der Garnison, dann abwechselnd mit den Belgrader Künstlern Honoratioren der Stadt, Offiziere, Polizeichef und Feuerwehrhauptmann, am Ende der protokollarischen Reihe saßen Daria und ihren Kolleginnen zwischen den jüngeren Lehrern der Stadt und Journalisten der Lokalzeitung.

»Und von hier bergab fahren wir nach Kosovo!« erklärte der Direktor, nachdem sie einen hohen Berg bewältigt hatten. Aber das bedeutete den meisten nichts. Die Städte hießen jetzt Prishtina, Prizren, Gnjilane und Peć, es gab mehr Moscheen als Kirchen, die Straßen schienen noch verwahrloster, viele Männer, besonders ältere, trugen als Kopfbedeckung runde, weiße Filzmützen. Das waren Albaner. Andere trugen die Šajkača, die alte serbische Soldatenmütze. Das waren die Serben. Ihre dunkelbraungebrannten, runzeligen Bauerngesichter unterschieden sich durch nichts. Frauen waren auf den Straßen fast überhaupt nicht zu sehen.

Der kulturbeflissene Direktor führte sein Ensemble auch

zu verschiedenen Sehenswürdigkeiten, die Kaisermoschee in Prishtina, die Sinan-Pascha-Moschee in Prizren, altehrwürdige orthodoxe Klöster, wie Dečani. In Peć sagte er zum Frühstück, die Mädchen sollten keine Shorts, sondern längere Röcke anziehen und Kopftücher mitnehmen, denn sie würden die Patriarchenkirche aus dem Mittelalter besuchen. Die Tänzerinnen schlichen in die kühle Klosterkirche mit uralten Fresken, im schattigen Hof boten Mönche Schnaps und zum frischgebackenen Brot Ziegenkäse und Honig an. Nach kurzem Zögern hatte es Daria der Mehrheit der Schauspielerinnen nachgemacht und eine Kerze angezündet. Für das Seelenheil ihrer Eltern. Vater war als Kommunist, als Heide gefallen. Wurde die Kerze in diesem Fall von denen da oben trotzdem gnadenvoll empfangen? War es ketzerisch, diese Frage überhaupt zu denken?

»Geht nach dem Abendessen lieber nirgendwo hin. Es gibt nichts zu sehen in der Nacht«, erklärte der Direktor nach der Vorstellung streng.

Man ging brav nach oben und stieg wieder durch die Fenster hinaus. Daria wollte nicht. Die Katze, mit der sie das Zimmer teilte, überredete sie jedoch:

»Sei keine Spielverderberin!«

»Meine Omama hat gesagt, daß man von fremden Männern Zyphilis bekommt! Mit einem Z! So hat sie das ausgesprochen«.

»Bist du noch immer verliebt in diesen Tontechniker?«

Nicht nur um zu zeigen, daß sie frei war, frei zu tun, was sie wollte, ging Daria mit. Der Abend war so ... Wie? So, daß man sich nicht im Hotelzimmer verkriechen konnte. Ein Himmel voller Sterne? Sicher. Duft der Bäume, des Buschwerks? Mehrere Paare saßen unter den ausladenden Zweigen. Kastanien? Wieso nicht? Und Akazien. Hellroter Wein im Garten des Gasthauses.

Der Mann, neben dem Daria zu sitzen gekommen war, hatte ein schmales Gesicht, einen dunklen Teint, auf dem Tisch nervös mit dem Glas spielende, langfingrige Hände.

Über irgend etwas mußte man reden, während die anderen schon knutschten. Er war Zeichenlehrer. Und Maler. So kam man auf ihren Onkel Noah zu sprechen. Er hatte von ihm gehört. Als sich seine Hand wie zufällig auf ihr Bein verirrte, sagte sie laut:

»Sie wissen doch, ich bin eine Ballerina. Meine Schenkel sind wie aus Stein. Ich spüre nichts. Wir sind ganz andere Berührungen gewöhnt.«

Er zuckte sofort zurück:

»Stört es Sie, daß ich Albaner bin?«

»Erstens, wie konnte ich das wissen? Zweitens, wieso sollte mich das stören?«

Und als er mit dem Kopf auf die Katze wies, die ganz in der Umarmung eines starken Kerls verschwunden war. »Wir sind eben verschieden ...«

Um den Mann zu zeigen, daß sie Albaner kannte, erzählte sie, daß ihr in Belgrad ein Albaner Kleinholz und Kohle in den vierten Stock heraufbrachte. Daria blieb ihm manchmal Geld schuldig. Die Albaner wohnten im Keller. Mehr als ein Dutzend in einem Raum. Eines Abends ging sie hinunter, um ihre Schulden zu begleichen. Matratzen auf dem Betonboden. Eine nackte Glühbirne. Die Männer saßen um einen Kessel mit Bohnen herum, aßen mit Holzlöffeln aus ihm.

Ärgerlich unterbrach sie der junge Zeichenlehrer: »Dafür sind wir gut. Um Kohlen zu schleppen. Und wie Vieh im Keller zu leben. Das muß aufhören!«

Daria unterdrückte die Frage, wer ihr dann behilflich sein sollte, und die Feststellung, daß er ja Lehrer und Künstler war. Sie war überrascht, wie wütend der bisher so stille Mann reagiert hatte. Um die Gereiztheit, die sich zwischen sie geschoben hatte, zu überwinden und weil der Abend zu schön war, legte sie die Hand auf seine, die wieder unruhig über das Tischtuch huschte. Ohne sich zu verabreden, gingen sie schweigend in die Nacht hinaus. Um einen körperlichen Kontakt zu schaffen, hakte sie sich bei ihm ein. Kopfpflaster, Bäume, ein reißender Fluß. Ins Hotelzimmer kam sie mit der Morgendämmerung

Zu Beginn der neuen Saison wartete im Theater ein dicker, gelber Umschlag auf Daria. Verwundert brach sie ihn auf und verletzte dabei fast die Tuschzeichnung. Ein wunderbarer, in die Länge gezogener nackter Frauenkörper im Schwung, mehr angedeutet als im Detail erkennbar, wie von Bernard Buffet. Mit ihrem Kopf, ihrer Stupsnase, ihrem Haarschopf. Keine Nachricht, keine Absenderadresse. Nur seine Unterschrift. Andenken an Kosovo.

Der Berg der griechischen Götter. Albanische Holzschnitzer in Mazedonien

Der Bus mit dem Ensemble des Belgrader Theaters fuhr von Peć weiter nach Mazedonien. Viele Stunden durch staubige Endjunihitze holpernd, vorbei am Fluß Radika, der seiner Mündung in den Vardar entgegeneilte. Byron zog mit griechischen Freiheitskämpfern durch diese Schlucht und steckte sich mit Malaria an, die ihn sechsunddreißigjährig sterben ließ.

In Skopje, der Hauptstadt Mazedoniens, war der Empfang noch feierlicher als anderswo. In Bitola, an der Grenze zu Griechenland, das Theater klein, aber schön, ein in tiefster Provinz verstecktes Juwel. Mit einer ganzen Karawane von Jeeps fuhr das künstlerische Ensemble auf den höchsten Berg des Landes, den Perister, zweitausendsechshundert Meter über dem Meeresspiegel, die Geländewagen schafften es gerade bis zum Gipfel hinauf. Auf über zweitausend Metern funkelten zwei kleine Gletscherseen in der Sonne. Ein Mitglied des mazedonischen Zentralkomitees, verheiratet mit einer Tänzerin, hatte sich zum Reiseführer befördert und nannte ihre seltsamen Namen, Lacul mare und Lacul muk. Hinter der nächsten Bergkette lag Griechenland

»Viele geographische Bezeichnungen hier sind keltisch. Die Kelten haben die Nachfolger von Alexander dem Großen geschlagen. Aber wir wissen wenig von ihnen. Sie wollten nicht schreiben, nichts Schriftliches hinterlassen, kannten die griechischen Götter gut, eroberten Delphi, um sich weissagen zu lassen, aber ihre eigenen Götter behielten sie als bestgehütetes Geheimnis für sich …«

Daria benetzte die Schläfen mit dem Eiswasser aus dem See. Griechen, Slawen, Kelten. Was war sie selbst, was waren im Vergleich zu dieser Vergangenheit heute Serben, Türken, Albaner? War der Himmel hier nicht irgendwie anders als sonstwo auf der Welt? Ein griechischer Himmel. Sehr blau, an diesem Tag wolkenlos sauber. Der Blick konnte unendlich weit in die Ferne schweifen. Auch das hier ist meine Heimat, dachte Daria. Jugoslawien. *Ju…go…sla …wi…en.* Vaterland? Der Berg mit den beiden Göttertränentropfen dieser keltischen Seen gehörte dazu.

Anders als die kleinen Teiche unter dem Bergesgipfel war der See von Ochrid endlos wie ein Meer. Der drittgrößte See Europas, genährt aus Hunderten von Quellen, auf einer Höhe von siebenhundert Metern, mit den ältesten orthodoxen Klöstern Jugoslawiens. An seinem Ufer war die kyrillische Schrift entstanden, die auch die Russen übernommen hatten. Ihre Vorstellung gaben sie auf einem Hügel mitten in der Altstadt zwischen den Ruinen der Festung des mazedonischen Zaren Samuilo. Der hatte sich gegen Byzanz aufgelehnt, den Krieg jedoch verloren, zur Strafe wurden alle seine Krieger geblendet, nur jeder hundertste durfte ein Auge behalten, um das Heer der Blinden nach Hause zu führen. Samuilo selbst brachte sich um.

Man legte einen Tag Pause ein, aß gefüllte Ochrider Forellen. Die Gastgeber erzählten, dieser Fisch sei eine der ältesten Arten der Welt und komme nur noch hier und im Baikalsee in Sibirien vor. Ochrider Art bedeutete, daß das Rückgrat mit allen Gräten entfernt und der Fisch dafür mit einer geheimen Mischung aus Kräutern und Gewürzen der Gegend gefüllt, gekocht und danach leicht angebraten wurde. Und dann durften sie den ganzen Tag schwimmen. In weiter Entfernung war Albanien zu erkennen, zu dem die andere Hälfte des Sees gehörte.

Etwas wollte man nach Hause mitnehmen. Eine kleine Gruppe der Künstler besuchte die Genossenschaft der berühmten Holzschnitzer, die nicht nur Möbel, sondern auch Schmuckschatullen und Bilderrahmen anfertigten. Man kam ins Gespräch. Die Ballettmädchen waren keine alltägliche Kundschaft.

»Was ich fragen wollte …«, begann ein älterer Meister

bedächtig. »Sie sind ja aus dem Norden … Ich will demnächst nach Subotica fahren, Verwandte besuchen. Ist das gefährlich?«

»Wieso?« wunderte sich die Katze.

»Meine Verwandten leben dort vom Holzhacken. Ich will ihnen Geld mitbringen. Und ich habe mir sagen lassen, dort leben Ungarn, die große Räuber sind!«

»Was?!« zischte Irene auf. »Ich bin Ungarin! Und Sie?«

»Albaner!«

»Ihr Albaner seid gefährlich. Das weiß jeder!«

»Wir? Wir sind das friedvollste Volk der Welt. Nein, die Ungarn … Natürlich nicht Sie, mein Fräulein, aber sonst laufen die Ungarn immer mit Messern zwischen den Zähnen herum!«

Am Ende mußten alle lachen und feststellen, jeder hatte Angst vor dem, den er nicht gut kannte. Ob der Holzschnitzmeister beruhigt nach Subotica reiste, erfuhr Daria nie. Es war aber zum ersten Mal, daß sie ein kleiner Schauer ergriff, weil sie sah, daß sich Menschen mißtrauten, nur weil sie einer anderen Volksgruppe angehörten.

Die Tournee führte sie weiter nach Montenegro, wo sie in Hercegnovi wieder in einer Festung auftraten, und nach Kroatien. Am Ende der vierzigtägigen Reise wußten sie nicht mehr genau, wo sie gewesen waren. Die Berge, auf die sie Ausflüge gemacht, die Bühnen, auf denen sie getanzt, die Reden, die sie angehört, die Hotelbetten, in denen sie geschlafen hatten, vermischten sich in einem Reigen von Erinnerungen. Es waren verschiedene Dialekte, sogar verschiedene Sprachen, das Südserbische, das Mazedonische und das Albanische, die Akzente der Montenegriner, die Musikalität der Dalmatiner. Himmel, Wasser, Wälder, Städte, Dörfer, Klosterkirchen. Das Gefühl, auf dem höchsten Berg Mazedoniens, dem Perister, den griechischen Göttern nahe zu sein. War Kollegin Terpsichore mit ihrer Lyra hier leichtgeschürzt von Fels zu Fels gesprungen? Daria glaubte, sie selbst gehörte zu allen diesen Landschaften und Siedlungen, und sie gehörten ihr.

Die Schwierigkeit, Entscheidungen zu treffen

Feministin war sie nicht. Nie gewesen. Das Ideal jeder Tänzerin ist und bleibt die große Ballerina aus der russischen Zarenzeit, der ihr Verehrer, der Großfürst, einen kleinen Palast eingerichtet hat. Warum sollten die Männer keine Männer sein und für das Leben sorgen? Zumindest für den langweiligeren Teil des Lebens, wenn die Scheinwerfer erlöschen und man nicht mehr auf der Bühne steht. Den Brettern die … Man weiß ja.

Als die neue Saison begann, wurde sich Daria auf einmal bewußt, daß sie mit ihrem Leben nicht mehr ganz zufrieden war. Noch immer verwöhnte man die Zwanzigjährige im Theater, jedermann strich ihr gerne zärtlich über Haar oder Wange, nannte sie Puppe und Nesthäkchen, aber die besseren Rollen bekamen Irene oder andere Kolleginnen. Daria hatte noch nicht gelernt, für ihren Platz unter der vielfachen Sonne des Bühnenlichts zu kämpfen.

»Kopf, Beine, alles an dir ist prächtig, aber deine Ellbogen funktionieren nicht, wie es für eine Karriere wichtig wäre«, sagte ihr Kollegin Nadelspitze.

Wenn sie sich jedoch fragte, welche Rolle sie gerne in ihrem Theater getanzt hätte, fand sie auch keine richtige Antwort. Der Intendant schien mehr daran interessiert, wieviel Haut die Mädchen zeigten, als was sie künstlerisch über die Rampe brachten. Richtig klassisch tanzen konnte man fast nur noch im Exercice.

In der Oper war immer noch keine Planstelle für sie frei. Die Nadelspitze wechselte nach Skopje, wo sie sofort gute Rollen bekam. Als sie zu Besuch in Belgrad war und sich mit Daria zu einem kleinen Klatsch im Kaffeehaus traf, sagte sie:

»Sei nicht so unbeweglich! Rühr dich! Frage in Zagreb nach, in Sarajewo oder bei uns in Skopje … Wieviel verdienst du eigentlich?« Es stellte sich heraus, daß es mehr war als die Gage einer Solistin in Skopje. »Na, was willst du dann eigentlich?«

Auf Spitzen tanzen! Aber das sagte sie nicht. Weg aus Belgrad? Daria verbrachte die erste schlaflose Nacht ihres Lebens. Dann schrieb sie an die Nationaltheater in Zagreb und Sarajewo und bekam postwendend Antwort, sie solle zum Vortanzen kommen. Mit Tamara, einer Kollegin, deren Kosename Biene war, weil sie stets so unruhig herumschwirrte, daß sie noch kein Engagement gefunden und sich deshalb ebenfalls zur Audition angemeldet hatte, ging sie eines Abends zum Bahnhof. Als sie sich vor der Kasse des Bahnhofs in die Schlange stellte, um die Fahrkarte zu kaufen, kam sie sich furchtbar erwachsen vor.

Die Züge waren überfüllt. Gepäckbeladene Menschen drängten auf den Bahnsteigen. Neidisch spazierten die beiden hübschen Mädchen am Schlafwagen vorbei und beobachteten die eleganten Reisenden mit ihren feinen Koffern.

In ihrem Coupé war ein müder alter Herr, der sich sofort zurücklehnte und einschlief, eine dicke Frau, die ihre große Handtasche ängstlich auf dem Schoß behielt, ein unrasierter Mann, der ein Gericht mit sehr viel Knoblauch gegessen hatte, und in der Ecke am Gang ein junger Soldat. Dann ratterte der Zug los. Nach und nach dösten alle ein. Als Daria einmal aufzuckte, sah sie den auf sich gerichteten Blick des Soldaten. Männerblicke war sie gewöhnt, unverschämte, sie entkleidende, die sie ebenso frech erwiderte, wobei sie fast immer erreichte, daß der andere klein beigab und den Blick abwendete. Aber der Soldat betrachtete sie mit Bewunderung. Still. Fast anbetend. Wie ein Bild im Museum, einen Sonnenuntergang im Gebirge. Da senkte sie die Augen. Er forderte kein Gespräch, keinen Kontakt. Sie schlief wieder ein, und als sie erneut aufwachte, war der Soldat nicht mehr da, ausgestiegen an irgendeiner Station, um in seine Kaserne zu gehen, weiter an sie zu denken und von ihr zu träumen. Das war für Daria ein wunderbarer Gedanke.

Früh am Morgen in Zagreb angekommen, nahm sich eine Schulfreundin ihrer an, bei der sie auch schlafen durften. Ihr Spitzname war Käferchen. Sie wuschen sich lachend, prustend, sehr laut, die Vermieterin klopfte energisch an die Tür, verbat sich den Lärm. »Schon wieder neue Serbinnen!« schimpfte sie. So etwas hatte Daria noch nie gehört, weniger die Worte als der Ton verblüfften und beleidigten sie.

Sie gingen, die kroatische Hauptstadt zu besichtigen. Der breite Hautplatz mit dem Straßenbahngeklingel. Der lustige, duftende Bauernmarkt mitten in der Stadt, mit seinen Käseständen und dem reichen Angebot an Obst. Dann zum Stadtcafé. Von weitem sahen sie ihre Schulfreundin, die Putte.

»Sie sitzt jeden Morgen ab neun da, als hätte sie Dienst!« erklärte Käferchen. »Bis zur Probe. Oder noch darüber hinaus!«

Die Putte hatte eine enge Bluse an, es war warm. Aber ihre Brüste waren zu groß. Meinten ihre Kolleginnen. Nicht die Männer, die im Vorbeigehen versuchten, einen Blick in ihren Ausschnitt zu werfen. Daria und Tamara, das Känguruh und die Biene, setzten sich zur Putte, tratschten und versuchten nicht daran zu denken, daß eine Prüfung bevorstand. Langsam, als könnten sie damit die Aufregung besser in Zaum halten, schlenderten sie zum Theater, dem Prachtbau aus kaiserlich-königlicher österreichischer Zeit. Käferchen führte sie durch den Bühneneingang zum Sekretär des Balletts.

»Lieb, daß ihr da seid. Geht in die Garderobe, euch umziehen. Ihr könnt am Exercice teilnehmen, danach bleibt nur ihr im Saal. Und die Kommission.«

Das Herz klopfte viel zu schnell. Daria fühlte sich nicht in Form. Danach saßen acht oder neun Personen an einem Tisch. Brillengläser funkelten. Der Meister gab der Pianistin

Anweisungen. Schwierige Variationen. Durch die großen Fenster sah man, daß sich Wolken vor die Sonne schoben und bald prasselte Regen aufgeregt gegen das Glas.

»Danke, meine Damen. Genug für heute. Wir werden euch schriftlich benachrichtigen. Die Reisekosten übernehmen wir, ihr könnt zur Kasse gehen …«

Das war nicht unhöflich gesagt. Daria hatte nicht einmal gewußt, daß ihr die Kosten erstattet würden. Aber sie ahnte, daß sie sich nicht durchgesetzt hatte, gegen eine Wand angerannt war. Sie sehnte sich nach Freundlichkeit, Herzlichkeit, hier war man korrekt gewesen. Nur korrekt. Als sie wieder auf der Straße waren, wollte sie alles abbrechen und gleich zurück nach Belgrad, aber die Biene bestand darauf, nach Sarajewo weiterzufahren, sie waren ja schon angemeldet. Dort war für sie sogar ein Hotelzimmer bestellt.

Das Theater in Sarajewo war auch zu k.k. Zeiten gebaut worden, war aber kleiner als das Zagreber. Sie wurden eingeladen, sich die Generalprobe von Tschaikowskys »Nußknacker« anzuschauen. Danach, im Probensaal, waren nur der Ballettchef und die Pianistin anwesend, er sah gar nicht wie ein Tänzer aus, eher wie ein freundlicher Bankfilialdirektor, zog sich selbst nicht um, so korrekt gekleidet, wie er war, mit der festgebundenen Krawatte über dem weißen Hemd, ordnete er die Übungen an. Die Fenster waren auch hier groß und führten auf eine Straße mit der Straßenbahn, gegenüber floß der schmale Fluß Miljacka seines Weges, und die Maisonne schien ununterbrochen.

»Danke, Kinder, zieht euch an und kommt zum Intendanten!«

Er hatte *Kinder* gesagt, wie es in Belgrad üblich war, nicht *meine Damen*. Beim Intendanten, einem glatzköpfigen ehemaligen Volksschullehrer, der bei den Partisanen gewesen war, durften sie sich setzen, bekamen türkischen Kaffee, wie es sich für Bosnien schickt, mit Rahat-Lökum.

»Wir können sie nehmen!« sagte der Ballettchef.

»Wann wollt ihr anfangen?« fragte der Intendant.

Die beiden Mädchen waren sprachlos, so daß der Ballettchef fortfuhr:

»Nehmt euch ruhig Bedenkzeit, schaut euch den Vertrag an«, und zum Intendanten gewandt. »Für die nächste Saison! Es hat also Zeit ...«

Mit Kollegen fuhren sie mit der Straßenbahn zum Bad Ilidscha an der Quelle des Bosnaflusses, gingen zu Fuß durch eine Allee, die für den Autoverkehr gesperrt war, durch die nur Fiaker rollen durften. Auf luftigen, kleinen Holzbrücken überquerten sie einige Bäche. Endlich saß man im Restaurant an einem Teich, über den sich starke Weidenbäume beugten. Wenn man für einen Augenblick schwieg, setzte sich Vogelgezwitscher durch. Ein Tänzer erklärte die Umgebung. Er zeigte auf den Berg, aus dem der Fluß quoll.

»Und das dort ist der Igman!«

Hundertmal hatte Daria die Geschichte gehört, wie ihr Vater seine Kompanie im Winter 1942 über den Berg Igman geführt hatte. Der Igmanmarsch war in die Schulbücher eingegangen. Es war so kalt, daß Vater seine Soldaten angewiesen hatte, auf die Feldflaschen zu pissen, um das Wasser in ihnen aufzutauen. Die Stadt unter ihnen war von den Deutschen besetzt, die nicht wußten, daß durch Eis und Schnee an ihrer Nase vorbei die Partisanen jenseits des Talkessels auftauchen könnten. Das war für das Mädchen Legende, aber jetzt saß sie unter diesem Berg, sah auf seinen waldbewachsenen Hang hinauf, versuchte sich vorzustellen, daß ihr Vater dort oben vorbeimarschierte. Und herunterkommen würde, um sich an ihren Tisch zu setzen. Mit dem Paar rote Stiefel, die er ihr doch versprochen hatte.

»Weinst du?«

»Nein, nein, mir ist ein Insekt ins Auge geflogen ...«

Am Abend ging Tamara noch mit einem Schauspieler aus, Daria versuchte, früh einzuschlafen. Am nächsten morgen sagte die Freundin, sie würde gleich ins Theater gehen, um den Vertrag zu unterschreiben. »Damit sie es sich nicht anders überlegen!« Im Zug fügte sie noch hinzu, sie habe sich mit Hassan gut verstanden. Dem Schauspieler? Ja, sehr gut …

Wieder in Belgrad, erklärte Daria: »Vielleicht gehe ich nächste Saison nach Sarajewo …« Es klang nicht begeistert.

Sie schrieb Nadelspitze und verabredete sich, nach Skopje zum Vortanzen zu kommen. Auch in der mazedonischen Hauptstadt war es lustig, die Kollegen sympathisch, die Türme der Moscheen genauso spitz wie in Sarajewo. Die Chefin wollte sie nach der Audition gleich haben, aber die Bezüge wären genauso niedrig gewesen wie in Bosnien. Daria bat um etwas Zeit, um sich alles genau zu überlegen. Das riet ihr auch der Intendant Dinulović, als er sie fragte:

»Du willst weg, Kleines? Mußt du dir das nicht gut überlegen?«

»Ich möchte klassisch tanzen, verstehen Sie? Sowohl in Sarajewo als auch in Skopje bietet man mir ein Engagement an …«

»Es ist dein Leben! Wir haben nächstes Jahr ein interessantes Repertoire, die ›Westside Story‹, ›Irma la douce‹, die Ballade ›Frankie and Johnny‹, moderne Aufgaben. Und wir werden deshalb auch mehr Geld haben und mehr zahlen können …«

Da war jetzt keine Heimleitung, die über Darias Schicksal bestimmen konnte. Dem Rat ihrer Tanten konnte sie schlecht folgen. Sollte sie ihre Kolleginnen fragen, durfte sie ihnen trauen? Sie begriff, daß nichts im Leben schwieriger ist, als Entscheidungen zu treffen. Und sie fühlte sich sehr allein.

Karriere. Pferdefleisch

Bin ich jetzt eine Frau? fragte sich Daria. Nicht weil sie … Weil sie was? Eine Affäre gehabt hatte? Einen Geliebten? Nein. Eine Liebe. Aber seither hatte sie sich kein einziges Mal richtig küssen lassen. Küßchen im Theater bedeuteten nichts. Nach jeder Premiere küßte man sich ab. Berührungen, Umarmungen? Jederzeit. Man härtete ab. Das regte nicht auf. Ein Blick konnte mehr bedeuten. Aber solche Blicke blieben aus.

Sie konnte sich nicht vorstellen, wieder mit jemandem intim zu sein. Mit einem Unbekannten! Jeder ist anfangs unbekannt, man muß sich kennenlernen. Steht in der Bibel erkennen? »Und Adam erkannte sein Weib Eva, und sie ward schwanger …« »Männer haben Zyphilis«, sagte Omama.

Balletttraining war ermüdend genug, man brauchte keine zusätzlichen Leibesübungen. Glaubte sie. Ging aber auch dann in den Ballettsaal, wenn sie es nicht mußte. Allein. Allein am liebsten. Ein Blick in den großen Spiegel. Sehe ich gut aus? Müde? Unausgeschlafen? Aufwärmen an der Barre mit Blick auf den Marx-und-Engels-Platz und sein rotes Granitpflaster, den Springbrunnen, in dessen Becken sie sich als Elevin die Beine abgekühlt hatte. Jetzt war sie eine erwachsene Frau. Oder? … Développé, Passé … Dann in die Mitte, mit sich selbst im Spiegel als Pendant, als Partner … Hundert Tendus aus der fünften Position, Glissade, eine Arabesque, sind die Arme richtig? Alle Lehrerinnen hatten ihr Port de Bras gelobt. Sich drehen vor dem riesigen Spiegel … Sich selbst sehen … Pose. Pirouette! Pose! Sie fand sich schön. Zufriedensein mit sich? Selbstverliebt? Narzißmus? Sie kannte dieses Wort noch nicht einmal.

Sarajewo? Skopje und die Rolle der Biljana in der »Legende von Ochrid«? Das würde ihre erste Hauptrolle in einem klassischen Ballett sein. Daria war jetzt selbständig, also fand sie nichts mehr dabei, die Tanten zu besuchen und vor allem Omama. Zu sagen, was sie quälte.

»Du bist eine geborene Belgraderin! Was hast du in der Provinz zu suchen? Ist dein Vater dafür gefallen?«

Zwar verstand Daria nicht, was der Tod ihres Vaters damit zu tun haben sollte, aber das Belgrader Pflaster verlassen …

Als die Großmutter nur still fragte: »Glaubst du, daß du dort glücklicher wärst?«, antwortete sie, fast verzweifelt, eine Entscheidung treffen zu müssen: »Das weiß ich wirklich nicht …« So ließ sie die in den Verträgen angegebenen Fristen verstreichen.

Die neue Saison begann, und für die im Repertoire geplanten Musicals war ein Choreograph vom Broadway, Roy, Mister Roy Harrison, nach Belgrad gekommen. Er hatte in der Truppe von Jerome Robbins getanzt. Mit ihm zu arbeiten war ein neues Erlebnis. Er führte ein anderes Exercice ein. Jazz! Harrison wollte genau solche Tänzerinnen haben, wie es Daria war, widmete ihr besondere Aufmerksamkeit, holte sie oft in die Mitte, lobte ihre Figur.

»Streck deinen Popo raus!«

»Aber wir haben gelernt …«

»Rede keine Scheiße! Bei mir habt ihr keine Schwäne zu sein, keine schwindsüchtige Giselle, sondern Mädchen! *Girls!* Ich will Frauen haben, keine Skelette! Mit solchen Beinen, wie du sie hast!«

Roy war ein stets besoffener, schlechtgekleideter, offen schwuler Mensch, der sie amerikanische Schimpfworte lehrte und sich vor allem die serbischen aneignete, aber er konnte tanzen und zeigen, wie man tanzt.

Bei Omama war als Untermieterin eine Krankenschwester eingezogen, Mira. Sie kam aus Dalmatien, blond, mollig und wunderbar lustig. Endlich eine Freundin, die keine Tänzerin war. Als Daria nachmittags einmal bei Mira im Schwesternzimmer des Regierungskrankenhauses saß und

Kaffee trank, stürmten drei junge Ärzte in den Raum, gutaussehende Männer in blendendweißen, frisch gebügelten Kitteln. Den Gynäkologen, Pera, kannte Daria gut, er sie, wie er gerne sagte, »in- und auswendig!«. Madame Nina hatte befohlen, daß sich die Tänzerinnen regelmäßig untersuchen ließen; weil sie verschwitzt und halbnackt zwischen Garderobe, Probensaal und Bühne hin- und herliefen, konnten sie sich leicht erkälten. Der hühnenhafte Doktor Pera war auf das Ballett spezialisiert. Der zweite Doktor wurde als Internist vorgestellt, der dritte als Chirurg, Liebling des Chefarztes.

»Nennen sie mich Nino!« stellte er sich vor. Er war aus Montenegro. Die Ärzte bekamen ihren Kaffee und gingen.

»Sieht er nicht wie ein Pferd aus?« fragte Daria.

Die Krankenschwester hob warnend den Zeigefinger.

»Wenn du meinst ... Mir ist das nicht aufgefallen. Übrigens, falls dich das interessiert, er ist nicht verheiratet. Aber ein Pferd!«

»Was hast du gegen Pferde?«

Der Chefdirigent des Theaters feierte seinen fünfzigsten Geburtstag. Fast das ganze Ensemble war gekommen. Man sang und trank, und es war schon gegen Mitternacht, als die Wohnungstür aufgesperrt wurde, die Frau des Hausherrn, Sopranistin an der Oper, stürmte hinaus und rief:

»Wir feiern! Kommen Sie doch noch auf einen Sprung zu uns«, und als der Mann das Wohnzimmer betrat, stellte sie vor: »Doktor Nino Vujica, unser möblierter Herr. Was haben Sie, Doktor, Sie schauen so bedrückt aus?«

»Mir ist gerade eine Patientin abgekratzt!« der Arzt versuchte, das leichthin zu sagen, aber man sah, es hatte ihn getroffen.

»Das ist halt Ihr Beruf! Kinder, kümmert euch um ihn, wie ich ihn kenne, hat er heute den ganzen Tag noch nichts gegessen ...«

Daria nahm sich des Mannes an, den sie vor einigen Tagen noch mit einem Pferd verglichen hatte, stopfte ihm die schönsten Bissen, die noch zu finden waren, in den Mund, hielt das Glas, aus dem er Wein trank. Er erzählte ihr flüsternd, er habe eine junge Frau am Herzen operiert. Ohne Operation hätte sie keine Chancen gehabt, aber die älteren Chirurgen hätten sich auf das Risiko nicht einlassen wollen. Er hatte es gewagt und war gescheitert, hatte den Eltern der Frau erklären müssen, daß sie auf seinem Operationstisch verschieden war. Als der Arm des jungen Arztes auf einmal um ihre Taille lag, hatte Daria nichts dagegen.

Roy gab ihr die zweite Hauptrolle in der Ballade »Frankie and Johnny«. Als amerikanische Hure mit einer blonden Perücke konnte sie ihre langen Beine zeigen. Sie tanzte in Gershwins »Kubanischer Ouvertüre«. Im italienischen Lustspiel »Buena notte, Bettina« erhielt sie die Sprechrolle des Stubenmädchens, das auch große Tanzeinlagen zu bewältigen hatte. Tagsüber gab es zweimal Exercice, klassisch und mit Roy, dazu Neueinstudierungen, und fast jeden Abend tanzte und spielte sie vor vollen Sälen. Und Doktor Nino wartete mit Blumen und Pralinen vor dem Künstlereingang.

Nach der ersten Saison mit Roy bekam sie eine eigene Wohnung, eine Garçonnière in einem Neubau mit einem großen Zimmer, Teeküche und Bad, nahe am Theater beim Roten Kreuz. Doktor Nino war ihr Freund, durfte sie besuchen, er selbst war ja nur Untermieter. Und das Theater zahlte außer der vertraglich geregelten Gage Prämien nach der Bedeutung der Rollen und Anzahl der Vorstellungen, an denen man teilgenommen hatte. Als sie am Ende der Saison ausbezahlt wurde, konnte sich Daria anständige Möbel, schöne Vorhänge und einen Teppich kaufen.

Ihr Geliebter kam aus einer anderen Welt, war immer müde, stellte keine zu großen Anforderungen. Sie waren zum Mittagessen verabredet, aber die Tänzerin mußte die Generalprobe fortsetzen und kam mit Bühnenschminke und leichtgeschürzt ins Restaurant am Terazijeplatz, wo er zwischen zwei Operationen schon auf sie wartete. Entsetzt starrte er sie an:

»So kannst du dich doch nicht in der Öffentlichkeit zeigen!«

»Wieso?«

»Weil ich hier Arzt sein will. Und weil ich es nicht mag. Geh zurück ins Theater, wasch dich und zieh dich um, wenn du …«

Daria drehte sich um und ging. Natürlich kam sie nicht mehr zurück, aß nichts zu Mittag, sondern weinte auf der Toilette. Natürlich wartete er am Abend mit einem besonders großen Rosenstrauß auf sie. Natürlich versöhnten sie sich.

»Spricht er von heiraten?« interessierte sich die Krankenschwester Mira, die beanspruchte, diese Verbindung eingefädelt zu haben. Daria fragte Nino etwas anderes:

»Magst du Pferdefleisch?«

»Gott behüte! Wie kommst du nur auf so perverse Ideen?«

Schnecken wagte sie dann gar nicht zu erwähnen. Sie wäre bereit gewesen, sich mit dem Spießbürger in ihrem Geliebten abzufinden. Aber dann standen zufällig beide gleichzeitig vor einer großen Herausforderung. Nino erhielt den Ruf, sich an der Mayo-Klinik in New York auf die Herzchirurgie zu spezialisieren. Und Daria wurde angeboten, in einem jugoslawischen Spielfilm die zweite Hauptrolle zu übernehmen, die nichts mit Tanz zu tun hatte.

Der Film über die Autobahn. Tollwut

Frau Jelena Marković war Regieassistentin an Darias Theater. Sie hatte in Moskau die Theaterakademie absolviert, von einer Karriere als Schauspielerin, den Hauptrollen in Tschechows Dramen geträumt, aber leider hatte sie kein Talent. Direktor Dinulović entließ sie. »Tut uns leid, Genossin!« Womit er nicht gerechnet hatte, sie war die Stieftochter des Parlamentspräsidenten, Moša Pijade. Pijade, früher Maler und Journalist, im Königreich vierzehn Jahre lang im Zuchthaus, einige Zeit zusammen mit Tito, war der einzige Jude im Politbüro. Er rief den ebenfalls jüdischen Intendanten an:

»Du, nichts auf der Welt hasse ich mehr als Protektion! Aber mir heulen jetzt zwei Weiber im Haus, und ich glaube, das habe ich auf meine alten Tage nicht verdient, verstehen wir uns?«

»Natürlich, Genosse Pijade, aber glauben Sie mir, sie hat einfach kein Talent!«

»Habe ich gesagt, daß sie Talent hat? Ich habe nur gesagt, daß du mir Ruhe schaffen sollst!«

Jelena wurde Assistentin, und zwar eine sehr gute. Am meisten arbeitete sie mit Soja Jovanović zusammen, einer genialischen Frau, die nur den einen Fehler hatte, daß sie Proben mehr liebte als Premieren, sich nie an den Kalender hielt; deshalb brauchte sie einen Menschen wie Jelena, der für Disziplin sorgte, die Termine im Auge behielt und die Schreibarbeit erledigte.

Sojas beste Freundin war eine gewisse Mademoiselle Ivernaut, die als Modell in Paris Karriere gemacht hatte und Belgrad manchmal mit ihren Pelzen und Roben in einem weißen Cadillac besuchte. Und Mademoiselle Ivernaut war, wenn sie in Jugoslawien weilte und Zeit hatte, die Mätresse des aufsteigenden Filmregisseurs Branko Bauer.

So kam Daria zu ihrer ersten großen Filmrolle. Wie? So kommt man vielleicht immer zu den großen Film- und anderen Rollen im Leben. Glück muß man haben, zum richtigen Zeitpunkt am richtigem Ort sein, und … und Talent haben muß man auch, aber erst einmal braucht man die Chance zu zeigen, was man kann. Jelena fragte Daria, ob sie in einem Film spielen wolle. Eine Sprechrolle, nichts zum Tanzen.

Daria hatte gerade einen dummen Fehler auszubaden. Sie hatte als Bürge einem Kollegen einen Wechsel unterzeichnet, und der war ins Ausland abgehauen, so daß sie das Geld zurückzahlen mußte. In Jugoslawien hatte man begonnen auf Kredit zu leben. Dazu brauchte man nur drei Bürgen, man konnte soviel Geld borgen, wie man mit einem Drittel seines Gehalts in drei Jahren abstottern konnte. Aber Daria zahlte schon einen eigenen Kredit zurück, nun noch diesen fremden, mit dem Drittel ihres Gehalts, das übrigblieb, rutschte sie wieder in die Nähe der Armutsgrenze.

Jelena sagte es Frau Soja, Frau Soja sagte es Mademoiselle Ivernaut, diese Regisseur Bauer, und Daria wurde in die Filmgesellschaft Avala zum Vorsprechen und zu Probeaufnahmen bestellt. Ihre Konkurrentin für die Rolle der Studentin Jana war die frischgebackene Miß Jugoslawien, Leila. Sie kannten sich flüchtig, Leila hatte ebenfalls die Ballettschule besucht, neben ihr kam sich Daria wie Aschenputtel vor.

»Welches Sternzeichen bist du?« fragte Leila.

»Waage!«

»So? Ich fürchte, dann bekommst du die Rolle!«

Im Tonstudio mußte Daria nur sprechen. Man gab ihr das Skript mit dem Dialog, ein Assistent übernahm die Männerrolle, Zeit, den Text einzustudieren, bekam sie nicht, sie sollte sich in die Rolle nicht einfühlen. »Keine große Schauspielerei, bitte. Jetzt kommt es nur auf den Klang Ihrer Stimme an …« In einem anderen, großen Saal wurden Scheinwerfer eingeschaltet. Auf und ab gehen vor der Kamera. »Lächeln Sie. So. Machen Sie ein betrübtes Gesicht. Gut. Drehen sie sich plötzlich um, und gehen Sie weg. Danke ...«

Im Hintergrund saß ein magerer Mann mit fast weißem Haar, das Gesicht hinter einer dunklen Brille versteckt. Daria achtete kaum auf ihn. Man wartete jedoch auf seine Entscheidung. Es war der Regisseur und nahm sie. Noch funkte es nicht zwischen ihnen. Zumindest nicht von ihrer Seite. Die schriftliche Benachrichtigung flatterte ins Theater, sie solle zur Unterzeichnung des Kontrakts ins Studio kommen. Da warteten Fotografen, die übrigen Hauptdarsteller. Nette Leute, die Fotos der meisten hatte sie schon in Zeitschriften gesehen.

Daria war vierundzwanzig. Stolz, die Stupsnase hochgehoben, marschierte sie durch ihre Stadt. Filmschauspielerin! Was kann sich ein Mädchen mehr erträumen? Erst später stellte sie sich unsicher die bange Frage, warum ich, warum nicht die Schönere? Leila war eine amerikanisch gestylte Blondine mit allen Rundungen, wo sie der Männerblick erwartete, Daria aber der Inbegriff des serbischen Stadtmädchens. Die Intendanz gab ihr gerne Urlaub, um den Film zu drehen. Eine gute Werbung, eine der Ballerinas auf der Kinoleinwand, nicht auf pornographischen Fotos.

Nino bereitete sich vor, nach Amerika zu fahren. Für mindestens ein Jahr. Er nahm Daria zu seiner Familie nach Cetinje mit. Sie war zum ersten Mal in dieser malerischen Stadt unter den Hängen des Lovćen, des höchsten der schwarzen Berge, die Montenegro den Namen gegeben hatten. Im Haus seiner Eltern durfte sie nicht schlafen. Unmöglich! Vor der Heirat kann ein junges Mädchen nicht unter demselben Dach mit ihrem Bräutigam die Nacht verbringen! Wieso Bräutigam?

»Etwas muß man ja sagen!« beschwichtigte Nino sie. »Warum stört dich das?«

Daria gab nach. Sie wurde mit Gianna bekanntgemacht, einer Belgrader Studentin, die im Studentenchor sang. Nebenbei war sie die Geliebte von Ninos Chef. Der war älter als ihr Vater. Das störte niemanden, anscheinend nicht einmal die Gattin des Chefchirurgen.

Daria wohnte mit Gianna in Budva am Meer. Professor Gianni hatte dort sein Haus. Nur einige Male wurde sie die dreißig Kilometer hinaufgefahren, um bei Ninos Familie zu Mittag zu essen. Alte Porzellanteller, schweres Silberbesteck und Kristallgläser.

Ninos Eltern begutachteten mißtrauisch jede Bewegung dieser Tänzerin aus der Hauptstadt. Aber gute Tischmanieren hatte ihr schon Onkel Noah beigebracht, und die Ballettschule hatte alle Bewegungen ihrer Elevinnen verfeinert. Keine Prinzessin kann sich so zurückhaltend vornehm geben wie eine Ballerina, die das will, und warum sollte Daria das für ihren Nino nicht wollen? Nur als er nach Tisch auf das in der Ecke stehende Pianino zeigte und fragte, ob sie nicht etwas vorspielen wolle, wie es seine Eltern vielleicht von wohlerzogenen Fräuleins erwarteten, lehnte sie heftig ab. Klavierspielen hatte sie gelernt, es war aber ihr verhaßtestes Fach gewesen, weil sie nie genug Zeit gehabt hatte zu üben und sie ihr Spiel wirklich miserabel fand.

Sie badeten im Meer, das so warm war, daß man nachher eine kalte Dusche nahm. Nino kraulte ohne Stil, ein wenig komisch, kräftig, aber keineswegs elegant. In Badehosen sah er nicht so gut aus wie im weißen Ärztekittel. Er legte sein Ohr an ihre Brust, machte ein besorgtes Gesicht, holte ein Stethoskop aus der Mappe, die er immer bei sich hatte.

»Sehr unregelmäßig!« Er suchte ihren Puls. »Paß auf, du kommst noch unter mein Messer! Lange wirst du nicht tanzen!«

»Wieso?« fragte sie entrüstet, aber auch ein wenig erschrocken.

»Ich werde dir künstliche Herzklappen einsetzen, dann kann es weitergehen. Wozu die Tanzerei, vom Film gar nicht zu reden! Was hast du dich vor fremden Augen zu recken und zu zeigen und …«, er redete sich in Rage. »Genügt es dir nicht, meine Frau zu werden, wenn ich aus Amerika zurückkomme?«

»Nein«, sagte sie energisch.

Er fühlte ihren Puls noch immer und blickte ihr fest in die Augen, als wollte er sie hypnotisieren. Ein klein wenig hatte er ihr den Sommer verdorben. Könnte er recht haben? Ängstlich horchte sie manchmal in sich selbst hinein.

»Du willst wirklich in diesem Film spielen?« fragte er zum Abschied auf dem Flugplatz noch einmal.

»Natürlich!«

»Das mag ich nicht!«

Daria zuckte die Achseln und nahm tags darauf den Zug in den Süden Serbiens. Am Fluß Morava war eine der Siedlungen der Arbeitsaktion der Jugend. Für die Schauspieler stand da eine besondere Baracke, von außen wie alle anderen, aber mit Zweibettzimmern. Es roch gut nach frischem Holz. Um sie herum die »gewöhnlichen« Jugendlichen, die zur Arbeit gingen. Und gafften. Junge Bauern und Studenten. Wie im Film. Sie gaben auch die Komparserie ab. Es war nicht ihre erste Arbeit für einen Film, aber jetzt wurde sie bevorzugt, aufmerksam geschminkt, kostümiert, von jedermann freundlich angelächelt, sie bekam sogar einen Klappstuhl mit ihrem eigenen Namen.

Branko, der Regisseur, brüllte, schrie, donnerte jedermann nieder. Er glaubte, mit Geschrei und Schimpfworten männlicher zu wirken und sich so durchsetzen zu können. Brüllte er mit Daria mehr als mit den anderen?

»Sei natürlich! Ich habe dich genommen, weil du natürlich sein sollst. Hier bist du keine Ballerina, sondern eine einfache Studentin, hörst du? Ich will keine Ziererei!«

Daria hörte aufmerksam und folgsam zu, sie mochte die Arbeit, auch das ewige Wiederholen derselben Szenen, das langweilige Einüben jeder noch so kurzen Einstellung. Zumindest der Kameramann sagte, die Kamera liebe sie: »Mädchen, du machst das hier am besten!« Etwas Ähnliches flüsterte er wohl jedem zu, um alle bei Laune zu halten, ihnen ihre Streicheleinheiten zu geben, die notwendig waren, wenn man zwanzigmal, dreißigmal dasselbe spielen muß, und dann waren die Wolken weg, wenn sie Branko brauchte, oder sie verdeckten die Sonne, wenn er sich strahlenden Sonnenschein wünschte, und das Warten begann von neuem. Daria fehlte der Applaus. Proben war sie gewöhnt, Anweisungen anzunehmen, zu gehorchen, zu spielen und *schau-zu-spielen*, aus der harten Arbeit eine Spielerei zu machen, aber hier gab es kein Publikum.

Früh am Morgen wurde man mit lärmender Musik aus den Lautsprechern geweckt. Die »richtigen« Brigaden stellten sich in Reih und Glied auf. Die Fahne wurde gehißt. Daria fragte sich, ob das notwendig sei oder quasipatriotischer Kitsch. Nach Feierabend ertönten andere Klänge, die Studenten kamen die Schauspielerinnen zum Tanz zu bitten, die Bauern drehten sich nur mit ihresgleichen im Kreise, oft zwei Mädchen miteinander, weil die jungen Männer dazu keine Lust hatten.

Ständig wurde gegessen und getrunken. Warmes, frisches Brot direkt vom Bäcker. Fleisch- und Leberwurstkonserven. Bohneneintopf aus dem großen Kessel. Die Bauern aus der Umgebung brachten ihnen die letzten Paradeiser des Herbstes, Gemüse, Weintrauben, Honig und starrten die Filmschauspieler an.

»Schluß damit!« befahl der Regisseur, »ihr werdet am Ende des Films nicht mehr dieselben sein! Mädels, eure Ärsche werden immer fetter, ihr werdet nicht auf die Leinwand der Kinos passen!« Also begannen die Mädchen, besonders Daria und die Hauptdarstellerin, Milena, mit Schnurspringen und rannten am Abend nach der Arbeit über den Damm, der ihre Autobahn werden sollte, dem Sonnenuntergang entgegen, um ein wenig abzunehmen, kehrten keuchend, erst als es schon dunkel geworden war, zurück.

»Was fällt euch ein!« brüllte Branko schon wieder. »Es sind tollwütige Füchse in der Gegend gesehen worden! Was mache ich, wenn eine von euch gebissen wird? Mit einer anderen von vorne anfangen?«

Nach den Dreharbeiten wurde Daria nach Zagreb bestellt, um den Film zu synchronisieren. Da sie sich an die unangenehme Wirtin erinnerte, deren Bekanntschaft sie gemacht hatte, als sie zum Vortanzen in der kroatische Hauptstadt gewesen war, bat sie die Sekretärin ihres Theaters, ihr ein Zimmer zu bestellen. Die gute Frau dachte, es würde sich bei ihr um keine kleine Tänzerin, sondern eine Filmschauspielerin handeln, und quartierte Daria im Esplanade ein, die teuerste Herberge im ganzen Land. Als sie sich von dort aus bei Branko meldete, begann er sofort in alter Manier ins Telefon zu schreien:

»Bist du größenwahnsinnig geworden? Im Esplanade! Hochstaplerin! Du kommst natürlich zu mir!« Zagreb war nicht so prüde wie Cetinje in Montenegro.

Daria fügte sich. Sie war ein folgsames Mädchen und Branko ihr Regisseur.

Filmstar oder Ballerina

Aus Amerika war von Nino ein Paket angekommen, eine Lederbluse und einige sehr gewagte Schlafgarnituren, durchsichtiges Oberteil, kurzes Höschen. War es eine Anspielung auf den Film, den er ihr am liebsten verboten hätte? Aber was machte er? Chirurgen und Krankenschwestern, eine bekannte Geschichte! Mira hatte viel davon erzählt. Nachtschichten sind lang, Krankenhäuser gut geheizt, man hat unter den weißen Kitteln nicht viel an. Auf einer der wenigen Ansichtskarten, die er Daria geschrieben hatte, beklagte sich Nino, er habe als junger und dazu noch aus der Fremde gekommener Arzt sehr oft Nachtdienst im Krankenhaus.

Durften Männer mehr als Frauen, fragte sie sich, als sei Untreue unbedingt mit seinem Beruf verbunden. Waren Balletänzerinnen als Frauen nicht mindestens so begehrenswert wie Chirurgen als Männer?

»Hast du deine Plakate gesehen?« fragte eines Morgens Alexandra nach dem Exercice. Es klang ein wenig neidisch.

Die ganze Stadt war mit Plakaten für den neuen Film beklebt. Daria in Shorts. Die Beine, die noch vor kurzem im Becken des Springbrunnens vor dem Theater geplanscht hatte, in Hochglanz und Großformat. Omama und der Tantenclub wußten nicht, was sie sagen sollten. Es war schmeichelhaft, das Gesicht der Enkelin und Nichte von allen Wänden lächeln zu sehen, aber nackte Beine? Was hätte ihr Vater, der Kriegsheld, dazu gesagt? Daria dachte, ein Glück, daß Nino das nicht sieht.

Die Premiere fand im Kino des Gewerkschaftspalastes statt, auf demselben Marx-und-Engels-Platz, auf dem auch der Bühneneingang ihres Theaters war. Hand in Hand mit Branko Bauer, dem Regisseur, und all den anderen, mußte sich Daria mehr als ein dutzendmal vor einem jubelnden Publikum verbeugen. Das hatte ihr während der Aufnahmen so sehr gefehlt.

»Du bist jetzt ein Star!« sagte Frau Azalee. »Du solltest uns doch einmal besuchen, Kleines!« Daria wunderte sich, noch nie hatte die Schauspielerin und Zahnarztgattin Kollegen zu sich eingeladen. »Mein Mann sollte dir die Zähne richten. So sind sie ja ganz in Ordnung, aber für den Film ...«

Am Ende der Saison bekam Daria einige Angebote. Branko Bauer lud sie nach Zagreb ein, er wollte ihr in seinem neuen Film die Hauptrolle geben. Aus Slowenien erhielt sie eine Einladung, zu Probeaufnahmen für einen Film einer schwedischen Produktion zu kommen, Regie führen würde der berühmte Arne Mattsson, sein Film »Sie tanzte nur einen Sommer« war auch in Belgrad gelaufen. Was tun? Mit Branko wollte sie eigentlich nicht wieder arbeiten, sie hatte ein wenig Angst vor ihm und seinem Gebrüll. Und überhaupt. Er war zu alt. Zu alt wofür? Aber sein Angebot stand, in Slowenien für die Schweden müßte sie erst vorspielen, ein Risiko, es würde eine starke Konkurrenz geben, denn die Schweden zahlten eine zehnmal höhere Gage. Vom Nationaltheater in Skopje erreichte sie ein Eilbrief, sie solle als Solistin nach Mazedonien kommen, noch im Laufe des Sommers die Hauptrolle des Balletts »Die Legende von Ochrid« übernehmen, die Ballerina, die bisher vorgesehen gewesen war, war schwanger, mit Daria sollte die nächste Saison eröffnet werden. Auf nach Skopje! Zum ersten Mal im Leben gestattete sie sich, mit dem Schlafwagen zu fahren.

Im schönen, kleinen Theater machte sie das Exercice mit, morgen sollte sie die erste konkrete Besprechung mit der Choreographin und dem Intendanten haben, der ihr mitteilte, es sei vorgesehen, ihr auch eine Wohnung zur Verfügung zu stellen. Obwohl im Hotel, im ersten Haus am Platz, für sie ein Zimmer reserviert war, bestand Vertsche, die Kollegin, für die sie einspringen sollte, darauf, daß sie bei ihr übernachtete. Ihr Mann, Mario, war Dirigent an der Oper und Komponist, sie hatten eine kleine Villa auf einem etwas außerhalb der Stadt gelegenen Hügel. Augenscheinlich wurden Künstler hier verwöhnt.

»Komm wenigstens zum Abendessen! Wenn du dann keine Lust hast zu bleiben, fahren wir dich wieder hinunter in die Stadt!« sagte Vertsche, die seltsam aussah, von vorne schlank, im Profil gesehen aber schon mit bemerkbarem Bäuchlein. »Wir haben ein Gästezimmer … Nun, es wird bald das Kinderzimmer sein! Was willst du in so einem blöden Hotel?«

Die halbe Nacht saßen sie beisammen. »Was heißt schon, Provinz? Hast du ein so gutes Gehör, daß du den Klang unseres Orchesters von dem in London oder New York unterscheiden kannst? Ist es nicht egal, wo du deine Pirouetten drehst, ist es nicht wichtiger, wie viele und wie du sie schaffst? Im kleinsten Dorf und in der größten Metropole hast du nur einige, wenige Freunde, und ob du das Glück hast, den richtigen Partner für das Leben zu finden, das hängt nicht davon ab, nicht wahr?«

In einem hellrosagestrichenen Zimmer bezog Vertsche für Daria eine Couch mit frischer Bettwäsche. »Da werde ich auch manchmal schlafen, wenn das Kind nachts zu unruhig ist …« Beschwingt vom Rotwein, nachdenklich wegen der Idylle, fast entschlossen, in Skopje zu bleiben, schlief Daria gegen Mitternacht ein.

War dieser Schlag ein Traum? Die Erde bebte. Das Zimmer verkleinerte sich, Wände kamen auf sie zu, die Decke senkte sich, eng wurde es, eng, Daria lag im Sarg, bekam keine Luft, ist es ein Traum? Was für ein Traum! Warum kann ich nicht aufwachen? Die Beine bewegen, die Beine hochstemmen, mit den Händen schaufeln, Luft! Finsternis … Aber es schwankt, es dreht sich, die Welt dreht sich um das Mädchen, Sterne drehen sich, ein roter Mond lacht vom Himmel, es ist kein Mond, es ist die Sonne, gelb wie die Sonnenblumen, mit denen die Möbel der Kindheit bemalt waren. Daria kann nicht atmen. Oder sie atmet Gift ein. Das Gift der Farben, die Omama benützte, die Onkel Noah benützte, von denen man Tuberkulose bekommt und stirbt. Schwül ist es, war es, ist es, das Mädchen schwitzt, Mutter sitzt im Garten im Korbsessel unter ihrem Kirschbaum, ist so weiß, so blaß, ihr Haar ist schwarz, aber die Wangen unter der bleichen Stirn haben feuerrote Flecken. Daria fühlt sich eins mit dieser schmalen Gestalt, das Blut in ihren Adern wird gleich herausplatzen, dann wird das Blut des Opferlamms, das Vater zu Ostern nach Hause gebracht hat, aus ihr fließen. Wer ist sie, wer bin ich, wer bin ich nicht? Daria kann sich nicht bewegen, sie kann sich wirklich nicht bewegen, will schreien, kann nicht schreien, will atmen, atmet sie? Ist sie unter das Bett ihrer Kindheit gekrochen? Ist das der Bombenangriff auf Belgrad? Liegt sie seither all die Jahre, die ganze Zeit über verschüttet, hat ihr Leben danach nur geträumt und ist jetzt zur furchtbaren Wirklichkeit, daß sie sterben muß, erwacht? Ist sie schon gestorben? Sie fühlt aber noch, fühlt etwas, fühlt sich, bewegt ihre Finger, ihre Zehen, hat Angst, Angst haben beweist doch, daß sie lebt, sie fühlt, daß sie lebt, sie hört, sie hört jemand, sie hört Vertsche, ihre neue Freundin, Vertsche schreit:

»Daria! Daria, mach die Augen auf!« Das waren Hände auf ihrem nackten Arm, sie hatte nur deshalb nichts gesehen, weil sie die Augen so fest geschlossen hatte, sie konnte die Augen aufschlagen. Fahles Licht. Vertsche.

»Was ist?« wollte Daria sagen und wunderte sich, weil die leise gemeinte Frage zu einem Schrei wurde.

»Ein Erdbeben! Kannst du aufstehen?«

Mörtel war von der Decke gefallen. Es war heiß, aber sie zitterte, dann begriff sie, sie war nicht richtig unter Trümmern begraben, nur etwas Mörtel und Schutt waren auf sie und ihre Couch gefallen, sie war nicht einmal verletzt, stand nur unter Schock.

»Schnell, wir müssen aus dem Haus! Es kann Nachbeben geben ...«

Sie entfernten sich zehn Schritte vom Haus. Im Tal unter ihnen flackerten Brände. Man hörte ein seltsames Donnern, von unten her bäumte sich der Berg, auf dem die Villa stand, kurz auf, Fensterglas splitterte, in der Hauswand bildete sich ein Riß, als es still wurde, hörten sie von unten, von der Stadt her, ein gewaltiges Durcheinander von Klängen, Sirenen, ein unheimliches, unbeschreibliches Rauschen.

Die Sonne ging auf, und sie sahen die Ruinen von Skopje. Sie hatten ein Transistorradio. Das Hotel, in dem Darias Zimmer reserviert gewesen war, war eingestürzt. Man versuchte, verschüttete Gäste zu retten. Die Hoffnung war gering.

Erst Tage später würde man einige Gäste noch lebend aus der Ruine holen, sie hatten nicht gewußt, was geschehen war, gedacht, der dritte Weltkrieg, ein Atomkrieg, wäre ausgebrochen. Das Theater, in dem Daria ihre erste Hauptrolle in einem klassischen Ballett hätte tanzen sollen, existierte nicht mehr, war ein Geröllhaufen. Die Stadt, in die sie umziehen wollte, war tot. Der Bahnhof, auf dem sie angekommen und von dem sie gerne abgefahren wäre, eine Ruine.

Vertsches Haus stand. Davor das Auto. Es war heil. Irgendwann im Verlauf des Tages brachte Mario sie zu einem Bus.

»Du hast mir das Leben gerettet«, sagte Daria zu Vertsche. Sie versuchte es nüchtern zu sagen, einfach als Feststellung der Tatsache. »Wenn ich im Hotel geschlafen hätte, wäre ich jetzt tot.«

Der Bus brachte sie irgendwohin, von wo aus ein Zug nach Belgrad fuhr. Als sie Omama und ihren Tanten von dem Erdbeben erzählte, wußte sie nicht mehr, wie sie aus Skopje weggekommen war. In den Zeitungen stand viel Interessanteres, als Daria berichten konnte. Sie mußte sich nicht mehr mit der Frage abquälen, ob sie Belgrad verlassen sollte, um in Skopje die Biljana in »Die Legende von Ochrid« zu tanzen. Das war anderswo entschieden worden.

Schwedische Matrosen und spanische Mädchen

Daria war nicht mehr das kleine, höfliche, erschrockene, folgsame, brave Mädchen. Bald würde sie dreißig sein, ein schrecklicher Gedanke, bis vor kurzem waren ihr Dreißigjährige fast wie Greise erschienen. Ihr Selbstbewußtsein war gewachsen, Möglichkeiten für Konflikte waren gegeben, es bildeten sich Reibungsflächen. Ballett ist eine kollektive Kunst und birgt wie jedes Kollektiv Fallen, die es zum Unglück machen können.

Die Putte tauchte auf. Nicht aus Zagreb, sondern aus Kairo. Sie hatte geheiratet und brachte ihren Mann mit, den Chef des ägyptischen Nationalballetts, der rötliche Haare hatte und aussah wie ein englischer Lord. Sie selbst, geboren und aufgewachsen in Belgrad, wirkte mit ihren hohen Wangenknochen orientalischer als ihr arabischer Mann. In Zagreb hatte sie es nicht mehr ausgehalten, der Chef hatte ihr Faulheit vorgeworfen. Und daß sie für ein klassisches Ballett ein wenig zu üppig sei. Dabei zeigte sie auf ihre Brüste: »Es ist doch keine Schande, wie eine Frau auszuschauen und nicht wie ein Nachtgespenst, oder?«

Sie bekam das Angebot, in Beirut aufzutreten, unterzeichnete einen Kontrakt, achtete dabei nur auf die Dollarsumme, das Kleingedruckte verstand sie ohnehin nicht. Das wäre fast ins Auge gegangen. Sie sollte nach der Vorstellung, die auf einer ordentlichen Bühne stattfand, mit den Gästen Getränke konsumieren. Ohne Zwang, wie man ihr klarmachte, nur mittrinken und zum Trinken animieren, aber …

»Das andere entscheiden Sie, Mademoiselle, aber wir sind in Beirut! Im Vertrag steht, daß Sie bis drei Uhr früh in der Gaststätte anwesend sind und mit den Gästen trinken, darauf bestehen wir, sonst müssen wir leider …«

Sie seufzte theatralisch, und die Kolleginnen und früheren Schulkameradinnen hörten sich die Geschichte aus der großen, weiten, greulichen Welt gespannt an.

»Ihr wißt ja«, sagte die nunmehrige ägyptische Ehefrau, »ich war wirklich nie eine Kostverächterin, aber ich bin gewöhnt, mir meine Partner wenigstens in dieser Hinsicht auszuwählen, wenn ich es schon auf der Bühne nicht darf ...«

Und? Und dann erschien Kemal, wie der Prinz in einem klassischen Ballett, und nahm sie nach Kairo mit. Er war ein in Paris und London ausgebildeter Tänzer, seine Truppe reiste um die ganze Welt. Kemal, der dabeisaß, nickte freundlich, wenn sein Name erwähnt wurde, denn das war das einzige, was er verstand.

»Man muß es versuchen!« erklärte die Putte. »Wenn man es versucht, kann es auch gut ausgehen, wie bei mir.« Und sie erzählte Schauermärchen von blonden Frauen, die als Sklavinnen in Harems verschwunden waren.

Aus aller Welt kamen Angebote für jugoslawische Tänzer, aus Deutschland, Italien, Ländern des nahen Ostens, aber gute Agenten, denen man vertrauen konnte, gab es nicht. Daria wollte weg, scheute jedoch jedes Risiko. Die Saison neigte sich ihrem Ende zu. Die Einladung zu den Probeaufnahmen für den schwedischen Film wurde erneuert.

Probeaufnahmen. Man gewöhnt sich an alles. Man gewöhnt sich an nichts. Herzpochen, schwitzende Hände, aber sich nichts anmerken lassen. Im Filmstudio Triglav war ein Bühnenbild aufgebaut, ein Bett, eine Wand mit Fenster. Daria wurde eine Garderobe zugewiesen, sie sollte ein Nachthemd anziehen. Ein Nachthemd. Bitte! Hübsch, Spitzen, durchsichtig war es nicht, aber ein Bikini wäre ihr eigentlich lieber gewesen. »Keine Angst, wenn sie die Rolle bekommen, werden sie oft genug im Bikini auftreten«, sagte die Garderobenfrau. Daria mußte sich schlafen legen, fröhlich aufwachen, zum Fenster laufen, sollte sich einbilden, befreundete Matrosen zu sehen, junge Männer in weißen

Matrosenuniformen, der Film würde »Die Burschen in Weiß« heißen, mit den Beinen strampeln und sie mit Gesten heraufrufen. Sprechen mußte sie nicht. Sie schlief, sie sprang auf, sie lief zum Fenster, sie strampelte, sie freute sich auf die Matrosen. Jemand sagte etwas auf englisch. Ja, natürlich, der dort hinten im Halbdunkel mußte der Regisseur sein.

»Er nimmt dich«, sagte Herr Koren, der slowenische Assistent, »komm, wir gehen jetzt deinen Vertrag unterschreiben ...«

Geld, Reisekosten, Tagesspesen, Vorschuß. Erst jetzt, da doch der Stein vom Herzen hätte fallen sollen, dachte sie, »Gott, wie ich mich blamiert hätte, wenn es nicht gelungen wäre!«

Das Hotel Bellevue im Stadtzentrum. Ein schönes, kleines Haus. Vom Terrassencafé her Geschrei, Gelächter, ein Dutzend Mädchenstimmen:

»Daria ist da!«

Das Ballett aus Skopje. Wegen des Erdbebens in ihrer Heimatstadt hatte man sie alle genommen. Erst jetzt erfuhr Daria mehr von dem Inhalt des Filmes. Ein schwedisches Schulschiff besucht eine spanische Hafenstadt, in der es eine Ballettschule gibt. Das richtige Spanien war den Produzenten zu teuer gewesen, das slowenische Städtchen Piran wurde zum spanischen Hafen, die jugoslawische Kriegsmarine rückte ein Segelschulschiff heraus und stellte die männlichen Komparsen. Die Handlung? Intrigen, heimliche Besuche der Matrosen im Ballettinternat, der Tänzerinnen auf dem Schiff, Liebe, große Tanznummern, die ein amerikanischer Choreograph machte. Daria hatte ja schon mit einem Amerikaner gearbeitet, die Kollegen aus Skopje nicht. Ein weiterer Vorteil für sie. Meer, Zypressen, Mädchen und Musik. Die wichtigeren Darsteller waren Schweden, die Episoden mit einheimischen Künstlern besetzt. Das Honorar für die zwei Monate war dreimal so hoch wie Darias Jahresgehalt, weil sie nicht nur tanzte.

Heute hatte sie noch nichts zu tun, streifte durch die unbekannte Stadt, kaufte eine Seidenbluse, weil sie ja Geld hatte. Bestellte für die Kolleginnen Wein zum Abendessen, war *die Filmschauspielerin, der Star*, fand etwas beschwipst ins Bett. Sie schlief mit einer Kollegin zusammen, mit Olga, das Badezimmer war leider am Ende des Ganges, und dann überfiel Daria Angst. Was sollte sie ihrem Theater sagen? Was sollte sie Nino schreiben? Daß sie in einem schwedischen Film mitspielte, er hatte ja nicht einmal den keuschen, einheimischen Jugendfilm verdauen wollen. Was kam auf sie zu? Nackt im Meer baden? Küssen und kosen mit vielen Matrosen? Bekanntlich hatte Regisseur Mattsson Nacktszenen gerne. Wenn er von ihr so etwas forderte, durfte sie sich weigern? In Skopje klassisch tanzen, das wäre etwas anderes gewesen, sie hatte sich ja schon entschlossen gehabt, aber dann hatte die Erde gebebt. Und dann bebte Daria, obwohl die Erde hier in Slowenien stillhielt, fürchtete sich vor dem Einschlafen, erinnerte sich an den Mörtel, der auf sie gefallen war, dachte, wenn ich in Skopje im Hotel übernachtet hätte, wäre ich tot. Das Telefon weckte sie schrill. Zum Exercice, zur Aufnahme …

Das Training war hart. Der Choreograph wollte sie nach seinen Begriffen ummodeln. Daria wurde geschminkt, man paßte ihr die Garderobe an. Sie bekam einen Sessel mit ihrem Namen. Miß Daria. Das bedeutete: »Du bist etwas Besonderes!« Sie arbeitete professionell, bewegte sich nicht nur so, wie man es ihr sagte, zeigte auch die Gefühle, die man forderte, ihr Lächeln war genauso überzeugend wie ihre Tränen, ihre Umarmung mit fremden Komparsen glaubwürdig, weil sie als Ballerina nach all den Hebefiguren und Griffen nichts fühlte, aber alles zeigen konnte. Der Regisseur sparte nicht mit Lob, schrie nie, war anders als Branko Bauer, sprach sehr leise, dann wurde es still im Studio oder auf dem Gelände, auf dem man filmte, denn weil er so leise war, mußte jedermann still sein, um zu hören, was er sagte.

»Sagen Sie ihr, sie muß Englisch lernen. Gut Englisch! Sonst hat sie trotz ihres Talents keine Zukunft!«

Herr Koren übersetzte und fügte hinzu: »Er hat recht, Daria! Wie willst du in Hollywood bestehen, ohne Englisch zu sprechen?«

»Ich und Hollywood! Wer spricht hier von Hollywood?«

»Warum nicht? Aber es muß bald sein. Du bist noch jung, aber so schrecklich jung auch wieder nicht!«

Das ganze Team zog nach Portorož in ein riesiges Hotel um. Man quartierte sie wieder zu zweit in große Zimmer ein mit Meeresblick. Bis nach Piran, wo das Schulschiff vor Anker lag, fuhr der Bus nur fünf Minuten. Jetzt war sogar das Warten, das ewige Warten, das Filmaufnahmen immer begleitete, schön. Die Mädchen lagen in der Sonne. Braun werden war nicht verboten, im Gegenteil, wer nicht braun genug war, wurde entsprechend geschminkt.

Abends war das Filmteam spendierfreudige Kundschaft in den Restaurants, aber Ausländer wurden von den Kellnern bevorzugt bedient. Man mußte englisch oder deutsch sprechen und anders angezogen sein. Wie anders? Eben anders! Daria fand schlechte Behandlung beleidigend. Sie wurde leichter wütend als die zurückhaltenden Mazedonierinnen. Als sie und ihre Tischgesellschaft lange warten mußten, schimpfte sie überlaut dem Kellner nach: »Das ist ein Ustaschi! Der scharwenzelt nur um die Deutschen herum!«

Der Mann hatte es gehört. »Was haben Sie gesagt? Ich ein Ustaschi? Ich bin ein Veteran des Partisanenkrieges!«

Der Maître d'Hôtel kam angelaufen, sagte dem Kellner, er solle einen anderen Teil des Saales bedienen, übernahm diesen Tisch persönlich, aber der Beleidigte schrie noch, bevor er ging:

»Das wird ein Nachspiel haben!«

Er zeigte Daria wegen Beleidigung an. Ein Polizist brachte ihr eine Vorladung. Sie mußte dem Untersuchungsrichter erklären, wie sie das gemeint hatte, und blieb dabei, ihr Vater habe nicht deshalb gegen die Deutschen gekämpft und sein Leben geopfert, daß die später ihr gegenüber von einem slowenischen Kellner bevorzugt würden. Vergebens versuchte ihr der Richter zu erklären, daß das mit diesem Vorfall nichts zu tun habe, und verurteilte sie zu einer Geldstrafe. Aber Geld hatte sie zur Zeit genug. Herr Koren tadelte sie am nächsten Tag: »Mußte das sein? Mattsson hat von der Affäre gehört und versteht die Welt nicht mehr.«

Exercice. Proben für die Tanznummern. Proben für ihre Szenen mit anderen Schauspielern. Fototermine. Ständige Unterbrechungen.

»Miß Daria, in die Maske!«

»Miß Daria, zum Objekt!«

»Miß Daria!«

Sie war nicht mehr das kleine Waisenmädchen aus dem Heim, sondern Miß Daria! Aber die Nächte. Das Herz? Hatte Nino nicht gesagt, sie habe einen Herzfehler, er werde sie operieren? Daria konnte nicht atmen. Definitiv nicht. Oder sie mußte sich anstrengen. Atmen ging nicht mehr von selbst, wie es sein sollte, war Arbeit, eine Arbeit mehr! Eines Morgens konnte sie nicht aufstehen. Das Nachbarbett war leer. Wo war Olga? Seit wann war sie weg? War sie in Skopje verschüttet, gestorben, lag sie tot unter Trümmern, der Film nur ein Traum, der letzte Traum vor dem Nichts?

Wer hatte sie zum Rettungswagen hinuntergetragen? Wieso saß sie einem freundlichen, rotblonden, dicken Mann im weißen Kittel gegenüber? »Sie waren in einer kurzen Ohnmacht. Organisch ist alles in Ordnung. Sie haben einen niedrigen Blutdruck, wissen Sie das?«

Aber der Film?

»Von mir aus können Sie ruhig weiterspielen. Ich verschreibe Ihnen Tabletten. Wie halten Sie es mit Alkohol? Gut. Also, bitte, tagsüber nichts! Am Abend kann ich Ihnen ein bis zwei Gläser Rotwein sogar empfehlen ... Haben Sie Sorgen?« Daria erzählte. »Ihr Theater in Belgrad? Was glauben Sie, sind die beruhigt, wenn ich Ihnen eine Bescheinigung gebe, daß Sie krank geworden sind?« Daria nahm sich ein Taxi. Ängstlich fragte sie Herrn Koren:

»Was hat er gesagt?«

»Mattsson? Nichts, der ist Schlimmeres gewöhnt. Es sollte nur nicht zu oft vorkommen ...«

Zurück in Ljubljana zu Studioaufnahmen. Im Bellevue hatte Daria jetzt ein Zimmer für sich, leider wieder ohne eigenes Badezimmer. Gute Tage, schlimme Nächte. Die sonst so lieben, robusten mazedonischen Mädchen neckten sie:

»Stars haben eben hypochondrisch zu sein!«

»Es ist das vegetative Nervensystem! Hört, hört, Kinder, wer von euch hat auch ein solches vege...tatives ... Nervensystem?«

»Hat das auch sonst etwas mit Vegetation zu tun?«

Daria lachte mit. Lachen, wenn einem zum Weinen zumute war, gehörte auch zur Schauspielkunst. Danach, allein auf dem Zimmer, war es noch schlimmer. Sie konnte nicht einschlafen. Sie wollte nicht einschlafen, weil sie Angst hatte, beim Aufwachen würde sie sich wieder nicht bewegen, nicht die Augen aufschlagen können. Schnell einige Übungen, durchatmen. Eine Dusche! Heiß duschen, kalt duschen ... Sie hatte nicht abgesperrt, eine alte Dame trat ein, zuckte zurück, wollte nicht stören, kam dann doch, sagte etwas auf englisch, irgendwie verstand sie, daß dem Mädchen nicht wohl war, sie führte sie zu sich aufs Zimmer, ließ sie an einem Fläschchen riechen. Das wirkte. Man unterhielt sich ohne Worte. Sie war Norwegerin. Nein, mit dem schwedischen Film hatte sie nichts zu tun, ihr Sohn arbeitete hier. Nein, er war natürlich kein Slowene, sondern Norweger, er arbeitete in einer Fabrik, war Chemiker, leitete die Menschen hier an, die alte Dame war zu Besuch bei ihrem Sohn, zum Frühstück kam er, er hieß Erling.

Erling war ein großer, blonder Mann über vierzig. Für Daria ein Greis. Ein gutaussehender Greis. Er sprach leidlich Slowenisch, weil er schon lange genug im Lande lebte. Wann immer möglich, gesellte er sich zu ihr. Meist mit seiner Frau Mutter. Immer hatte er Blumen für Daria dabei. Er war von einer so ausgesuchten Höflichkeit, rücksichtsvoll und zurückhaltend einfühlsam, daß … Was? Wie sie es noch nie erlebt hatte. Neugierig erwartete Daria eine Anzüglichkeit, einen Versuch, etwas weiterzugehen als sie nur anzulächeln und freundlich, vielleicht bewundernd anzuschauen. Mit ihren wenigen Worten Englisch und seinen nicht viel mehr Phrasen auf slowenisch redeten sie munter aneinander vorbei. Erling war für einen großen amerikanischen Konzern tätig, kinderlos geschieden, wohlhabend, bis zum Ende des Jahres hier, danach in Italien in Seveso. »Eine schöne kleine Stadt, dreißig Kilometer von Mailand, wissen Sie …«

Einmal am Abend, nachdem er sich von seiner Mutter verabschiedet hatte, strich er Daria leicht mit der Hand über die Wange. Die erste Berührung. Olga kicherte, sie hatte es gesehen: »Ein ganz Feiner, was? Aber der ist reich, nicht wahr?«

Manchmal gab es für das Ballett einen oder zwei Tage frei. Erling lud Daria zu einem Ausflug zu den Seen von Bled und Bohinj ein. Seine Mama fuhr natürlich mit. Natürlich? Warum nicht? Er hatte einen schnellen Wagen. Für Automarken interessierte sich Daria nicht, aber die Ledersitze rochen neu. Im Hotel am See hoch in den Bergen bestellte er drei Einzelzimmer. Es gab wieder kein eigenes Badezimmer. Daria hatte ihr Herzklopfen, legte sich in die Wanne, sperrte nicht ab, weil sie Angst hatte, in einem abgeschlossenen Badezimmer zu sterben oder in Ohnmacht zu fallen und zu spät entdeckt zu werden. Erling zufällig im seidenen Schlafrock. Zufällig? Er zuckte zurück. Oder tat er nur so?

»Wollen Sie mir nicht den Rücken einseifen?« fragte Daria auf serbisch und zeigte, was sie wollte. Es war keine sehr maskuline Hand. Warmes Wasser, zarte Seife, Seifenschaum … Am nächsten Morgen badete er im eiskalten See. Sie steckte nur die Zehe hinein und zuckte zurück. »Das ist aber gut für die Nerven!«

Erst als sie viele Jahre nach dem Film, in dem sie als spanische Tänzerin schwedische Matrosen liebte und einen norwegischen Chemiker, nun, sie würde sagen, gut kannte, vom Unglück in Seveso hört, von der tödlichen Wolke, die aus einem Schornstein den italienischen Himmel heimgesucht hat, von der Notuntersuchung von zweihundertzwanzigtausend Menschen, siebzigtausend notgeschlachteten Tieren und abgerissenen Häusern, denkt sie wieder an Erling und seine zarte, sanfte Hand. Hat sie das Gift gemischt?

Dubrovnik. Peter

Der Baßbariton sang: »Des Antlitzes Schönheit ist von kurzer Dauer!« Er war Seneca in Monteverdis »Krönung der Poppea«, aber hinter ihm standen nicht die Mauern des ewigen Roms, sondern des Dogenpalastes in Dubrovnik. Kostüm- und Stellprobe. Auf einem der steinernen Wälle hockten Daria und ihre mazedonischen Kolleginnen in kurzen weißen Röcken, die antik wirken sollten, und ließen die Beine baumeln. Sie waren für die Sommerfestspiele engagiert. Große internationale Starbesetzung. Dirigent und Regisseur, Lovro von Matačić, Zagreb, Choreographin, Madame Dia Luca, Volksoper, Wien.

Stadt und Festung Dubrovnik waren wie für Festspiele gemacht. Freitreppen, Burgen mit Zinnen und Türmen, Kathedralen und kleine Tempel, Paläste und Fassaden bewachsen von Wein und Kletterpflanzen, Stein und Altertum geschaffen für Inszenierungen und Träume. Originalsterne auf dem Sommernachtshimmel, wie bestellt von der Festspielleitung, nachts Grillengezirp in allen Ästen, tagsüber Möwen in der Luft. Lange bevor Shakespeare im finsteren Albion zu wirken begonnen hatte, hatten hier heitere Bühnenautoren in der Landessprache geschrieben, auch einen Liebesgeist namens Plakir auftreten lassen, der wie Puck im nördlichen »Sommernachtstraum« Paare verkuppelte. Wenn man in Dubrovnik eine Sommernacht erlebt, versteht man nicht, was es in England zu träumen gibt.

Matačić, gebürtiger Dalmatiner, ehemaliger Operndirektor in Frankfurt am Main, erster Dirigent in Dresden, Berlin und Wien, mit unzähligen Gastauftritten in aller Welt, das Musterbeispiel einer Karriere eines jugoslawischen Künstlers. Vor dem Zweiten Weltkrieg Belgrads Liebling, während des Schlachtens in aller Welt, dirigierte er in Zagreb in der Uniform eines Obersten der Ustaschi. Das war, als hätte Karajan für Hitler nicht nur Musik gemacht, was er ja bekanntlich gerne tat, sondern dazu auch noch die Uniform eines SS-Standartenführers anstatt des Frackes angezogen. Nach dem Krieg, als Ustaschi in Jugoslawien zum Tode verurteilt wurden, ließ Moša Pijade Matačić zu sich kommen: »Sie verschwinden jetzt aus unserem Blickfeld, Maestro, ja? Sie gehen schön nach Skopje und bauen dort eine Oper auf. Eine gute! Und wenn Sie fertig sind, können Sie hingehen, wohin Sie wollen. Einverstanden?«

Der Musikus war damit sehr einverstanden. Es war eine Herausforderung.

Die »Krönung der Poppea« hier in Dubrovnik auch, und zwar um so mehr, als er mit Auftritten in seiner Heimat nicht verwöhnt war. Im Jahr zuvor war ein schon angekündigtes Konzert in der Hauptstadt unter seinem Dirigentenstab wegen zahlreicher Proteste nicht zustande gekommen. Am heftigsten dagegen war der alte Griechischprofessor Miloš Djurić gewesen. Für ihn waren schon die alten Römer zu modern und unseriös. Kommunisten und Faschisten befanden sich außerhalb seines Blickfeldes. Während der Besatzungszeit wurden Künstler und Gelehrte, alle Weisen des Landes, zu einer Sitzung gebeten, wo sie eine Ergebenheitsadresse an den serbischen Quisling, General Milan Nedić, unterschreiben sollten. Als er begriffen hatte, was man ihnen zumutete, stand Djurić auf und schickte sich an, den Saal zu verlassen. Ein berühmter Komponist erwischte ihn am Rockschoß:

»Machen sie keine Faxen, das kann Sie Kopf und Kragen kosten!«

Djurić antwortete sehr laut, so daß es jedermann hören mußte:

»Mag sein, mein Herr, daß es Ihre Beschäftigung ist, auf einem Dudelsack aufzuspielen, ich aber lehre griechische Ethik!«

Den Rest der Zeit bis zur Befreiung von den Deutschen

verbrachte er im Konzentrationslager Banjica bei Belgrad. Wenn so ein Mensch, schon bald achtzig, drohte, persönlich mit faulen Eiern zu werfen, war das ernstzunehmen.

In Dubrovnik erhielt Matačić als Komparsen, die Neros Prätorianer darstellen sollten, einen Zug Soldaten. Exoberst Matačić kommandierte sie nach Herzenslust herum. Den anwesenden Orchestermusikern ging das auf die Nerven. Ein Geiger begann die Ustaschihymne zu spielen. Der Dirigent erstarrte zur Salzsäule, hörte auf zu inszenieren, gab seinem Assistenten eine kurze Anweisung und verschwand.

»Eine Viertelstunde Pause! Aber nicht länger, bitte!«

Die Tänzerinnen kicherten, obwohl sie nicht genau verstanden hatten, was geschehen war. Dann blitzte es von unten. Ein Fotograf hatte die gute Perspektive, Tänzerinnenbeine und den Blick unter die kurzen, weißen Röcke, entdeckt. Daria hatte den Fotografen schon längst bemerkt. Er betrachtete die Welt aus einem neugierigen, freundlichen Gesicht, war braungebrannt, rundlich, obwohl für seine Figur flink genug, komisch gekleidet in einen strengen, sandgelben, bis zum Hals zugeknöpften Anzug – ungefähr so, wie man sich die Sommeruniform von Mao Tsetung vorstellen mochte. Man wußte, daß er gemeinsam mit Matačić und der Dia Luca aus Wien engagiert war, um dieses Projekt und die Festspiele zu verewigen, aber kein Österreicher, sondern ein Einheimischer war. Das hörte man sofort, weil er gerne ziemlich laut sprach.

Nach der ewiglangen Probe ging das hungrige Ballett in das Restaurant hinter dem Onofriusbrunnen. Dalmatinische Prscholiza, das war geschmortes Rindfleisch in Olivenöl mit feinen Kräutern und Knoblauch, dazu ein schwerer Rotwein, der Dingač. Der Fotograf kam an den Tisch: »Darf ich?« Am Ende zahlte er die Zeche für alle. Man wunderte sich, ließ ihn gewähren.

Die Tänzerinnen waren in der Altstadt untergebracht, der Fotograf begleitete sie und marschierte danach fröhlich, noch immer beladen mit seinen Kameras, Richtung Piletor.

Dort waren die feinen Hotels. Wußte Daria. Ohne sich dabei etwas Besonderes zu denken. Oder doch?

Am nächsten Tag erschien er zur Ballettprobe in einem alten Gymnasium mit Sandwiches und einer Fünfliterflasche leichten Weißweins. Er meinte, die Mädchen seien sicher hungrig, bat die Meisterin um Erlaubnis, ein wenig fotografieren zu dürfen, half auch sprachlich aus, denn die Festspielleitung hatte eine Dolmetscherin bereitgestellt, die keine Ahnung von Fachausdrücken hatte, so daß nicht alle Anweisungen richtig verstanden wurden. Der Fotograf kannte sich aus. Auch mit den Termini des Balletts. Er erzählte, wie er die Fonteyn und den Nurejew abgelichtet hatte. Das imponierte.

Daria fragte, wie man ihn anreden solle. Er sagte, Peter. Nicht wie hier üblich *Petar*, sondern Peter. Er wich nicht mehr von der Seite des Balletts. Von Darias Seite. Und dann durfte er sie zum ersten Mal in ihrem Zimmer in der Altstadt besuchen.

Es ist nicht besonders schwierig, neben jemandem einzuschlafen. Das wußte Daria bereits. Es ist schwierig, mit jemandem aufzuwachen. Hatte sie auch schon Omama gelehrt. Sich anziehen, auf die Toilette des gemeinsamen Flures gehen, Zähne putzen – vor einem Fremden?

»Hier stinkt es!« stellte Peter ruhig fest. »Wir werden umziehen!«

»Wie meinen Sie das?« fragte Daria überrascht. Aber es stank ja wirklich. In den engen Gassen der Altstadt war das nicht verwunderlich. Ihre Frage überhörte er.

»Vielleicht ist es nicht so gut für dich, zu mir ins Hotel Exzelsior zu kommen. Der Tratsch und so. Aber bis heute abend finde ich etwas … Wann hast du Probe? Ich muß früher weg. Frühstücken wir irgendwo gemeinsam?« Er fragte nicht, erwartete keine Antwort, überlegte nur laut und traf Entscheidungen. Er war schon in seinem lächerlichen, gelben Anzug, als er sie küßte. Gebieterisch? Das nicht. Zärtlich? Schon, aber … anders. Was heißt anders? Warum?

Sie ließ es sich gefallen. Die sonst so eigenwillige, wählerische Tänzerin gehorchte.

Peter mietete einen Teil einer Villa im Vorort Lapad. Der Besitzer war Offizier des Geheimdienstes Udba, der die verdeckte Aufsicht über die Festspiele führte. »Er dürfte eigentlich keine Zimmer vermieten, aber als echter Dubrovniker würde er lieber sterben, als es zu unterlassen. Also vermietet er an vertrauenswürdige Personen und behauptet, es sei nur ein Freundschaftsdienst.«

»Sie sind …« Daria schluckte und sagte dann doch »du«. »Du stehst mit denen auf so vertraulichem Fuß?«

»Aber selbstverständlich!« Für Peter war vieles auf dieser Welt, was andere mit Sorgen erfüllte, einfach selbstverständlich.

Jeden Abend saß er mit dem Ballett zusammen. Nahm Daria mit zum Tisch der Choreographin und des Maestros. Den zog Peter auf: »Woher haben Sie eigentlich ihren Adel?«

Der Dirigent brummte ärgerlich: »Das ist nur mein Künstlername …«

»Aha! Aber, was ich Sie schon immer fragen wollte, wenn Sie schon für die Ustaschi dirigiert haben, warum nicht im Frack, sondern in Uniform?«

»Meine damalige Frau war Jüdin«, sagte Matačić ernst. »Mit meinem Benehmen konnte ich sie retten. Das war mir am wichtigsten«.

»Entschuldigen Sie«, sagte Peter leise. »Das habe ich nicht gewußt.«

Spaziergänge über den Stradun, die Hauptstraße der Altstadt, die früher eine Lagune gewesen war, wie in Venedig. Gedränge bis weit nach Mitternacht. Immer wieder Bekannte aus Belgrad. Jedermann in Jugoslawien konnte sich einen Urlaub an der See leisten. Und ein kleines Auto. Auslandsreisen. Hoffnung, Fröhlichkeit. Würde Daria später denken, als es nicht mehr so war. Oder war sie damals zu jung gewesen, um alles richtig zu verstehen?

Der Abend der Premiere. Danach der Empfang. Es erwies sich, daß Peter außer seiner chinesischen Sommeruniform auch einen leichten, blauen Anzug besaß, aber keine passenden Schuhe dazu. Daria kaufte ihm ein Paar schwarze, leichte Mokassins. Er nahm das Geschenk gerne an. Damit zeigte er, daß er Daria für gleichberechtigt hielt. So behandelte er sie immer. Sogar ein wenig ehrfurchtsvoll. »Ich habe mein Handwerk, du bist eine Künstlerin!« Das gefiel ihr.

Keine Proben mehr, nur die Oper jeden zweiten oder dritten Abend. Vor ihren Fenstern schlanke Zypressen.

»Dieser Baum ist wie die Kunst. Unnütz. Gibt weder Bretter noch Balken. Taugt nicht zum Heizen. Nicht einmal richtigen Schatten spendet er, er ist zu schmal. Aber er ist schön!« sagte Peter. »Mein Handwerk ist nicht so schön, aber es trägt zur Verewigung der Schönheit bei. Zumindest, verlängert es sie. Hält den Augenblick fest. Der Zypresse ist das egal, aber dem Ballett nicht. Ihr braucht uns!«

Ende Juli, Anfang August. Keine Vorstellungen mehr. Sie blieben noch in Dubrovnik. Hatten Zeit füreinander. Schwammen manchmal stundenlang, das Meer war genauso warm wie die Luft. Sie aßen gut, tranken viel Wein, sprachen über alles. Was ist alles? Peter war ein guter Erzähler, Daria eine gute Zuhörerin. Ein langer, ruhiger Sommer. Von den Laubbäumen fielen die ersten verfärbten Blätter, und die Abenddämmerung senkte zu früherer Stunde ihren blauen Mantel über See und Stadt. Die Haut brannte nicht mehr unter der Sonne. Sand streichelte den Körper. Meereswogen bäumten sich unter dem Maestral jeden Nachmittag auf und umschmiegten die Glieder. Warmer Sand, kaltes Wasser. Ein Sommer neigte sich seinem Ende zu. Eine Liebe ebenfalls? *Eine* Liebe? Gibt es das, *eine Liebe?* Ist es, wenn es Liebe ist, nicht immer *nur* Liebe, ohne *der-die-das,* ohne *ein-eine-ein*? Ist Liebe nicht so wie ein warmer Sand, so wie ein kühles Meer?

Daria sprang nicht mehr plötzlich auf, um in das Wasser

zu laufen, sondern erhob sich langsam, wie es nur Ballettänzerinnen können, warf sich aus dieser Bewegung in Pose, blickte über das Blau der See und ging fast zögernd und graziös schwimmen und wußte, daß Peter ihr bewundernd nachsah.

Nachts brach ein Gewitter los. Noch nie hatte sie den Donner so laut über das Meer herrollen gehört, den Himmel so von Blitzen gespalten gesehen, als könnte er zerbrechen und in Scherben auf die Menschheit herunterfallen. Noch nie hatte sie sich so angstvoll schutzsuchend in die Umarmung eines Mannes geschmiegt, versucht, den Kopf an seiner Brust so zu verstecken, daß sie das Aufbrüllen der Natur nicht hören mußte. Aber als sie dann endlich eingeschlafen war, träumte sie von einer Wespe, die sie unbeirrbar verfolgte und in den Nacken stechen wollte. Sie wachte mit über den Kopf gezogener Decke auf. Als ihr Peter zum Frühstück mitteilte, er müsse spätestens am Wochenende wieder nach Wien und ob sie ihn nicht bald einmal besuchen wolle, wunderte sie sich nicht. »Oder du kommst ganz nach Wien? Soll ich Frau Dia Luca fragen, ob sie dich in ihr Ensemble aufnimmt?«

Das war zu unbestimmt. »Ich muß nach Belgrad.«

Erst als sie viel, viel später als altes Ehepaar diesen Augenblick erörterten, gestand er ihr, daß er Angst gehabt, energischer aufzutreten, weil er gefürchtet hatte, ihr nicht genug bieten zu können und sie deshalb nicht an sich binden zu dürfen. Er hatte ihre Ablehnung nicht riskieren wollen. Sie hatte gedacht, sie wäre für ihn nur ein kleines Abenteuer gewesen, ein weiterer Schmetterling für seine Sammlung.

Mag sein, der nächtliche Sturm war das Ende des Sommers. Der Traum auch. Wespen waren eine Sommerplage. Am letzten gemeinsamen Abend stand über finsteren Meereswogen ein ganz besonders furchtbarer, heller und großer Mond.

Daria wagt wieder einmal nicht einzuschlafen. Sie hat Angst, die Wespe könnte im Traum wiederkehren, erinnert sich an die Träume vom Begrabensein unter den Trümmern des Hotels in Skopje. Wenn man wüßte, was man träumen wird, wäre es weniger schlimm einzuschlafen. Was träumt man nach seinem Tod, wenn man nicht mehr aufwachen kann?

»Den Mietwagen gebe ich auf dem Flugplatz zurück. Wenn du mich begleiten wolltest, müßtest du mit dem Bus zurück ...«

Das wollte sie nicht. Sie kaufte sich ein Flugbillett nach Belgrad für den nächsten Tag. Ans Abschiednehmen war sie gewöhnt. Nichts hatte sie gründlicher im Leben gelernt als zu ertragen, wenn jemand wegging. Und nicht wiederkehrte.

Die Vermieter, der Geheimdienstoffizier und seine Frau, hatten zum Abschied eine Flasche Grappa und einen Teller mit Feigen und Weintrauben auf den Tisch gestellt. Die letzte Nacht allein in dieser Wohnung. Irgendwie war sie hier zum ersten Mal im Leben ein wenig verheiratet gewesen. Kann man *ein wenig verheiratet* sein? Sie schaute sich die Fotos an, die Peter von ihr in allen möglichen Posen gemacht hatte, und fand sich schön. Ihr Körper im Sprung, aber auch der Hintergrund, die Blumen und Bäume, das Meer und ferne Inseln, ihr Gesichtsausdruck. So wollte sie sein.

»Des Antlitzes Schönheit ist von kurzer Dauer!« hatte Seneca in »Krönung der Poppea« gesungen. Aber daran mußte man noch nicht denken, wenn man dreißig Jahre alt war. Nicht wahr, Daria? fragte sich Daria ermunternd. Im Zusammenhang mit Seneca und der ganzen Oper hatte Peter etwas von »sittlichen Gedanken« doziert. Daria hatte dazu aufmerksam gelächelt und nicht richtig zugehört. Was ist sittlich? Was Omama gelehrt hat? Oder Madame Nina? Wer hat die besseren Richtlinien? Aber Poppea? Warum schreibt niemand ein Ballett über sie? Das würde ich gerne tanzen. Mit großen Jetés über jede Sittlichkeit hinweg ... Das meiste, was geschrieben, komponiert und choreographiert worden ist, ist doch viel zu langweilig und tänzelt an der Wirklichkeit vorbei.

Nachdem Daria mehr als die halbe Flasche Grappa ausgetrunken hatte, war sie getröstet und fühlte sich selbstsicher und unternehmungslustig wie bisher vielleicht noch nie in ihrem Leben.

Umbruch

Pferdchen aus gutem Stall

Darias erste Station im Ausland war das Dreispartentheater in Oberhausen, einer deutschen Stadt mit internationalen Filmtagen, Umschlagplatz für viele jugoslawische Tänzer. Sie hoffte auf Begegnungen mit Filmemachern. Warum hatte sie sich auf dieses Abenteuer eingelassen? Das Beispiel der Kolleginnen? Langeweile? Frust? Der Anblick dicker Tanten? Hätte sie den Vertrag auflösen können? Ohne irgend etwas zu sagen, die Koffer packen und nichts wie zurück? Eine Niederlage zugeben? Nie. Willkommen, schlaflose Nächte, wir kennen uns ja schon!

Trost waren die Bühne, die Spiegel im Probensaal, die knisternde Nervosität vor dem Beginn der Vorstellung. Bühnenarbeiter befestigten noch ein Versatzstück. Die Geiger im Orchestergraben stimmten ihre Instrumente. Der Choreograph gab letzte Anweisungen, Daria hörte nicht hin, schlug aber folgsam-zutraulich die Augen nieder. Das Publikum, unbekannte Menschen, die sich entspannen wollten. Für das Ballett begann die Arbeit. Lampenfieber, Anspannung. Inspizientinnen und Souffleusen mit ihren ewigen Strickereien. Auch im Ballettsaal wurde gestrickt. Wollknäuel auf Schößen schöner Frauen, die auf niedrigen Bänken hockten und auf den Meister warteten. Daria konnte nicht stricken.

Gespielte Munterkeit. Schminke sollte stärker sein als Blut? Kantinen und Wirtshäuser mit Kollegen und Bewunderern. Aber keine Freundinnen, keine Freunde, keine Intimität wie mit Igelkopf, Nadelspitze, Hühnchenhirn, Putte oder Katze. Niemand wußte, daß man sie Känguruh gerufen hatte. Hier trug niemand Spitznamen. Lesen. Hunger nach serbischen Büchern, die waren gut für einsame Nächte. Herbst, Winter, Winterschlußverkauf. Sinnlosigkeiten häuften sich im Schrank. Frühling. Das Dachbodenzimmer mit kleinem Bad, frische Blumen nicht teuer. Über triste Möbelstücke hübsche Seidentücher. Ende der Theatersaison. Kein Problem nach Hause zu fahren, sie hatte ja in Belgrad eine Wohnung. Geschenke für Tanten und ihre vielen Kinder.

Beginn der zweiten Saison in Oberhausen. Der Intendant lächelte sie an. Der Choreograph lud sie auf ein Bier ein. »Danke, lieber ein Glas spanischen Rotwein.« Daria war keine Fremde mehr, aber sie war hierher nicht *nach Hause* zurückgekommen.

Sie ließ keinen Mann an sich heran, weder einen der jungen Schauspieler noch einen der reichen Theaterfans, die nach den Premieren feiern wollten, die Herren von Rhein und Ruhr. Im Grunde genommen waren Männer langweilig Leibesübungen im Bett. Dann schon lieber im Probensaal oder auf der Bühne. Waren Frauen anders? Weniger ennuyant? Hinter ihrem Rücken tuschelte man so laut, daß sie es hören mußte: »Ist sie frigide?« Sie reagierte nicht, man setzte fort. »Oder eine Lesbe, die sich das nicht eingestehen will. Eine so hübsche Fratze und macht nichts daraus?« Sollte sie, nur um dem Gerede Einhalt zu gebieten, etwas mit jemandem anfangen? Schon wäre sie dazu bereit gewesen, aber der *Richtige* erschien nicht. Wer sagte, wie der *Richtige* aussehen mußte? Was sollte er sein? Tontechniker, Filmregisseur, Chirurg, Chemiker? Vielleicht Fotograf?

Dann fuhr sie nach Paris. Einfach, um die Stadt zu sehen. Jugoslawische Staatsbürger hatten keine Visaprobleme. Wenn man auf die Frage, woher man den komme, antwortete: »Aus Jugoslawien!«, konnte man stolz die Stupsnase heben. Daria sagte: »Wir haben eine Freiheit, von der man im Osten, und eine soziale Sicherheit, von der man im Westen nur träumen kann.« War sie in die Politik gegangen, war Jugoslawe sein schon an sich Politik?

In Paris lebte eine Kollegin aus Belgrad, Zaza, die ihren Weg auch über Oberhausen gemacht hatte. Sie besaß einen Pornoladen gegenüber dem Centre Pompidou. In Deutschland war sie einmal auf der Bühne ausgerutscht und hatte sich das Rückgrat verletzt. Bestens versicherter Arbeitsunfall. In Paris hatte sie geheiratet und trug nun denselben Namen wie ein Cognac und ein altes Adelsgeschlecht. *Madame la Princesse!*

Daria saß eine Stunde neben der Kasse und beobachtete die Kundschaft. Männer aller Altersgruppen, keine einzige Frau. Die einen schienen sich ein wenig zu schämen, gingen auf Zehenspitzen zwischen den Regalen umher, als müßten sie leise sein, um sich umzusehen, andere traten betont selbstbewußt auf. Viele hielten sich vor komplizierten Apparaturen auf, die Daria für Turngeräte gehalten hatte. Foltergeräte?

»Man muß Masochisten und Sadisten zusammenbringen, dann ergänzen sie sich prachtvoll. Wir geben auch eine kleine Schrift für unsere Kunden heraus. Mit Gratisannoncen. Verstehst du?« fragte die attraktive Zaza.

»Und du?«

Die ehemalige Kollegin neigte sich zu Darias Ohr, als müßte sie jetzt ein beängstigendes Geheimnis verraten: »Ich bin schrecklich normal. Schrecklich, nicht? Und mein Mann auch.«

Dann gingen sie Austern essen, und sie lernte *mon Prince* kennen. Etwas zu alt für Zaza. *C'est la vie,* nicht wahr? Nicht alles konnte *schrecklich normal* sein.

Hier eine Fürstin mit Pornoladen. Die Putte in Kairo mit einem reichen Araber, der dazu noch Choreograph war, seine eigene Tanztruppe hatte und wie ein Brite aussah. Zaza erzählte, eine dritte Kollegin, Theodora, sei nach Sizilien gegangen, unterrichte dort die artigen Töchterchen der ehrenwerten Gesellschaft. Sie habe einen Geschäftsmann geheiratet.

»Wir sind eben Pferdchen aus einem guten Stall«, erklärte Zaza und fragte wieder, als wäre es ein Refrain, »Und du?«

»Mich will anscheinend keiner.«

»Oder du spielst, wie gewohnt, das Mauerblümchen«.

»Weißt du, wo die Katze steckt?« Zaza wußte es. Sie war auch schon in Paris gewesen, aber die Fürstin rümpft die Nase dazu: »Das erzähle ich dir später!«

Kleines Hotel in einer Nebenstraße der Champs-Élysées. Im winzigen Badezimmer ein unter dem Waschbecken herausziehbares Bidet. Was machte Daria allein in Paris mit einem Bidet? Fenster zum Hinterhof. Muffig. Aber lieber mehr einkaufen, als viel Geld für schlaflose Nächte ausgeben. Gelbe Hosen, so eng, daß selbst sie kaum hineinpaßte, kein Gramm durfte sie zunehmen, aber sie erntete einen anerkennenden Blick der Verkäuferin. Gleich drei Paar Schuhe, die besser und billiger waren als ein Paar in Deutschland. Und ein Paar rote Stiefel. Wie sie Vater nicht aus dem Krieg mitgebracht hatte. Knicks im Louvre vor Bildern, die Onkel Noah ihr in Kunstbüchern gezeigt hatte. Wie dick diese Venus war! Andacht in Kirchen, die man aus der Schule kannte, aber in der Wirklichkeit waren sie anders. Wie anders? Größer, als man sie sich vorgestellt hatte? Eher im Gegenteil. Und nicht nur das. Kerzen anzünden konnte nicht schaden, vielleicht hielt sich Gott in dieser prachtvollen Gotik lieber auf als in einfacheren Bethäusern. Die Drehplätze des Films »Ein Amerikaner in Paris« mußte sie sehen. Von hier aus hatten Gene Kelly und Leslie Caron die Welt betört. Man hatte Daria oft gesagt, daß sie der Caron ähnlich sehe.

Moulin Rouge, Crazy Horses, Follies Bergères. Mußte man gesehen haben. »Mädchen wie du und ich!« sagte Zaza. Monsieur le Prince bestellte Champagner. Die nackten Tänzerinnen. Als Expertin sah man sofort, die waren in guten Ballettschulen gewesen. »So einen Cancan kann ich auch hinlegen. Schon als Kind habe ich den Hügel in unserem Garten hinunter einen Spagat gemacht!« Das erzählte Daria auf serbisch, Zaza mußte es ihrem Mann übersetzen. Er schaute sie groß an. Was wollte er mit diesem Blick? Die beiden hatten einen Pornoladen. Daria war nicht prüde. Wenn es eilig war, keine Zeit für einen Lauf in die Garderobe blieb, zog sie sich ohne mit der Wimper zu zucken vor den Bühnenarbeitern um. Aber mit nackten Brüsten tanzen? Das konnte sie sich nicht vorstellen. Warum eigentlich? Wie wurden diese Puppen bezahlt? Zazas Antwort war ernüchternd.

»Die Katze hätte es gemacht, aber die wollen nur große Mädchen haben. Du wärst auch zu klein, Känguruh!« Wieder der alte Spitzname, das war beruhigend.

Daria dachte an die Katze. Roter Mantel, roter Hut, rote Stöckelschuhe. Schwarze Haare, der Pony über die Augen hängend. So war sie auch in Paris herumgelaufen. Mit kleinen, aber festen Schritten, bereit, die Krallen auszufahren. Ihr Vater war Inspekteur auf einem der Belgrader Marktplätze gewesen. Mit ihr hatte Daria eine andere Welt kennengelernt als die Tantenriege mit ihrer kommunistischen Moral und das Heim, das sie »College für Partisanenkinder« genannt hatte. Besoffene Bauern, verkommene Zigeuner, allerlei Bettler, die den Abfall in Gesellschaft lustiger Straßenköter durchwühlten, die billigsten und häßlichsten Huren. Danach war man unter den Linden des Bohemeviertels Skadarlija gesessen. Gab es dieses Belgrad noch? Konnte es, durfte es ohne sie existieren? Waren die heutigen kleinen Tänzerinnen auch so schön? Ging jede neue Generation junger Mädchen mit derselben verbissenen Lust auf das große Abenteuer Leben los?

Die Katze hatte ein kurzes Engagement in Sarajewo gehabt, war krank nach Belgrad zurückgekommen und dann eine Zeitlang verschwunden. Hinter vorgehaltener Hand flüsterte man, sie sei im Irrenhaus. Dann tauchte sie händchenhaltend mit einem Psychiater auf. Sie liebte Männer. »Ach, ihr blöden Jungfern!« neckte sie Daria und andere zögerndere, vorsichtigere, zumindest diskretere Freundinnen. Mannstoll, frigide – was für Worte! Nach einem harten Training war Daria todmüde, die Katze erst recht gierig. War sie Nymphomanin oder wie Hühnchenhirn, die Pornofotos von sich hatte machen lassen, weil ihr alles egal war, frigide? Oder umgekehrt?

Zaza erzählte, die Katze sei in Paris in üblen Nachtbars aufgetreten, habe mit einer Gruppe schwuler serbischer Tänzer zusammengehaust, die sie bemuttert, deren Socken sie geflickt und dreckige Wäsche sie gewaschen und gebügelt habe, die sie bekocht und denen sie noch Geld zugesteckt habe. Als Prostituierte habe sie Erfolg gehabt, aber sich damit den Weg zu ernstzunehmenden Bühnen verbaut.

Es gibt jedoch etwas wie Wurzeln. Die Urgroßmütter und Ahnfrauen der Katze und der Putte waren serbische Bäuerinnen gewesen, gewohnt, von ihren Kerlen zwischen die Furchen geworfen und genommen zu werden. Vererbte sich so etwas? Sehnte man sich unbewußt danach? Die Katze hatte sich bei Zaza beklagt:

»Muß man mit denen hier im Westen immer soviel Blödsinn anstellen, bevor sie ihn hochkriegen?« Die Katze haßte Gruppensex, Orgien, verrückte Posen. Mochte Lachs und Kaviar und Champagner weniger als klare Schnäpse und fettes Spanferkel. Sie machte trotzdem mit. Für die Ballets Russes, die es schon gab, wäre sie vielleicht die Richtige gewesen, natürliche Frische gegen echte Dekadenz, aber so hoch kam sie nie hinauf. Leider. Sagte Zazas Mann, der Fürst. Er habe sie auch gekannt. Nur gekannt? Seine Lippen wurden irgendwie schmaler, wenn von der Katze die Rede war. Bemerkte das Zaza nicht, störte es sie gar nicht? Daria hatte ein wenig Angst, daß man ihr etwas Unzumutbares vorschlagen würde.

Viel später traf Daria die Katze in Belgrad und hörte das Ende der Geschichte. Mit ihrem letzten Geld war sie nach Zürich gefahren. Vor dem für ihre Verhältnisse viel zu guten Hotel hatte sie sich mit einem Mann um ein Taxi gestritten, der hatte ihr unabsichtlich die schwere Tür des Mercedes auf die Finger geschlagen, die stark geblutet hatten. Er hatte sich tausendmal entschuldigt, nicht gewußt, wie er sie beruhigen sollte. »Na, du kannst es dir ja vorstellen. Wir gelangten dann irgendwie in seine Suite, ich mit verweinten Augen und verbundener Hand! Ein Spießbürger aus der tiefsten holländischen Provinz, von so etwas wie mir hatte der liebe Mann noch nicht einmal geträumt!« Den heiratete sie. Einen Bankkaufmann. Mit ihm zog sie um in die Schweiz. Bald hatte sie ihre eigene Ballettschule und konnte ihre Tochter zum Studium des klassischen Balletts nach Monte Carlo schicken. Später wurde diese Tochter Solistin im Belgrader Ballett. Die Tochter der Putte wurde in Ägypten Film- und Fernsehschauspielerin. Pferdchen aus gutem Stall eben.

Zwei Nähnadeln im größten Heuhaufen der Welt

Man konnte das Blau vom Himmel unmöglich wegphilosophieren. Unmöglich! Warum? Weil es unmöglich war.

Flach auf der Couch auf dem Rücken liegen, die müden Beine hoch auf allen Kissen, die man besaß. Der Blick zum Fenster. Blau. Darübergewischt etwas Weiß. Einige Wolken auf dem Himmel über New York. Nicht anders als über dem Belgrader Stadtteil Voždovac. Aber hier wurden die Wolken *gekratzt*. Von Wolkenkratzern. So hießen solche Häuser, wie das Hotel, in dem sie wohnte. Sirenen der Polizeiautos stiegen drohend bis zu ihrer zweiundzwanzigsten Etage hoch. Wie in Thrillern. Daria als Gangsterbraut in einem richtig spannenden Film. Hollywood, worauf wartest du?

Sinnlos aufzustehen und ans Fenster zu laufen. Nichts wäre zu sehen außer der Schlucht zwischen den Hochhäusern, nadelkopfkleine Rotationslichter der Streifenwagen zwischen den sich ameisenartig drängenden übrigen Autos auf der 7th Avenue und als einziger Trost darüber der Himmel. *Sky* hieß er hier. Kein schlechtes Wort für die blaue Kuppel da oben, meinte die Tänzerin. Fremdsprachige Wörter waren für sie nie eine natürliche Ausdrucksweise geworden, sie benannte Dinge und Begriffe mit Namen wie Menschen. Die Korepetitorin hieß also Virginia, sehr erfreut, wie geht es Ihnen? Der Himmel wurde mit *sky* angesprochen. O.K. In Frankreich *le ciel*. War er überall derselbe?

Eine schöne Farbe, dieses mit Wolkenweiß versetzte Blau. Wäre ein hübsches Muster für ein Sommerkleidchen. Wenn sie Textiltechnikerin geworden wäre, könnte sie so ein Design entwerfen. Wie der Himmel in New York. Besser Erster im Dorf als Zweiter in Rom? An dieses Sprichwort hatte sie gedacht als zwischen Belgrad und Skopje zu wählen gewesen war. Das Erdbeben hatte entschieden. In Amerika hatte die Erde nicht so entscheidend gebebt. Ab und zu ein wenig in Kalifornien. Auf einem Empfang in Hollywood. Auch aus Hollywood hatte sie Ansichtskarten nach Belgrad schicken können. Niemand außer ihr war erschrocken, als die Kristallüster schaukelten und klirrten. Aber nicht die Zweite wurde sie, nicht einmal die Zweiundzwanzigste oder Wasweißichwievielste. Gerade einmal oder zweimal mit auf dem Vorspann. Partys, Cocktails. Was dazu anziehen? Hotels wie im Film. Ein kitschig dunkelblauer Ozean. Die Schwierigkeit, irgendwohin zu kommen, weil sie nie Auto fahren gelernt hatte und weil in diesem Land der Automobile nie ein Taxi kam, wenn es besonders dringend gebraucht wurde.

Agenten, Versicherungen, Gewerkschaften, die zusammen mehr als die Hälfte ihrer manchmal recht gut klingenden Gagen verschlangen. Einmal hätte Daria fast eine anständige Rolle in einer Fernsehserie bekommen, eine russische Ballettänzerin, die es in ein Nest im mittleren Westen verschlagen hatte und die dort die Männerwelt beunruhigte. Kostümproben, Probeaufnahmen. Das versprach ein Job für Jahre zu werden. Engagiert wurde eine andere, eine Rumänin. Ihr Agent teilte mit, man habe Daria für »zu süß« befunden, nicht »Vamp« genug.

»Habe ich einen Fehler gemacht, Jeremy?« fragte sie den Agenten verzweifelt, weil sie während dieser Vorbereitungen nicht bezahlt worden und der größte Teil ihrer Ersparnisse draufgegangen war. »Du bist immer so nett zu mir, aber du mußt mich aufklären, muß man wirklich mit jemandem schlafen, um hier etwas zu erreichen? Ich bin zu dumm, wenn das dazugehört, mußt du es mir, bitte, sagen!«

»Darling«, seufzte der Mann. »Wenn du mich so direkt fragst … Natürlich ist die Antwort nein. Aber manchmal ergibt es sich schon. Ich bin kein Zuhälter, sondern führe eine Künstleragentur.«

»Die Erste« war sie einmal in Tschaikowskys »Nußknacker« in Memphis, Tennessee. Als sie sich vorstellte, sagte der Chef vor der ersten gemeinsamen Probe beim Exercice: »Du kommst doch aus Europa, gib du die Übungen vor.« Welcher Teufel hatte sie geritten, so etwas Schwieriges in der Provinz zu verlangen? Die netten, zum Teil schwarzen Mädchen fielen fast um. Der Chef stellte sich selbst in die Mitte, zeigte, daß es ging. »So müßt ihr das machen!« Das schuf ihr keine Freunde. Die Kritik war voll des Lobes. Der Kontrakt galt aber nur für zwölf Vorstellungen. Von einem neuen Vertrag sagte niemand etwas. »Hast du die Leute verärgert?« fragte Jeremy. »Soviel Beifall und keine neue Verwendung!« Zeitungsausschnitte, einige Fotos, ein Mitschnitt der Generalprobe auf Video. Erinnerungen an Gespräche über Faulkner, Elvis Prestley und Martin Luther King. Keine Sicherheit.

Im selben Saal trainiert zu haben wie Baryschnikow – das war ein Höhepunkt. Im selben Saal schon, aber nie mit ihm auf derselben Bühne. Sie durfte an einem Kurs von George Balanchine teilnehmen, sprach sogar privat mit ihm, erzählte, wo sie ihre Ausbildung gemacht hatte. Er nickte, hatte Madame Nina gekannt. Der große Meister lobte Darias Port de Bras, nahm sie in die Mitte, um an ihr zu zeigen, wie er die Armhaltung haben wollte, aber in seine Truppe nahm er sie nicht auf. »Du bist zu klein. Ich will große Mädchen haben. Du solltest es in Paris versuchen. Berufe dich ruhig auf mich. Wie alt bist du eigentlich?«

Endlich ein festes Engagement. Eine ganze Saison an der Met, der legendären Metropolitan Opera. War damit ein Traum in Erfüllung gegangen? Aber wenn die Garderobenfrauen sie hier aus dem Trikot schälten, geschah es nicht mit derselben Herzlichkeit wie in Belgrad. Man ging mit ihrem Körper um wie mit einem für die Vorstellung benötigten Gegenstand. Wenn das Kostüm ordentlich aufgehängt war, kümmerte niemanden, was unter ihrer Haut war, wie das Blut durch die Adern pulste. Dieses Theater war auf Sänger und Dirigenten ausgerichtet, Tänzer blieben Komparsen, aber das wußten sie zu Hause nicht, man konnte stolz Ansichtskarten nach Belgrad schicken. Die Kinder der vielen Tanten waren längst erwachsen, hatten selbst Kinder. Für sie war Daria die Halbtante aus Amerika. Eine Ballerina mit Weltkarriere. Tanzte Daria jetzt vor allem für die Belgrader, die sie so nie sehen konnten?

Der berühmte europäische Tenor, der den Radames in der »Aida« sang, in der Daria eine ägyptische Sklavin spielte, schickte ein Kärtchen, ob er sie zum Abendessen einladen dürfe. Sie schickte es zurück und schrieb nur: *Sorry.* Nicht nur Gegenstände trugen fremde Wörter als Namen, sondern auch Gefühle, Begriffe. Sie hatte den Eindruck, daß sie in jeder anderen Sprache viel mehr sagen oder schreiben hätte müssen, um dasselbe auszudrücken: »Tut mir leid, aber Sie sind anscheinend verrückt.« Dann kam der Sekretär des großen Sängers:

»Sie dürfen das nicht mißverstehen, Miß! Mein Chef hat mir aufgetragen, Ihnen zu sagen, daß Sie keine Angst zu haben brauchen, er ist impotent, aber er muß wegen seiner Fans in Gesellschaft von Schönheiten gesehen werden. Sie essen mit ihm, begleiten ihn ins Hotel, zufällig werden Sie dabei fotografiert, morgen steht es in einigen Zeitungen. Das ist doch auch für Sie eine gute Werbung!«

»Leider bin ich heute schon vergeben.«

»Der Maestro ist noch zehn Tage in New York, wählen Sie einen Abend.«

»Nein!«

»Wieso? Er will doch gar nicht mit Ihnen schlafen!«

»Hören Sie! Ist das nicht eine Beleidigung, mit mir nicht schlafen zu wollen?«

Daria bereute es sofort. Der Mann hatte recht, Fotos mit dem weltberühmten Sänger und einige Klatschspalten wären die beste Werbung, würden ihr Jeremys Lob einbringen. Bald würde die Saison zu Ende sein. Immer öfter rief sie ihren Agenten an. Immer seltener stellte sie die Sekretärin zu ihm durch. »Geduld, Darling, ich rufe zurück, wenn ich etwas habe!« Ohne etwas Alkohol konnte Daria nicht einschlafen. Besonders vor Vollmondnächten hatte sie Angst. Um zu einem Psychiater zu gehen, brauchte man Geld und hätte außerdem besser Englisch sprechen sollen. Jedermann, den sie in New York kannte, ging zum Seelenarzt. Aber auch das rechte Knie schmerzte. Sie erfand eigene, langsame Übungen, rieb es mit Tinkturen ein, die sie in der Drogerie selbst aussuchte, lag in der Badewanne, hatte Tschaikowsky aufgelegt, Prokofieff und trank Tequila dazu. Sie biß die Zähne zusammen, hoffte, niemand würde bemerken, daß es weh tat zu tanzen. Den Theaterarzt wollte sie keinesfalls aufsuchen, der hätte ihr möglicherweise alle Auftritte verboten.

Dann begegneten sich Daria und Peter zufällig auf dem Times Square in jener Buchhandlung, in der es alle Zeitungen und Zeitschriften der Welt gab. Sie suchten jugoslawische Wochenzeitschriften, bewegten sich gebückt rückwärts, stießen mit den Hintern aneinander, richteten sich auf, setzten ein verlegenes Lächeln auf, um sich zu entschuldigen, hielten einen Augenblick verblüfft inne. Daria schrie so laut auf, daß sich jedermann besorgt umdrehte.

Als er hörte, sie wohne hier gleich auf der 7th Avenue im Hotel Taft, meinte er gespielt entrüstet: »Das geht nicht, das ist eine schlechte Herberge!« Sie solle doch der Einfachheit halber bei ihm wohnen, er habe für die nächsten Monate das kleine Penthouse eines Kollegen bezogen. »Wir könnten gleich deine Sachen holen!« Er dachte nicht daran zu fragen, ob sie überhaupt mit ihm zusammenziehen wolle, vielleicht einen Freund habe, einen *lover* …

»Aber mein Theater ist von hier aus so nahe …«

»Was du nicht sagst! Ich habe gehört, daß es in New York Taxis gibt.«

Und erst dann fragten sie einander fast gleichzeitig mit denselben Worten:

»Was machst du eigentlich hier?«

Hundertmal danach besprachen sie dieses unwahrscheinliche Wiedersehen. Wie konnten sich zwei Nähnadeln im größten Heuhaufen der Welt so zufällig begegnen? Zufällig?

Peter lud sie zum Chinesen auf dem Broadway ein. Dann kündigte sie ihr Zimmer im Taft, packte ihre Koffer und ließ sich von Peter in seine Wohnung mitnehmen. Wieso? Er hatte eine kleine Terrasse, von der man weit über den Hudson sehen konnte.

»Bleib so sitzen. Ich möchte von dir ein paar Fotos machen, aber so, daß ich ein Stück New Yorker Abendhimmel mit drauf kriege ...« »Sky?« fragte Daria, und er verstand nicht, wie sie das meinte, holte das Stativ, einige Kameras und begann mindestens eine halbe Stunde lang das Licht zu messen, um sie herum zu spazieren, sie und den Strohsessel, in dem sie saß, ein klein wenig beiseite zu rücken und war nie zufrieden.

Inzwischen durfte sie berichten. Nach einigen Sprechrollen in jugoslawischen Filmen, Auftritten im Musical und Kabarett, ohne je das klassische Ballett aufgeben zu wollen, Versuche in Deutschland, die auf kleinere Bühnen beschränkt geblieben waren. »Du hättest früher erscheinen sollen, um mich zu beraten und gute Fotos von mir machen, die man herzeigen kann ...«

Peter suchte ihren Agenten, diesen Jeremy, auf. Der zuckte die Achseln, er habe der Belgrader Tänzerin geraten, sich die Zähne richten zu lassen. Das habe sie abgelehnt. Auch Gesangsunterricht zu nehmen. Das sei ihr zu teuer. Und sie hätte sich entscheiden sollen, was sie eigentlich anstrebe, klassisch tanzen, wenn auch in der Provinz? In Memphis habe sie passable Kritiken gehabt. Zu allen Produktionen laufen, die es am Broadway gab, um vorzutanzen? Die Figur habe sie ja noch. Aber sie nenne das Sklavenmarkt, und nur auf eine Empfehlung hin nehme man hier niemanden. Oder nach Hollywood fahren und bei einem dortigen Kollegen, der bessere Verbindungen zum Film habe, einen Vertrag unterzeichnen? Was sie bisher gemacht habe, genüge nicht, ihre europäischen Filme seien hier unbekannt, ihre amerikanischen C-Produktionen keine Empfehlung.

»Ich fürchte, Miß Daria hat zu viel Verschiedenes angefangen. Ich habe keinen einzigen Klienten, der in so vielen Sparten kleine Erfolge aufzuweisen hat, aber nirgendwo ist sie perfekt, verstehen Sie, *Sir*? Vielleicht sollte sie unterrichten, aber dabei kann ich nicht helfen.« Weil Peter aufmerksam zuhörte, nichts sagte, seriös wirkte, sagte der Agent am Ende offen: »Ich fürchte, jetzt ist es im Grunde genommen schon zu spät für sie!«

Daria war fünfunddreißig Jahre alt. Wie sollte ihr Peter das beibringen, ohne ein großes Drama zu riskieren? Wenn sie sehr jung ist, versteht eine Tänzerin noch nicht viel von ihrer Kunst, erfreut sich nur ihres Körpers und seiner Fähigkeiten. Und wenn sie reif genug geworden ist, um zu begreifen, wie Musik in Bewegung ausgedrückt werden kann, fehlt ihr die Kraft dazu. Und das, was im Theater *das Exterieur* eines Menschen genannt wird. Das Publikum will schöne, vor allem aber junge Tänzerinnen sehen.

»Sag mal, hinkst du? Hast du dir das Bein verletzt?«

»Ich kann doch nicht auch zu Hause spielen, daß es mir nicht weh tut!«

Er ließ sie das Bein bewegen, tastete das Knie ab. »Kann nur der Meniskus sein. Du mußt zu einem guten Arzt. Wie bist du versichert?« Sie brachte eine Mappe voller unordentlich aufgehäufter Papiere. Peter brauchte mehr als eine halbe Stunde, dann schüttelte er den Kopf.

»Es wird schon gehen!« sagte Daria. »Während der Saison gebe ich nicht auf. Die wollen doch alle gleich operieren. Ich kenne Chirurgen, das weißt du doch! Aber Nino wollte mich am Herzen operieren, nicht am Knie!«

Daria schaffte es. Ihre Übungen, Tinkturen oder das Baden halfen. Bis zum Ende der kurzen Saison an der Met sprachen sie nicht mehr darüber. Es war für ihn leicht, die Erlaubnis zu erhalten zu fotografieren. Ägyptische Sklavin hinter einer weltberühmten Amneris in Verdis »Aida«. Aufregende Solistin in den »Polowezer Tänzen« in Borodins »Fürst Igor«. Er zog die Bilder als Ansichtskarten ab, und Daria konnte auf ihnen nach Hause schreiben.

Sie war lustig, immer lustig. In ihrer Gesellschaft mußte jedermann lachen. Wenn jemand Witze erzählte, prustete Daria im richtigen Augenblick los, steckte damit ihre ganze Umgebung an. Wenn ein ernstes Gespräch geführt wurde, verstand sie es, jedem, der etwas sagte, so aufmerksam und treuherzig in die Augen zu schauen und an seinen Lippen zu hängen, daß er sich für den interessantesten Menschen der Welt halten durfte. Die leichte Traurigkeit, die immer mitschwang, war kein Widerspruch. Dieser Ausdruck paßte besonders gut zu Daria. *»Funny face«*, sagte Peter.

Nur ihm erzählte sie, daß sie sich als elternlos aufgewachsenes Kind ihr ganzes Leben lang als Krüppel gefühlt hatte. Darum brauchte sie die Tanten und ihren Anhang, Freundinnen und Erinnerungen. Weil jedermann, den sie als Kind geliebt hatte, so früh gestorben war, fürchtete sie enge Beziehungen zu Männern. Die könnten auch auf einmal weg sein. Sie spielte, sie wäre lustig, lustig, lustig. Meist glaubte man ihr, daß sie es ernst meinte mit ihrer Fröhlichkeit, denn in dieser Hinsicht war sie ganz gewiß eine begnadete Schauspielerin.

Hochzeit

»Vergiß nie, wo immer du dich in der Welt herumtreibst, du bist und bleibst eine Serbin!« schrie Tante Radmila. Ihr Sohn Novak, inzwischen Parteisekretär eines Belgrader Stadtbezirks, winkte hinter dem Rücken seiner Mutter ab. Die Tante meinte es nicht böse. Ihr Temperament gestattete kein ruhigeres Gespräch. Die großen Blumenvasen, die überall in der Wohnung herumstanden, waren stets von ihrem Gefuchtel bedroht. Obwohl die jüngste der vielen Schwestern, benahm sie sich, als wäre sie das Familienoberhaupt, weil sie einige Monate vor Kriegsende die Uniform einer Partisanin getragen hatte. Vielleicht war sie auch deshalb so laut, weil sie sich als Lehrerin vor einer ungezogenen Kinderschar behaupten mußte. Ihr Mann, Berufsoffizier, hatte es vorgezogen, in möglichst entlegenen Garnisonen seinen Dienst zu leisten, wohin sie ihm nicht hatte folgen wollen, um die Anstellung in der Schule im Zentrum Belgrads nicht zu verlieren. Er war voriges Jahr gestorben.
Als endlich eine kleine Pause eintrat, sagte Daria:

»Weißt du, das ist draußen ziemlich unwichtig. Wichtig ist, wie du tanzt.«

»Aber was sagst du, wenn man dich fragt, was du bist?«

»Jugoslawin. Das bedeutet überall etwas!«

»Ohne uns Serben gäbe es kein Jugoslawien!« erklärte Tante Radmila streng.

Im Heim hatte man die Kinder gelehrt, zwischen Völkern und Minderheiten im sozialistischem Land herrsche Brüderlichkeit und Einigkeit. Aber Darias engste Freundinnen, Nadelspitze, Igelkopf, die Katze, die Putte, das Hühnchenhirn, waren Serbinnen. Vor wichtigen Prüfungen waren sie gerne in die kleine, orthodoxe Kirche der heiligen Petka auf dem Kalemegdan gelaufen, um ein paar Kerzen nach dem Ritual des serbischen Glaubens anzuzünden.

Belgrad war ihre Heimatstadt. Jedesmal, wenn sie sich nach einem längeren Aufenthalt in der Fremde dem Geburtsort näherte, der Zug über die Sawebrücke ratterte oder das silberne Band des Flusses im ovalen Fenster des Flugzeugs erschien, schlug ihr Herz höher. Vaterland? Wenn schon, dann gewiß das ganze Jugoslawien, nicht Serbien. Jugoslawien kannte sie, aber wie die Grenzen Serbiens innerhalb des Bundesstaates verliefen, wußte sie nicht genau. In allen Teilen Jugoslawiens hatte sie auf Bühnen getanzt, in Probensälen geschwitzt, in Flüssen, Seen und der Adria war sie geschwommen, in Wirtshäusern und bei Freunden hatte sie gegessen und getrunken, in kleinen und großen, luxuriösen und verwahrlosten Hotels geschlafen, geträumt oder schlaflose Nächte durchzittert, an hundert Orten gefilmt oder geflirtet. Keine Freundin, kein Kollege oder Bekannter hatte sie je gefragt: »Bist du Mazedonierin? Bist du Kroatin, Moslime, Albanerin?«

Oder doch? Hatte sie es nur verdrängt? Nichts gesehen, weil sie nichts hatte sehen wollen? Hatte die Zimmervermieterin in Zagreb nicht gehässig gesagt: »Schon wieder neue Serbinnen?« Hatte das mazedonische Ballett nicht ohne Rücksicht auf Daria die eigene Sprache gesprochen? Hatte der Kellner in Slowenien nicht Serben und Mazedonier brüskiert und Ausländer vorgezogen?

»Warum bist du so still geworden, Kind? Hast du in Amerika verlernt zu sprechen?« fragte Tante Radmila.

»Nein, nein … Aber es schmeckt so gut!«

Milchschweinfüßchen in Aspik. Gestopfte Gänseleber. Spinat und Fleisch in Blätterteig. Hochzeitssuppe von der Gans. Szarma, Wickelkraut mit faschiertem Fleisch und Reis zusammen mit geräuchertem Speck aus dem Ofen geholt. Erst danach das obligatorische Spanferkel und gebratenes Lamm. Kleingebäck mit Nuß und Mandeln, Vanillekränzchen, Omamas Rosentorte. Der Tag der Familienheiligen, Weihnachten und Ostern und die Staatsfeiertage wurden bei Tante Radmila mit unendlich viel Essen und Trinken begangen, Kinder und Kindeskinder, Verwandte und Freunde kamen zur Mahlzeit oder schauten später vorbei, am Ende wurde die Gitarre herausgeholt und bis in die Nacht hinein gesungen. Auch viele russische Lieder. Zum Abschluß Vaters Lieblingslied über die Rote Flotte, »Krassnij Flot«.

Kurz nachdem die Russen in die Tschechoslowakei einmarschiert waren, gab das Belgrader Theater mit der »Westside Story« ein Gastspiel in Preßburg. Nach der Vorstellung gab es einen Empfang, auf dem der Alkohol in Strömen floß. Wenn Serben trinken, singen sie. Wenn sie viel trinken, singen sie auf russisch. Die Gastgeber verließen einer nach dem anderen den Saal. Überrascht erwischte Daria einen slowakischen Geiger mit wunderschönen Augen und Wimpern, den sie schon die ganze Zeit beobachtet hatte, am Rockschoß und fragte: »Wohin geht ihr? Was habt ihr?«

Entrüstet antwortete er: »Wie könnt ihr bei uns jetzt russische Lieder singen?«

»Das ist der Unterschied! Ihr haßt die Russen, aber ihr habt sie ins Land gelassen. Wie lieben sie, aber hereinlassen werden wir sie nie!«

Daria und Peter heirateten in Belgrad. Er sagte eines Tages:

»Wir bleiben auf immer zusammen, nicht wahr?«

Die Tänzerin überlegte keinen Augenblick:

»Ja, wahrscheinlich ... Sicher!«

»Dann sollten wir den Pakt unterzeichnen, wie es brave Bürger tun. Wollen wir es jetzt hier machen, das ist am einfachsten, nicht wahr?«

Sie wollte. Aber ohne großes Aufsehen! Nach jugoslawischem Recht schließt man die Ehe vor dem Bürgermeister, der seine Vollmacht an den Standesbeamten abgibt. Peter hatte eine Idee. Einer seiner Freunde war Bürgermeister eines Belgrader Stadtbezirks. Als sie beide in das prunkvolle

Büro traten, fragte der Bürgermeister überrascht: »Was kann ich für euch tun?«

»Du sollst uns vermählen«, sagte Peter.

»Das habe ich noch nie gemacht.« Er bot Cognac an und telefonierte: »Der Standesbeamte soll raufkommen!« Bald erschien ein seriöser, dunkel gekleideter Herr. »Wir wollen die beiden netten jungen Leute da trauen.«

»Das geht nicht, Genosse Bürgermeister. Sie haben keine Dokumente eingereicht, Taufscheine oder andere Geburtsurkunden, Meldezettel, Ausweise. Da könnte ja jeder kommen, und …«

»Ich kenne sie, das genügt. Die Papiere werden sie nachreichen!«

Der Standesbeamte wagte keine weiteren Einwände. Nun stellte sich die Frage nach Trauzeugen. Daria fiel der Regisseur Adam ein. Man telefonierte, Adam war glücklicherweise zu Hause, versprach, sofort ein Taxi zu nehmen. Er hatte inzwischen Sonja geheiratet, die er gemeinsam mit Daria und Igelkopf auf seinem Segelboot mitgenommen hatte, sich aber schon wieder von ihr getrennt. Als Adam ankam, flüsterte Daria Peter zu:

»Wenn wir *das* jetzt machen, dann lassen wir uns nie scheiden, nicht wahr?«

»Nie!« sagte Peter, und das war der eigentliche Eid. Als sie zu Hause waren, holte Peter einen Ring mit einem schönen Rubin aus der Tasche. »Über Eheringe haben wir uns ja nicht unterhalten …«

»Ich werde in Nachtlokalen strippen und dir einen Porsche kaufen«, versprach Daria. »Oder glaubst, es ist für mich schon zu spät?« Und als er ihre Füße streichelte: »Wir haben manchmal schöne Beine, nicht wahr, aber vom Spitzentanz verunstaltete, arme Zehen …« Sie lag nackt auf dem großen Bett, hob die Beine hoch, machte eine Kerze. »Siehst du, Waden und Schenkel sind in Ordnung, mein Spann ist hoch, so einen Rist muß man haben, aber wie kann man von Ballettschuhen verkrüppelte Füße lieben?

Wie bei Japanerinnen … Frauenfüße sollten rosa sein, *pink*, weißt du, zart, mit rührenden, kleinen Nägeln …« Das war die Hochzeitsnacht. Der Hochzeitsnachmittag!

Im Laufe der nächsten Tage wurde Peter Omama und den Tanten als Gatte vorgestellt. Man betrachtete Peter argwöhnisch, fragte, wieso es die beiden auf einmal so eilig gehabt hätten, ob vielleicht … »Nein!« wehrte Daria ab, das nicht, aber schließlich sei das ihre Privatsache und keine Familienangelegenheit. Bei allen Tanten wurde gegessen und getrunken, anstatt der einen Hochzeitsfeier, die sie vermeiden hatten wollen, gab es ein Dutzend Nachfeiern. Omama flüsterte, an Nino denkend: »Eigentlich schade, daß wir nun doch keinen Arzt in der Familie haben!«

Der Beruf des Fotografen rief insgeheim Naserümpfen hervor. War das überhaupt eine ernstzunehmende, würdige Betätigung für den Ehemann *ihrer* Daria, der *weltberühmten Ballerina*? Fotograf erinnerte an Männer auf dem Jahrmarkt, die das schwarze Tuch über den Apparat und ihren eigenen Kopf breiteten und riefen: »Bitte, lächeln!«, oder, wenn Kinder abgelichtet wurden: »Gleich kommt das Vögelchen!« Was verdiente man damit? Wie, er zog bei ihr ein? Nicht einmal eine neue Wohnung konnten sie sich leisten? Ach, sie würden oft im Ausland sein? Hübsch war er nicht, dieser Peter, jung auch nicht, was hatte sie an ihm gefunden?

»Freunde wählt man sich, seine Familie leider nicht«, sagte Peter. Seine Eltern waren früh verstorben, Verwandte in aller Welt verstreut, er schrieb ihnen nicht einmal Briefe, war allein und behauptete, das sein zu wollen. »Du mußt mir einen Stammbaum all deiner Verwandten aufzeichnen, sonst werde ich mich nie auskennen. Manchmal sind sie für mich viel zu laut!«

»Aber ich liebe sie, und wenn du mich liebst, mußt du sie auch gerne haben! Jetzt bin ich also eine verheiratete Frau. Du, Petruschka, bin ich jetzt irgendwie anders?«

Die zweite Karriere. Titos Tod

Peter hatte einen Vertrag mit einem englischen Verlag für einen großen Bildband über das geteilte Deutschland unterschrieben, deshalb wollte er sich für mindestens ein Jahr in Bonn niederlassen. Er hatte in Bad Godesberg eine schöne Wohnung gefunden, eine halbe Villa nahe am Kottenforst: »Man kann dort im Wald spazierengehen … Und den Rhein entlang …«

Zum ersten Mal, seit sie im Theater in Belgrad angefangen hatte, war Daria ohne Engagement. Und oft allein. Peter war stundenlang, manchmal den ganzen Tag, in der Dunkelkammer und unansprechbar oder teilte zum Abendessen beiläufig mit, morgen müsse er nach Flensburg oder an den Bodensee, und fragte nebenbei: »Willst du mit? Aber ich werde viel zu tun haben …«

Daria abonnierte Tanzzeitschriften und studierte die Annoncen. In Köln gab es eine Börse für Tänzerinnen und Tänzer, die Möglichkeit vorzutanzen, sich nach einem Engagement umzusehen. Das Procedere kannte sie ja aus ihrer früheren Zeit in Deutschland, aber das wollte sie sich keinesfalls antun, es kam ihr vor wie der Sklavenmarkt in Amerika. Möglicherweise war so ein Wettbewerb für Anfänger ganz gut geeignet, aber sie war jetzt sechsunddreißig. Als Tänzerin fast schon eine Greisin.

Privat wollte Peter weder ihr Haus noch die Wohnung oder wenigstens sie fotografieren. »Ich bin müde, ich kann nicht, Daria, ich kann doch nicht einfach nur so drauflosknipsen! Ich bereite jedes Bild lange vor, betreibe Studien, muß auf das richtige Licht und die Inspiration warten. Ich bin kein Dilettant!«

»In Dubrovnik hast du keine besondere Erleuchtung gebraucht, um Bilder von mir zu machen, und in New York auch nicht, um mich mit dem dortigen *sky* zu verewigen. Ich bin auch keine Amateurin, aber ich tanze mit Freunden auf einem Ball genauso gerne wie auf der Bühne. Oder zumindest fast so gerne.«

Auch für Spaziergänge war er zu müde. Daria ging allein. Die Natur war … Was war sie? Schön. Aber ansprechbar war sie nicht. Mit einer Fichte oder einem Ahorn kann man schlecht plaudern. Einmal stand ein Reh vor ihr. Mindestens zehn Sekunden lang stand es still, bevor es wegsprang. Am Abend saß die Tänzerin oft allein vor dem Fernseher und kam sich verlassen vor. Selbst wenn Peter zu Hause war, nickte er bald ein.

Allmählich lernte sie die Nachbarschaft kennen. Autoverkäufer, Steuerberater. »Eine Ballerina!« freuten sich die Damen. »Man sieht, daß Sie eine Tänzerin waren!« *Waren*, sagten sie. Sie erzählten, ganz in der Nähe befinde sich ein Tanzstudio. Da gingen die jungen Hausfrauen hin, versuchten das überflüssige Gewicht loszuwerden. »Warum kommen Sie nicht einmal mit? Es ist so lustig!«

»Warum eigentlich nicht?« fragte Peter

»Ich bitte dich, Petruschka! Mit Hausfrauen, frustrierten Ehegattinnen! Das wäre, als gingest du zu einem Knipskurs in der Volkshochschule!«

»Ist ja gut, entschuldige, ich dachte nur, du findest ein paar Freundinnen und lernst besser Deutsch …«

»Für den Bauernmarkt und den Tante-Emma-Laden um die Ecke spreche ich gut genug Deutsch!«

Wie immer gelang es Peter, sie zu beschwichtigen, er nahm sie in die Arme und versuchte ihr klarzumachen, was für eine nette Abwechslung es doch sein könnte, unter Menschen zu kommen. Er wisse ja, wie ekelhaft er selbst manchmal sei, deshalb sei er so lange im Leben allein geblieben, aber gerade jetzt sei er so gottverflucht beschäftigt, dieses Buch … Und die Fristen! Daria fiel ein, daß die Direktrice vielleicht gar keine Profis zulassen würde, die Nachbarin solle erst fragen, ob Daria überhaupt willkommen sei. Schon am nächsten Tag klingelte das Telefon. Zufällig war gerade Peter am Apparat. Eine tiefe Stimme erklärte salbungsvoll:

»Hallo, hier Klumpitz. Internationales Kinderballett. Ich möchte mit Madame Daria sprechen!« Herr Klumpitz erklärte, die Godesberger Tanzschule habe ihn benachrichtigt. Für dieses Studio sei sie doch eine Überbesetzung, aber *er* brauche sie. Natürlich als Lehrerin, als was sonst? Peter fragte, wieso Herr Klumpitz zu wissen glaube, daß sie gut genug für seinen Laden sei? Er erwiderte, Madame habe doch, nicht wahr, die Belgrader Ballettschule absolviert? Und eine internationale Karriere hinter sich? Genau so eine wolle er haben, und was die Entlohnung angehe, er würde nicht geizen.

Daria zierte sich noch eine Weile.

»Was soll ich mit verwöhnten Kindern? Ich bin keine Pädagogin!«

»Ballett beibringen sollst du ihnen! Du kannst dir Praxis in Tanzpädagogik aneignen. Das ist eine Chance, Mädchen! Siehst du, eine einzige, indirekte Anfrage bei diesem blöden Hausfrauenkurs, und schon bekommst du richtige Angebote! Man muß sich regen.«

Das Honorar war ansehnlich, die Säle sauber, die Garderoben für die Kinder fröhlich eingerichtet, Plakate früherer Veranstaltungen bewiesen, daß man sich bemühte. Als Peter Daria zum ersten Mal nach einer ihrer Stunden abholen kam, wußte er nicht, in welchem Saal er sie finden würde, blieb im leerem Gang stehen, lauschte, hörte plötzlich ihre Stimme: »Du bist ein Elefant!« schrie sie auf deutsch mit slawischem Akzent. Ihre Stimme klang genau, aber ganz genau so, wie er Madame Nina in Belgrad in Erinnerung hatte.

Interessiert beobachtete Daria, wie die kleinen Mädchen, die sie unterrichtete, mit viel Eifer und wenig Talent versuchten zu tanzen. Deutsche, eine Chinesin, deren Vater das beste chinesische Restaurant in der Stadt besaß, Diplomatentöchter. Eifersüchteleien, als sie das erste Ballett für Publikum choreographierte, »Schneewittchen und die sieben Zwerge« nach der Musik aus dem Disneyfilm. Wer würde die Titelrolle bekommen? Die Mütter baten Daria um ein Gespräch, schickten Blumen, einige wären bereit gewesen mit Geschenken, sogar mit Geld, nachzuhelfen. Lachend konnte sie Peter berichten, daß sich unter Kindern mehr oder weniger dasselbe abspielte wie in den großen Tanzkompanien. Nur in einem Mädchen, in Marianne, glaubte Daria ein wirkliches Talent entdeckt zu haben. Sie arbeitete auch nach den gemeinsamen Übungen und Proben mit ihr. Herrn Klumpitz gefiel das nicht. »Sie dürfen niemanden bevorzugen, die Eltern sehen das nicht gerne. Für jedes Kind wird dieselbe Gebühr bezahlt.«

Daria zuckte die Achseln und bestellte das Mädchen zu sich nach Hause. Am Ende des Jahres erklärte sie Marianne, mehr könne sie ihr nicht beibringen. Wolle sie wirklich den Beruf einer Tänzerin wählen? Wisse sie, mit welchen Opfern das verbunden sei? Die Vierzehnjährige bejahte eifrig, bettelte aber, bei Madame Daria bleiben zu dürfen, sah nicht sofort ein, daß sie nicht nur bei einer Pädagogin lernen durfte. Schließlich beschloß sie, sich bei der John-Cranko-Schule in Stuttgart zu bewerben, der besten im Land. Niemand außer Daria, nicht einmal Peter, ahnte, daß Mariannes Aufnahmeprüfung auch eine Prüfung für die Lehrerin war. Doch als ihre Schülerin glänzend bestand, wußte sie, daß ihre Arbeit einen Sinn hatte, sie auch für Ballettpädagogik Talent hatte. Kein anderes der Bonner Kinder würde Ballett als Beruf ausüben, aber unter ihrer Hand wurden sie zu Mädchen, die Mädchen zu Damen, lernten sich zu bewegen, zu lächeln, Manieren, sogar, sich etwas anders zu kleiden, die zahlenden Eltern waren zufrieden, Herr Klumpitz dementsprechend auch, Gastspiele führten sie in andere deutsche Städte, auch nach London. »Ich hätte eine Tochter gebraucht, Petruschka. Was glaubst du, vielleicht ist es noch nicht zu spät ...«

»Ich brauche nur dich!« Immer hatte er die richtige Ausrede parat.

»Du bist ein schrecklicher Egoist.«

»Ja, natürlich. Aus Überzeugung.«

Sie blieben länger in Bonn, als Peter zuerst geplant hatte, Daria mochte ihre Schule nicht aufgeben, Peter war es egal, wo er seinen Wohnsitz hatte, er war international gefragt. Oft fuhren sie für zwei, drei Wochen nach Belgrad, im Sommer an die Adria. Auch am 4.Mai 1980, einem Sonntag, waren sie am Nachmittag in ihrer Wohnung im Belgrader Stadtteil Voždovac, als plötzlich das Fernsehprogramm ausfiel. Peter schaltete auf einen anderen Sender um, aber nach zwei Minuten wurde auch dort das Programm abrupt abgebrochen.

»Tito ist tot!« sagte er leise. Als nach wenigen Sekunden der Sprecher auf dem Bildschirm erschien und die Nachricht verkündete, barg er das Gesicht in den Händen. »Er war ein alter, kranker Mann. Wir haben es erwartet. Aber damit geht jetzt auch ein Teil unseres Lebens zu Ende.«

Jahre später, wieder einmal in Belgrad, mußten sie sich beim Nachtmal bei Tante Radmila Lobreden auf den neuen Präsidenten Serbiens, Slobodan Milošević, anhören. Die Hausherrin war abgemagert, gerade aus dem Krankenhaus zurück, merklich gealtert, aber noch lauter und nervöser als früher: »Er ist der neue Tito!«

Peter schüttelte den Kopf. Daria fragte Vetter Novak, der auch gerade seine Mutter besuchte:

»Was sagst du dazu?«

»Serbien kann nicht länger dulden, von allen anderen bevormundet zu werden. Das staatstragende Volk sind wir.«

Gutorganisierte Massen bewegten sich durch das Land und forderten mehr Rechte für Serbien. Man trug Pelzmützen mit Totenkopfkokarden wie die Tschetniks im Zweitem Weltkrieg. Daria hatte in der Schule gelernt, die Tschetniks hätten gemeinsam mit den Deutschen gegen die Partisanen gekämpft, jetzt hieß es auf einmal, sie seien die wahren Freiheitskämpfer und Tito ein Serbenfresser gewesen. Die sterblichen Überreste des im Mittelalter im Kampf gegen die Türken gefallenen Fürsten Lazar wurden von Kloster zu Kloster gefahren und angebetet. In Kroatien und Bosnien grub man tote Serben, die von kroatischen Ustaschi ermordet worden waren, aus den Massengräbern der Besatzungszeit aus, um sie mit kirchlichem Segen erneut zu bestatten, und schwor Rache. Hunderttausende kamen zu Kundgebungen zusammen. Auf dem Amselfeld, dem Kosovo, versammelte sich über eine Million Menschen, Milošević schwebte mit einem Hubschrauber vom Himmel ein und donnerte: »Wenn es schon heißt, daß wir nicht gut arbeiten, so werden wir zeigen, daß wir uns immer noch schlagen können!«

Daria und Peter waren nach Wien umgezogen. »Ist es nicht egal, wo man lebt, wenn es nur bequem ist?« fragte Peter. Von Wien war es nicht weit bis nach Belgrad.

Mitten in einer Sommernacht wird die Tänzerin von einem übergroßen Mond geweckt. Die bleichen Strahlen fallen auf ihr Gesicht und wollen sie verzaubern, aber es ist kein guter Zauber. Neben ihr schläft Peter tief, von ihm ist keine Hilfe zu erwarten. Sie kann sich nicht rühren. Vielleicht will sie es gar nicht, ergibt sich der schwarzen Magie des Augenblicks. Wieder ist sie das Kind unter dem Bombenhagel im April '44, die zu Tode erschrockene Frau während des Erdbebens in Skopje. Auf dem Nachttisch leuchten hellgrün die Zeiger des Weckers. Eine Minute nach der anderen fällt in den Abgrund der Zeitlosigkeit. Erst nach einer halben Stunde findet Daria die Kraft, sich auf die Seite zu drehen und ihren Mann fest zu umarmen, bei seiner schlaftrunkenen Wärme Schutz zu suchen. Er rekelt sich zufrieden und flüstert: »Ist das nicht eine wunderbare, reife Zeit für uns beide?«

Sonst ist er so gescheit und einfühlsam, für Daria ein Fels in der Brandung, aber diesmal hat er nichts verstanden.

Die Fahne im Wiener Rathaus. Krieg

Daria wollte immer wieder nach Belgrad fahren und möglichst lange dort bleiben. Peter sträubte sich: »Was haben wir in Serbien noch zu suchen? Ich bin zu alt und zu feige, allein gegen das Übel zu kämpfen, außerdem ekle ich mich dort vor allem, vor der Opposition nicht weniger als vor dem Regime ...« Der Kompromiß war, abwechselnd da und dort zu leben. Arbeiten wollte er nicht mehr. »Mir fällt nichts mehr ein. Alles ist schon abgebildet, ich habe keine Motive mehr ...« Daria war besorgt. Wo waren seine Energie und Entschlußfreudigkeit geblieben? Nagte eine heimliche Krankheit an ihm?

»Also, ich fühle mich nicht alt. Du solltest dich mehr bewegen, Petruschka!«

In Belgrad hatte sich viel verändert. Tante Radmila war gestorben. Erkranken manche Menschen an Krebs, weil sie ungeduldig, nervös, aufdringlich sind, oder sind sie so, weil die furchtbare Krankheit, lange bevor sie ausbricht, in ihnen schlummert?

Tonangebend war jetzt Radmilas Sohn, Novak, dem Daria einmal einen blauen Anzug von der Stange gekauft hatte. Nach dem Tod der Mutter hatte er angefangen, die Familie um sich zu versammeln. Man machte bei ihm nicht mehr selbst Hausmusik, sondern bestellte kleine Orchester in die Wohnung. Novak hatte nie Auto fahren gelernt, aber immer schnelle Wagen mit Chauffeuren gehabt oder Freunde, die sich bemüht hatten, ihm auch als Fahrer zur Verfügung zu stehen. Bei dem Umsturz in der Partei, nach dem Putsch, den Milošević 1987 organisiert hatte, hatte er die Kurve erwischt und war jetzt Minister. Da Novak gerne jedem alles versprach, war er oft von Bittstellern umringt. Manchmal erfüllte sich, zufällig oder dank seines Einflusses, was er zugesagt hatte. Dann rühmte er sich und lächelte. Wenn aber nichts geschah und man ihn an sein Wort erinnerte, verstand er es, noch freundlicher zu strahlen und bedauernd mit den Achseln zu zucken: »Allmächtig bin ich leider auch nicht!«

Mit ihm zu diskutieren war sinnlos. Lächelnd hörte er alle Argumente gegen seine Partei und ihren Präsidenten an, wiederholte freundlich und leise die gängigen Phrasen mit einem so spitzbübischen Grinsen, daß man nicht sicher sein konnte, ob er es ernst meinte oder ironisch. Weder auf Milošević noch auf irgendeinen seiner Kollegen in der Politik war er gut zu sprechen, haßte alle, klagte: »Die schlauen Bauern übervorteilen uns echte Belgrader.« Jedermann, der nicht in Belgrad geboren war, war für ihn »ein schlauer Bauer«. Peter auch.

Novak hatte früher den Ersten Mai und den Staatsfeiertag gefeiert, jetzt beging er orthodoxe Ostern und Weihnachten. Alle mußten kommen, es gab Spanferkel und Lamm, vielleicht nicht so perfekt, wie es bei seiner Mutter gewesen war, man mußte viel trinken und seinen Wortschwall über sich ergehen lassen. Peter nahm an solchen Familientreffen schweigend teil, und wenn man ihn bat, einige Aufnahmen zu machen, entschuldigte er sich, er habe keinen Apparat dabei. Einmal holte man einen alten Knipskasten hervor und bat ihn, die Gesellschaft doch abzulichten, er wehrte ab, nein, mit so einem Gerät könne er nichts machen. »Aber das nächste Mal bringst du deine Wunderwaffen mit, ja? Versprochen?«

Peters Buch über Deutschland wurde ein großer Erfolg, es gab englische, französische, spanische, sogar russische und japanische Ausgaben, das geteilte Deutschland fand man überall interessant. In Wien hatten sie eine angenehme Zweizimmerwohnung im siebenten Bezirk, eine Garçonnière auf derselben Etage nahm sich Peter als Labor und Studio dazu, benützte sie aber kaum. Sie richteten sich genauso ein wie in Darias Belgrader Wohnung, hatten bald da und dort dieselbe Bettwäsche und dasselbe Geschirr in der Küche.

Daria erhielt viele Angebote. Für das Belgrader Fernsehen choreographierte sie das Programm für den Silvesterabend. Ihre Erfahrungen im Theater- und Filmgeschäft waren von Vorteil, im klassischen Ballett war die Konkurrenz für Choreographen groß, aber mit Schauspielern konnten die meisten ehemaligen Tänzer nicht umgehen, wußten nicht, was sie ihnen abverlangen durften, verstanden weder sie noch die Regisseure. Daria hatte in Amerika gesehen, wie man mit kleinen Tricks Unzulänglichkeiten der Darsteller überwindet. Jetzt saß Peter zu Hause und hatte zu nichts mehr Lust, aber seine Frau reiste herum, arbeitete in Linz und St. Pölten, Görz und Mostar, in Osijek und Sarajewo, Novi Sad oder Kragujevact. Dorthin fuhr sie dreimal wöchentlich, bildete eine Gruppe von Studenten in Jazzballett aus und produzierte mit ihnen das Musical »Hair«, mit dem sie in Sarajewo ein Gastspiel bestritten und an einem Wettbewerb für Amateurvereine teilnahmen.

Jugendfreundin Sonja, dick geworden »wie eine Zivilistin«, war Chefin des Balletts der Staatsoper und bot Daria an, als Gast in einem Ballett aufzutreten.

»Das mag ich mir nicht zumuten!« sagte sie ihrem Mann.

»Warum? Wäre doch schön noch einmal hier …«

»Nein. Mit jungen Leuten, deren Mutter ich sein könnte? Weißt du, Madame Nina hat in meinem Alter noch ein-, zweimal getanzt, ich durfte sogar ihre Tutus bügeln, aber ich habe sie heimlich bedauert, weil sie so komisch war.«

Als die Unruhen in Kroatien begannen, hatten sie gerade den Sommerurlaub auf einer Adriainsel beendet und mußten Richtung Belgrad einen Umweg fahren, weil Serben bei Knin Balken über die Straße gelegt hatten, um gegen die erste frei gewählte kroatische Regierung unter Präsident Tudjman zu protestieren. Peter kannte den neuen kroatischen Präsidenten persönlich, vor zwanzig Jahren hatten sie beide an einem Buch über den Partisanenkrieg gearbeitet. »Wir haben damals auf seine Ernennung zum General getrunken«, erinnerte sich Peter. »Weißt du, mein Problem ist, daß ich sie alle kenne, daß ich sie alle nur zu gut kenne ...«

Es wurde kriegerisch im ganzen Land. Daria erzählte, daß es eigentlich überall, wo sie arbeitete, schon zu spüren war. Was war zu spüren? Sie konnte es nicht genau beschreiben. »Etwas hat begonnen!« Noch war man freundlich zu ihr, dem Gast aus Belgrad, aber Vorwürfe mußte sie sich schon anhören, als bereitete *sie* sich vor, den Rest Jugoslawiens zu stürmen. In Sarajewo glaubte Daria eine besondere, seltsame Spannung zu spüren. Die Stadt war reich geworden. Um der dortigen Winterolympiade zum Erfolg zu verhelfen, war aus ganz Jugoslawien finanzielle Hilfe geflossen, auf den Bergen, die sie bekränzten, waren Hotels und Villensiedlungen, wie Pale, aus dem Boden gestampft worden. Geschickte Leute hatten sich Geld vom staatlichen Brocken abgezweigt und im bosnischen »Korridor zum Meer«, in Neum, Datschas gebaut. Ihre Jugendfreundin, Tamara, war mit einem Schauspieler verheiratet und war sich sicher: »Du irrst, in Bosnien kann nichts geschehen, hier lieben einander alle, wie ich und mein Hassan!«

Als Daria aus Görz an der slowenisch-italienischen Grenze, wo sie an der Inszenierung von Tschechows »Drei Schwestern« teilgenommen hatte, im Bus nach Belgrad fuhr, kreischten slowenische Bäuerinnen, man solle endlich diese verfluchten Serben aus dem Land jagen. Der Bühnenbildner, auch ein Belgrader, und Daria, zogen es vor, deutsch zu sprechen, serbisch zu sprechen wagten sie nicht. Zu Hause fragte sie ihren Mann:»Warum haßt man uns Serben, Pjotr?«

»Uns? Wieso uns? Milošević und seine Politik kann man nicht ertragen. Ich auch nicht.«

»Die sagen aber immer *Serben*, nicht Milošević!«

»Ich weiß natürlich, daß es solche Menschen gibt, aber wer so spricht, verdient es nicht, daß wir zuhören ...«

»Im Bus konnte ich mir die Fahrgäste nicht auswählen und hatte richtig Angst, die lynchen uns, wenn sie erfahren, woher wir kommen!«

Unerschütterlich machte sie täglich mindestens eine halbe Stunde lang ein Exercice, das sie für sich selbst entworfen hatte. In Wien genauso wie in Belgrad.

In Wien wurde der Ball zu Ehren des PEN-Kongresses im Rathaus veranstaltet. Daria und Peter saßen in Gesellschaft alter Freunde, Schriftsteller aus Belgrad und Zagreb. An den Wänden des Saales Fahnen der Staaten, aus denen die Teilnehmer gekommen waren. Auch die jugoslawische. Die alte aus Titos Zeiten. Die mit dem roten Stern. Das Banner des Staates, der gerade dabei war, zertrümmert zu werden. Niemand hatte es bemerkt, außer Peter. Er zeigte hinauf: »Schaut! Vielleicht sehen wir sie hier zum letzten Mal!«

Dann entschuldigte er sich und war weg. Es verging eine viertel Stunde, eine halbe Stunde. War ihm übel geworden? Er war immerhin über fünfundsechzig. Lag er vielleicht tot in der Toilette und niemand bemerkte es? Daria konnte kaum atmen und sich nicht rühren vor Angst, aber die Tischnachbarn waren in einen serbisch-kroatischen Streit vertieft. Die Kroaten sagten, ihr Präsident Tudjman sei der größere Schurke, die Serben, nein, Milošević sei der schlimmere Verbrecher, darüber gerieten sie sich so schrecklich in die Haare, wie jene, die sich als Serben für Milošević und als Kroaten für Tudjman einsetzten. Dann schlenderte Peter mit einigen Kameras beladen in den Saal.

»Hast du mich erschreckt! Wo warst du so lange?«

»Ich bin nur schnell nach Hause gefahren, um dieses Zeug zu holen. Diese Fahne in diesem wundervollen Saal muß ich haben!« Und da er schon in Fahrt war, machte er Fotos vom Ball, von Daria, wie sie mit jungen Dichtern tanzte, und auf der Rückfahrt vom nächtlichen Wien. Er hatte, wie er es nannte, endlich wieder Motive gefunden, wirkte jünger, unternehmungslustiger als sonst, fuhr danach sogar schneller, obwohl er getrunken hatte.

Von ihrem Balkon in Belgrad ging der Blick Richtung Westen. Eines Abends, früh im Sommer, es war noch recht hell, türmten sich hohe und drohende Wolken auf. Die Welt verfinsterte sich schnell. Quer über den Himmel zuckte der erste Blitz. War der Donner lauter als sonst? Daria fuhr zusammen, sie konnte sich der Angst vor den Elementen nie erwehren. Das Licht ging aus, irgendwo hatte es wohl in eine Transformatorenstation eingeschlagen. Die Straßen waren nur noch von Blitzen gespenstisch beleuchtet, Scheinwerferstrahlen vereinzelter Autos huschten wie verwirrt umher, da und dort rannten überraschte Passanten mit Jacke über dem Kopf nach Hause. Daria und Peter legten sich ins Bett, schliefen, nachdem sich das Gewitter verzogen hatte, zum beruhigenden Plätschern des Regens ein, wurden aber bald erneut von tiefem, bedrohlichem Dröhnen geweckt. Ein neues Unwetter? Dafür schien der Lärm zu regelmäßig.

»Was ist das?« fragte Daria erschrocken.

»Ich glaube, Panzer«, antwortete Peter. Sie eilten zum Balkon und sahen Panzerkolonnen auf der nahen Autobahn Richtung Westen rollen. Der Regen hatte aufgehört. Peter zog sich schnell an, setzte eine Mütze auf, griff nach einer Kamera.

»Was hast du?« fragte Daria besorgt.

»Das muß festgehalten werden! Geh wieder ins Bett …«

»Bist du verrückt? Das darf man sicher nicht fotografieren! Man wird dich als Spion erschießen …« Als sie sah, daß er nicht zu halten war, zog sie sich hastig an. »Ich komme mit!«

Die ganze Nacht liefen sie herum. Die Luft war nach dem Gewitter wunderbar. Auf der Autobahnbrücke standen Menschen mit hellwachen Augen und warfen Blumen auf die Panzer, Kanonen und Mannschaftswagen. Die ganze Nacht zog die furchterregende Kolonne vorbei. Frauen und Mädchen hatten Kuchen und Kompott an den Straßenrand gebracht, um sie den Soldaten anzubieten, falls sie einen

Augenblick Halt machen durften. Man freute sich auf den Krieg.

»Die wissen nicht, daß sie sterben werden«, flüsterte Peter Daria ins Ohr. »Schau dir diese Gesichter an! Hoffentlich habe ich sie richtig erwischt …«

Vor dem Zaun ihres Hauses am Rande der Autobahn stand eine Greisin. Unter dem schwarzen Kopftuch sah man nur ihre Brille und die spitze Nase. Nachbarn teilten mit, ihr Sohn sei als Partisan gefallen, aber sie habe es nie geglaubt. »Wie meine Omama!« sagte Daria betroffen. Jetzt hoffte die Alte, er könnte mit dieser Panzerkolonne zurückkommen. Ein halbes Jahrhundert war seit dem Tod ihres Sohnes vergangen, aber sie wartete noch immer auf ihn. Für sie waren die neuen Panzerfahrer seine Kameraden aus dem Krieg gegen Hitler.

Hand in Hand gingen Daria und Peter durch den anbrechenden Morgen nach Hause.

»Das ist der Krieg!« sagte der Fotograf.

»Ja, ich weiß. Schrecklich. Aber etwas hat mich gefreut. Du hast wieder angefangen zu fotografieren.«

»Stimmt. Ich habe es ja schon gesagt, es gibt wieder Motive!«

Die Tänzerin zieht in den Krieg

»Das ist die Wende. Ich brauche jetzt hier auch eine richtige Dunkelkammer«, sagte Peter in Belgrad. »Kann ich mir dazu das kleine Zimmer nehmen? Das Fenster ist zu groß, ich lasse es zumauern. Wir müssen schnell noch einmal nach Wien, ich muß Geräte holen, Chemikalien, Fotopapier … Beeile dich, ich möchte spätestens in einer Stunde abfahren …«

»Du hast die ganze Nacht nicht geschlafen, Pjotr!«

»In den letzten Monaten habe ich genug geschlafen.«

Hatte er seine Prinzipien über Bord geworfen? War er kein Meisterfotograf mehr, der sein Objekt drei Tage lang studierte, bevor er seine Scheinwerfer, Blenden und sein Stativ aufstellte, um dann zu resignieren, weil er kein Motiv mehr erkennen konnte? Sollte sich Daria in die erschrokkene Gattin eines Kriegsreporters verwandeln? Mit mir kannst du das nicht mehr machen, dachte sie. Aber sie fuhren nach Wien und wieder zurück nach Belgrad.

In Belgrad besuchte er Novak, überzeugte ihn, daß Bilder wichtig seien, die Welt die Wahrheit erfahren müsse, das sei doch im Interesse seiner Regierung. Novak setzte sich ans Telefon, Peter bekam alle Sondererlaubnisse und notwendigen Ausweise von Ministerien, sogar vom Generalstab, durfte fotografieren, wo und was er wollte.

»Eine Welt fällt auseinander, und wir sind dabei!« sagte er. »Für den Weltkrieg war ich noch zu jung, aber jetzt bin ich reif genug, um die Augen aufzureißen!«

Ein Student der Tanzgruppe aus Kragujevac kam zu Besuch:

»Ich soll Sie fragen, ob wir am Krieg teilnehmen oder desertieren sollen?«

»Mich fragen? Um Himmels willen, wie kommt ihr darauf?«

»Sie haben ›Hair‹ mit uns gemacht. Die Botschaft war doch, nicht in den Krieg zu ziehen, nicht wahr? Wenn die Amerikaner nicht in Vietnam kämpfen und sterben sollten, was sollen wir machen?«

Der Angriff auf das Hinterland von Dubrovnik begann. Peter fuhr auf einem serbischen Panzer mit. Er stand auf dem Berg Žarkovica bei der Artillerie, die auf die schöne, alte Adriastadt, in der er zum ersten Mal mit Daria geschlafen hatte, hinunterfeuerte, und hielt die Grimasse des Zielkanoniers fest. Die Zerstörung der Brücke in Mostar sah er nur im Fernsehen und war nicht nur deshalb verzweifelt, weil das wundervolle Bauwerk von kroatischen Haubitzen zerschossen wurde, sondern weil er nicht dabei sein konnte, um eigene Fotos zu machen. Er war dafür in Vukovar, als serbische Milizionäre Hunderte von kroatischen Verwundeten aus dem Lazarett holten und umbrachten.

Die mächtige Panzerarmee, die von Belgrad Richtung Kroatien und Slowenien aufgebrochen war und so furchtbar schien, das man glaubte, sie könnte alles, was sich ihr entgegenstellte, niederwalzen, war von den Kalaschnikows und Schrotflinten ihrer Gegner besiegt worden. Peter fotografierte schwarz-weiß, das war dramatischer, als bunte Bilder sein konnten. Vergeblich versuchte er die Erlaubnis zu bekommen, einen Hubschrauber zu chartern. Aber auch von den Bergeshöhen boten sich schreckliche Perspektiven, die sich um so besser verkauften. »Wir sind Kriegsgewinnler, Daria!« stellte er traurig fest. »Aber nicht das ist unser Ziel. Wir sind Zeugen!«

»Wir? Du, Pjotr, du! Wie kannst du nur?«

»Ich veranstalte den Tod nicht. Ich halte ihn nur fest, damit er nicht vergessen wird.«

»Nützt das?«

»Nein! Die Bilder der deutschen Konzentrationslager haben auch nichts genützt. Aber vielleicht ist es meine Lebensaufgabe!«

»Ist es nicht zu gefährlich?«

»Ich habe Angst vor Schmerzen, Krebs, meinen Nieren, dem Herz und der Prostata, nicht vor dem Tod. Vor einer Granate oder einer Pistolenkugel habe ich eigentlich keine Angst. So wenig wie vor dem Einschlafen, wenn ich sehr müde bin.«

»Ich habe jede Nacht Angst vor dem Einschlafen. Das weißt du. Wenn du einmal weg bist, hast du es leicht, hast deine Ruhe, aber was mache dann ich? Du mußt mir felsenfest versprechen, sehr auf dich aufzupassen, ja?«

Daria stand in Wien vor dem Spiegel und machte ihre Übungen. Schaute sich an, schaute sich selbst in die Augen. Sah so eine sechzigjährige Frau aus? »Das bin doch immer noch ich. Kein Anhängsel von Peter.« Am Telefon meldete sich eine Frauenstimme auf serbisch. Daria sagte, ihr Mann sei nicht da, war überrascht, als sie hörte, man wolle nicht mit ihm sprechen, sondern mit ihr. Ob sie den Menschen in Bosnien helfen wolle. Sie sei Serbin, es sei wichtig, auch Serben im Hilfskomitee zu haben.

»Ja!« sagte Daria, »Ja, natürlich! Danke, daß Sie an mich gedacht haben!«

Peter kam aus Bosnien zurück, erzählte von abenteuerlichen Fahrten, zeigte Fotos von bärtigen Männern, die unter bunten Sonnenschirmen auf Klappstühlen saßen und mit Scharfschützengewehren auf menschliche Ziele in Sarajewo lauerten, vom Gesicht einer Mutter, die über ihrem toten Kind zusammengebrochen war. Daria berichtete von ihrer neuen Tätigkeit. Sie spielte mit Kindern in Flüchtlingsasylen. Ihre Idee, jüngere Frauen zu überreden, an Tanzkursen teilzunehmen, scheiterte. Man brauche jetzt das Allernotwendigste, und das sei nicht die Kunst. Im Grunde war Daria verzweifelt, weil sie Verzweiflung sah und nicht wußte, wie sie helfen konnte.

»Vor allem brauchen wir Geld!« hatte sie eingesehen.

»Natürlich werden wir auch spenden!« erklärte Peter schnell. »Ich gebe das Honorar, das ich für diese Fotos bekomme, wir haben ja genug ...« Den verächtlichen Gesichtsausdruck seiner Frau bemerkte er nicht. Oder er achtete nicht darauf. Als er von seiner nächsten Reise zurückkam, teilte sie ihm mit: »Du, Petruschka, gut, daß du wieder da bist, sonst hätte ich dir einen Brief hinterlassen müssen, übermorgen fahre ich nach Sarajewo!« Wie sie das meine, fragte er bestürzt. Näheres wisse sie auch nicht, habe nicht so genau hingehört, aber sie und ihre neuen Freunde begleiteten eine humanitäre Sendung nach Bosnien. Alles sei schon verabredet.

»Du hast mich nicht im voraus gefragt«, stellte er fest.

»Fragst du mich im voraus, wenn du irgendwohin fährst?«

Daria konnte nicht mit Computern umgehen, aber sie konnte unermüdlich mit dem Bleistift über Listen sitzen, zählen, telefonieren. Welche Medikamente wurden gebraucht? Blutkonserven? Nahrungsmittel? Ersatzteile für Wasserleitungen, Aggregate und Pumpen? Sie konnte Fragen stellen, Antworten ordnen. Vor allem konnte sie lächeln, Mut machen, eine positive Stimmung verbreiten. Wenn eine Amtsperson oder ein potentieller Spender überredet werden mußte, konnte ihr niemand widerstehen. Als die Gruppe zusammengestellt wurde, die die Sendung nach Sarajewo bringen sollte, galt es als selbstverständlich, daß sie dabei war. Ein Sonderflugzeug nach Sarajewo, dann beschützt von der internationalen Truppe hinein in die Stadt, was sollte da schon gefährlich sein? Neugier überwog die Angst.

Doch alles kam anders. Der Flug begann ruhig. Einige Offiziere unter den Passagieren, verschiedene Uniformen, die sie nicht kannte. Ihre neuen Freunde aus der humanitären Organisation. Freunde? Kennengelernt hatte man sich. Madame Nina hätte sie Zivilisten genannt.

Noch hatte sich der Hochsommer nicht verabschiedet. In der Tiefe liegende Alpen mit den weißen Tupfen der Gletscher. Wie Spielzeug. Dann Wolken unter dem Flug. Die Durchsage bat, sich anzuschnallen, man werde sehr steil hinunterfliegen. »Vietnamlandung!« flüsterte ihr der Sitznachbar zu, »Sturzflug! Manchmal schießt man bei Sarajewo auf die Flugzeuge, die Piloten wollen den gefährlichsten Teil so schnell wie möglich hinter sich bringen.« Wenn es die Warnung nicht gegeben hätte, hätte Daria gedacht, sie stürzten ab, fühlte ihren Magen im Kopf. Dauerte das noch lange, bevor es aus war? Was knallte so schrecklich? War der Flug nach unten nicht abgebrochen und führte wieder hinauf in den Himmel? Eine Sinnestäuschung? Wieder die Durchsage: »Wir werden beschossen, der Flughafen Butmir gibt die Landung nicht frei, starkes Artilleriefeuer.« Der Flug wurde nach Split umgeleitet.

Als sie mehr als zwei Jahrzehnte zuvor einmal aus Washington nach Hause geflogen war, hatten sie wegen Schneegestöber nicht in Belgrad landen können und von Ljubljana aus mit einem Bus die ganze Nacht über vereiste Straßen nach Hause fahren müssen. Das kam vor. Unangenehm. Ärgerlich. Brachte große Verspätung. Auch damals hatte sie sich gefürchtet. Gefürchtet? Sie war zu Tode erschrocken gewesen. Wie soeben. An den Unterschied zwischen Krieg und Unwetter dachte sie nicht. Heimlich freute sie sich sogar, eine unerwartete Begegnung mit Split, mit dem Meer! In Split war sie einmal mit der Katze gewesen. Im Zimmer, das sie sich damals gerade hatten leisten können, waren Wanzen gewesen.

Graue Kriegsschiffe im Hafen, weiße Matrosenuniformen in den Restaurants der Altstadt. Daria hatte keinen Badeanzug mitgenommen, während man sich bemühte, den neuen Flug nach Sarajewo zu organisieren, lag sie leichtgeschürzt auf dem Balkon. Sie hätte sich einen kaufen können, fand jedoch, es wäre unziemlich, schwimmen zu gehen. In Sarajewo starb man und wartete auf ihre Hilfe. »Helfe ich ihnen, wenn ich diese Auguststunden nicht für mich ausnütze?«

»Wir müssen mit normalen Autos fahren, in den Militärflugzeugen nehmen sie keine Zivilisten mit«, sagte der Leiter des Projekts. »Bürokraten! Es geht über den Berg Igman.

Dann müssen wir durch den Tunnel unter dem Flugplatz hindurch. Sie könnten hier in Split auf uns warten, Daria, es ist ein schwieriger und gefährlicher Weg …«

Igman? Natürlich wollte sie mitfahren. Einen Teil der Medikamente und Nahrungsmittel luden sie auf zwei weißgestrichene LKW. Sie durfte vorne neben dem Fahrer sitzen, einige Mitarbeiter hockten im Laderaum auf den Kisten. Der Fahrer war nervös, blickte angestrengt nur geradeaus. Daria fragte sich, ob ihn ihre nackten Arme und Beine aufregten, aber wie hätte sie sonst die sommerliche Hitze aushalten können? Dann bemerkte sie, wie eng die Straße geworden war, die sich den Berg steil hinaufwand. Sie wurden an den Rand gedrängt, eine Militärkolonne kam ihnen entgegen, die Panzer nahmen fast die ganze Straßenbreite ein, sie sah, wie der Abgrund bodenlos unter ihnen drohte. »Ist das schon der Igman?« Der Fahrer nickte nur. »Entschuldigen Sie, wenn es irgendwo günstig ist, ich muß mal …«

Der Busch, in dem sie sich verkroch, duftete nach Sommer. Die meisten Blätter noch saftig grün, andere schon leicht verwelkt. Kein Wunder, daß auch Menschen verschieden alterten, wenn es Blätter vom selben Ast so ungleich taten. Sie war nie gut in Botanik gewesen, aber jetzt hätte sie gerne gewußt, wie der Strauch hieß. Vor fast einem halben Jahrhundert war ihr Vater hier vorbeimarschiert. Aber das war im Winter gewesen. Wie lange lebte so eine Pflanze? Daria erkannte Eichen, die waren alt genug, die hatten ihn gesehen. »Brauchen Sie noch lange?« brüllte der Fahrer.

Sie fahren weiter, dann hält der Laster, sie nimmt das Maschinengewehrfeuer erst wahr, als er rückwärts fährt. Man beschließt, daß die Mitfahrer den Kahlschlag einzeln zu Fuß nehmen sollen. Als man sie fragt, ob sie Angst habe, zuckt die Tänzerin mit den Achseln. Vor einer Vollmondnacht im eigenen Bett hat sie sich oft mehr gefürchtet. Sie sagt sich einfach: Das kann nicht wahr sein, es ist unmöglich, daß ich jetzt hier auf dem Berg Igman, wo mein Vater gekämpft hat, durch einen Kugelhagel renne, das sind Filmaufnahmen, das mache ich nur auf Anweisung des Regisseurs. Für einen Partisanenfilm. Im Film hast du zu gehorchen. Die Pyrotechniker werden schon aufpassen. Loslaufen. Dahinfegen über Stock und Stein kann sie immer noch, wenn auch nicht mehr so leicht und elegant wie damals, als sie barfuß und ohne Ziel durch Belgrad lief. Einige Schüsse knallen, ob sie ihr gelten, weiß sie nicht. Im Musical »Oklahoma« wurde auch viel geschossen, damals erschrak sie in jeder Vorstellung vor dem Geknall. Alle kommen unverletzt auf der anderen Seite der Rodung an.

Auch den Marsch durch den Tunnel unter dem Flugplatz Butmir bei Sarajewo versucht sie als Aufgabe bei Dreharbeiten zu verstehen. Sonst würde sie das nicht aushalten. Um die Stadt zu versorgen, den Menschen einen Zufluchtsweg zu schaffen, hat man einen nur anderthalb Meter hohen, zwei Kilometer langen unterirdischen Gang geschaffen. Schwerere Lasten werden auf einer Lore durchgeschoben. Teilweise muß man durch knöcheltiefes Wasser waten. Es stinkt. Für Daria ist es schlimmer als das Gewehrfeuer auf dem Berg.

In der ersten Nacht im überfüllten Hotel Holiday Inn in Sarajewo konnte sie dann aber tiefer und besser schlafen als je zuvor seit ihrer Kindheit.

Ein Sommermorgen in Sarajewo. Im Augenblick kein fließendes Wasser, aber man bekam je einen Krug pro Zimmer. Daria konnte das ständige Geknatter nicht deuten, wer schoß wo? Zum Krankenhaus Koševo wollte man erst am Abend. Sie hatte den Tag frei, versuchte Bekannte anzurufen, Tamara, Peter in Wien, vom Zimmer aus funktionierte nichts, an der Rezeption standen Journalisten, die eine Leitung brauchten, Schlange.

Gut kannte sie die Stadt nicht, aber vom Hotel aus hätte sie das Theater eigentlich finden müssen. Kaum jemand auf der sonnenüberfluteten Straße. Die wenigen Autos fuhren sehr schnell. Daria achtete nie auf Plakate, Hinweise, Verbotsschilder.

»Sind Sie verrückt geworden!« wurde sie angebrüllt und aus den Gedanken gerissen. »Können Sie nicht lesen? Wer sind Sie überhaupt?« Daria zeigte ihren Ausweis, der bescheinigte, daß sie sich um humanitäre Hilfe bemühte, und die Polizisten wurden höflicher. »Sie müssen aufpassen!« Erst jetzt sieht sie die Tafel mit der Aufschrift: *Vorsicht, Scharfschützen!*

»Die Tschetniks schießen von den Bergen …« Davon hatte Peter ihr erzählt. Es war aber etwas anderes davon zu hören als tatsächlich bedroht zu werden. Daria wäre trotzdem über den Platz gerannt, sah jedoch ein, daß man sie nicht lassen würde.

»Wo wollen Sie überhaupt hin?«

»Ins Theater …«

Die Polizisten sagten, das sei am hellichten Tag unmöglich. Und dort sei ohnehin niemand. Daria wußte nicht, was sie machen sollte, bedankte sich, wandte sich wieder in Richtung Hotel, nahm erst jetzt die Schußlöcher in den Wänden, die ausgebrannten Hochhäuser, die zerschossene Straßenbahn, das von Granattrichtern verunstaltete Pflaster des großen Platzes wirklich wahr. Und dann blieb eine Frau überrascht vor ihr stehen und schrie: »Das Känguruh!«

Der Tod in Sarajewo

Was wäre aus Daria geworden, wenn sie sich nicht in der Ballettschule beworben oder Madame Nina sie nicht genommen hätte? Oder wenn sie in New York keine serbischen Zeitungen am Times Square gesucht hätte und dort nicht mit Peter zusammengestoßen wäre? Oder wenn Tamara nicht an der Straßenkreuzung in Sarajewo vorbeigekommen wäre, als man Daria daran hinderte, sich den auf den Bergen lauernden Scharfschützen als Ziel anzubieten?

Tamara hatte ihren Spitznamen aus der Schule so gellend ausgerufen, in die Luft geschrien, daß die Polizisten erschrocken zusammenzuckten. Die beiden Frauen umarmten sich, Daria versuchte es mit dem üblichen »Wie gut du aussiehst!«, aber die alte Freundin klammerte sich so stark an sie, daß es schmerzte, und schrie ihr ins Ohr:

»Du mußt mir helfen!«

Ihr Sohn war vorgestern nacht von Granatsplittern getroffen worden. Er mußte sofort operiert werden, aber es gab weder Blut seiner Blutgruppe noch anständige Betäubungsmittel, nicht einmal ausreichend Antibiotika. »Du hast Darko ja kennengelernt, wann war das, vor acht Jahren, nein, vor neun Jahren, jetzt ist er einundzwanzig Jahre alt … Das muß ein Zeichen sein, das ist ein Zeichen Gottes, daß du hier erschienen bist!«

In sinnloser Verzweiflung schöpfte Tamara Hoffnung aus der überraschenden Begegnung. Ziellos war sie durch Sarajewo geirrt, um Hilfe zu suchen, und nun der alten Freundin in die Arme gelaufen, an die sie so lange nicht einmal mehr gedacht hatte. Daria besprach sich mit dem Leiter ihres Teams. In den frühen Abendstunden würde die Hilfssendung im Krankenhaus sein, der behandelnde Arzt könnte sofort das Notwendige für Darko bekommen.

Daria hätte Tamara gerne gefragt, wie es mit dem Theaterleben im umzingelten Sarajewo stehe, was sie von der Absicht von Susan Sontag halte, hier eine Aufführung von »Hair« zu produzieren, ihre Studenten aus Kragujevac hatten auch Nummern aus diesem Musical aufgeführt, als sie beide sich zum letzten Mal gesehen hatten. Wie lebte man ohne Wasser, elektrischen Strom, geregelte Nahrungsmittelversorgung? Unter täglichem Beschuß? Aber sie sagte nur: »Zum Glück sind wir ja anscheinend für deinen Darko gerade rechtzeitig angekommen. Was macht dein Mann?«

»Wir haben uns vor vier Jahren scheiden lassen, aber … Er hat eine Jüngere gefunden … Und inzwischen … Tot ist er auch.«

»Tut mir ja so schrecklich leid. Wie?«

»Im Kampf …«

»Er war doch Schauspieler!«

»Er hat gegen die gekämpft, die auf Sarajewo schießen, die meinen Darko getroffen haben. Du, hast du eine Ahnung, wie schwierig es in Sarajewo ist, Serbin zu sein, wenn die Serben deine Stadt zerstören.«

Der Chirurg war ein schöner, junger Mann. Daria dachte: So einer könnte in einer amerikanischen B-Produktion sich selbst spielen. Mitten in diesem Grauen dachte Daria immer nur an Filme. Als der Arzt den beiden Frauen mitteilte, er müsse beide Beine oberhalb der Knie amputieren, eine Gangräne breite sich schon aus, bekam Tamara einen Schreikrampf, wollte ihn tätlich angreifen, erhielt eine Beruhigungsspritze und mußte auf eine Matratze gelegt werden, die noch Blutspuren aufwies.

»Können Sie uns helfen?« fragte der Doktor Daria. »Wir haben nicht genug Schwestern. Es ist sehr eilig. Hoffentlich ist es nicht schon zu spät …«

Daria nickte und dachte an Nino. Ihn hatte sie gebeten, ihr doch einmal zu erlauben, bei einer Operation zuzuschauen, aber er hatte streng, fast böse, gesagt, das sei kein Theater. Sie wurde ganz in Weiß eingekleidet, man band ihr ein sauberes Tuch vor den Mund, dann gingen sie zu dem Patienten.

»Ich bin eine Freundin und ehemalige Kollegin deiner Mutter. Ich darf doch du zu dir sagen …«

»Sicher!« sagte der blasse, junge Mann. »Wo ist sie?«

»Sie kommt gleich!« log Daria. In einem Film hätte man den Schwerverletzten auf eine Bahre mit Rollen gehoben und in den Operationssaal gefahren, aber zwei Krankenwärter legten ihn einfach auf dem Boden auf ein Bettuch und trugen ihn so im Eilschritt fort. Daria hinterher. Darko stöhnte so leise wie möglich. Als er auf dem Tisch lag, begann Daria seine schütteren, verschwitzten Haare zu streicheln und bemerkte, daß sie da und dort schon silbrig durchwirkt waren. »Du weißt …?« fragte sie.

»Ja. Der Doktor hat mir alles gesagt. Mit der Schauspielerei wird es nichts, aber Dramaturg kann ich auch im Rollstuhl sein …«

»Du bist sehr tapfer!«

»Was bleibt mir anderes übrig?« Und dann weinte er doch, und Daria weinte auch, der junge Chirurg sah sie vorwurfsvoll an. Sie fühlte sich erleichtert, als die Narkose einsetzte. Jetzt war sie überflüssig, streicheln konnte sie ihn nicht mehr, aber niemand jagte sie aus dem Operationssaal. Sie sah diesen Brei aus Blut, Knochen, Fleisch und Eiter, der früher die Beine eines Menschen gewesen war. Schöne Beine, falls er seiner Mutter nachgeraten war. Sie roch den schrecklichen Gestank des Faulbrandes.

Daria wunderte sich, daß sie das aushalten konnte, verdrängte das Entsetzen. Der Chirurg setzte die Säge an. Ein schreckliches Geräusch. Er sägte menschliche Knochen durch. Knochen eines lebenden Menschen. Des Sohnes ihrer Freundin. Die ihn so spät geboren hatte, daß sie schon gefürchtet hatte, es wäre zu spät. Für Daria war es endgültig zu spät, ein Kind zu bekommen. Die Säge schien schwer zu sein. Fleisch, Knochen, Blut plumpsten in einen Eimer. Nun hielten die schmalen Hände in den blutigen Gummihandschuhen Skalpell und Pinzette. Der Arzt arbeitete mit überaus feinen, zarten Bewegungen, die Schwester wischte ihm den Schweiß von der Stirn. Und dann sagte der Anästhesist: »Aus!« Der Chirurg schaute ihn an. Die Schwester schaute den Chirurgen an. Daria verstand, was folgte, waren nur noch die Bemühungen um eine Leiche, eine Formsache. Tamara hatte keinen Sohn mehr.

Der Chirurg riß die Maske und die weiße Kappe vom Kopf und atmete durch:

»Ich habe achtundvierzig Stunden lang nicht geschlafen ...« Zum ersten Mal schaute er Daria voll ins Gesicht. »Sie waren sehr tapfer. Haben Sie schon je zuvor an Operationen teilgenommen?«

»Nein«, wollte sie sagen, »das nicht, aber ich habe einen Chirurgen geliebt, der mich jetzt irgendwie an Sie erinnert«, sie sagte aber nur: »Was machen wir mit seiner Mutter?«

»Ich gebe ihr noch eine Spritze ...«

Daria wußte nicht, wieso sie den jungen Chirurgen in seine Kammer begleitete. Wieso sie duldete, daß er sich schweigend vor ihr auszog. Er war mindestens zwanzig Jahre jünger als sie. Ein magerer, durchtrainierter Körper. Jetzt hielt sie seinen hübschen, männlichen Kopf im Schoß und streichelte sein Haar, so wie sie es mit dem Haar des Sterbenden getan hatte. Die Haare des Arztes waren auch schwarz und silberdurchwirkt. Sein Nacken hatte etwas Rührendes, Kindliches. So hatte sie Nino getröstet, als er eine Patientin verloren hatte. Vor wie vielen Jahren, Jahrzehnten war das gewesen? Wiederholte sich alles im Leben, alles?

Es war dann eine Art Flucht. Der Chirurg schlief. Sie irrte durch die Flure des Krankenhauses. Verletzte Menschen, Kranke wurden herein-, Tote hinausgeschleppt. Tamara? Keine Kraft nach ihr zu fragen. Irgendwie fand sie den Ausgang. Gab es Taxis zum Holiday Inn? Die gab es, aber in der Nacht für hundert Mark. Egal, sie konnte sich das leisten. Mitternacht war längst vorbei. Es war still. Kanoniere schliefen auch manchmal. Mond und Sternenhimmel ersetzten die Straßenbeleuchtung. Es gab Schrecklicheres auf Erden als den Mond am kalten Himmel.

In der Hotelhalle noch immer viele Menschen. Daria setzte sich an die Bar und bestellte einen Schnaps. So lebte also Peter, wenn er unterwegs war. Was für ein Unterschied zum Krankenhaus. Licht, Topfpflanzen, Männergemurmel, Alkohol, Gläsergeklirr. Ich war gut, denkt Daria, ich habe durchgehalten, ich war tapfer, ich habe gezeigt, daß ich es könnte, daß ich es kann ... Was kann ich? Aber mehr kann ich nicht. Genug! Bitte noch einen Schnaps! Wie komme ich aus Sarajewo heraus? Sie konnte sich nicht vorstellen, noch einmal eine geschlagene Stunde gebückt durch schmutziges Wasser im stinkenden Tunnel zu waten, noch einmal auf dem Berg Igman durch Gewehrfeuer zu laufen. Sie bestellte einen dritten Schnaps und fiel auf. Sie war die einzige Frau, die hier saß.

»Darf ich?« fragte jemand auf englisch. Sie hob den Blick. Der Schwarze in amerikanischer Offiziersuniform sah gut aus. Schon wieder wie aus einem Film.

»Was wollen Sie?«

»Ihnen sagen, daß ich glaube, daß ich Sie kenne!« Das wird ja immer schlimmer, dachte Daria. Ich muß aufwachen. So etwas gibt es nicht. Auch Tamara habe ich geträumt. Und den Tod ihres Sohnes. Und den hübschen Kopf des Chirurgen in meinem Schoß.

»Wieso glauben Sie das?«

»Sie waren doch in Amerika?« Und als sie verwundert nickte, fuhr er fort. »In Memphis, Tennessee, nicht wahr? Ich habe sogar ein Autogramm von Ihnen. Meine ältere Schwester, Sissy, hat mit Ihnen im ›Nußknacker‹ getanzt, ich war noch Schüler, habe jeden Abend auf Sissy vor dem Bühneneingang gewartet. Ich war ein bißchen in Sie verliebt, Madame. Entschuldigung, ich habe mich nicht einmal vorgestellt. Norris. Major Robert Norris. Aber nennen Sie mich Bob ...«

Daria ließ ihn reden. Sie war ein wenig stolz, im belagerten Sarajewo von einem amerikanischen Offizier als Tänzerin erkannt worden zu sein. Aus diesem Traum brauchte man nicht aufzuwachen. Und so trank sie mit Major Norris bis in die Morgenstunden. Dem Chef ihres Teams hinterließ sie an der Rezeption eine Nachricht. Der attraktive, schwarze Mann fuhr sie mit einem Auto der Unprofor zum Flugplatz und sorgte dafür, daß ein Militärflugzeug sie mitnahm, das sie nach Frankfurt am Main brachte. Dort fuhr sie ein amerikanischer Jeep vom militärischem zum zivilen Teil des Flugplatzes. Sie kaufte ein Ticket für den ersten Flug nach Wien und konnte endlich Peter anrufen und ihm sagen, wann er sie in Schwechat abholen sollte. Und dann verbrachte sie drei geschlagene Stunden damit, die Luxusshops zu betrachten und einzukaufen, sie wußte nicht einmal, was sie kaufte, für Peter zwei Krawatten und für sich goldene Turnschuhe. Wer hatte schon goldene Turnschuhe? Und wozu?

Zu Hause erwartete sie alles, was sie liebte, ihr Badezimmer, Kaviar, Lachs, viel Obst. Sie erzählte von der belagerten Stadt, dem Kanonenfeuer, Scharfschützen, dem Kugelhagel, durch den sie gelaufen war, dem Berg Igman, der sie an ihren Vater erinnert hatte, und dem Tunnel, Tamara und dem Tod ihres Sohnes. Sie sagte nichts über den jungen Chirurgen, den sie nicht einmal nach seinem Namen gefragt hatte, nichts über Bob, diesen Major Norris. Erzählte ihr Peter nach seinen Reisen alles?

Bomben auf Belgrad

Es kann losgehen

In Wien schaltete Peter jeden Abend punkt sieben den Fernseher ein, sah sich alle Sendungen an, hörte um Mitternacht Radio Belgrad. Die serbischen Nachrichten berichteten von albanischen Terroristen, die die Wiege der Nation, den Kosovo, besetzen wollten, Polizeipatrouillen angriffen, sogar Nonnen vergewaltigten, unschuldige Menschen verschleppten und töteten. Die westlichen Medien jedoch schilderten einen unbarmherzigen Feldzug der serbischen Soldateska, die ganze albanische Dörfer brandschatzte und vernichtete, so daß Frauen, Kinder, Greise in die Wälder fliehen mußten. Ihr Leid flimmerte über alle Bildschirme, die Zuschauer ergriff gruseliges Grausen, wie wenn sie danach einen erotischen Psychothriller mit sadomasochistischen Leibesübungen anstarrten.

»Vor dem Ersten Weltkrieg haben Serben, Albaner und Türken im Kosovo friedlich zusammengelebt«, erklärte Daria. »Das hat Omama erzählt. Und mein Vater hat auf dem Pferd eines Albaners reiten gelernt!«

»Daria!« sagte Peter verzweifelt. »Es geht jetzt wirklich nicht um die Reitübungen deines Vaters! Eines ist sicher, was in Kroatien und Bosnien passiert ist, ist nichts im Vergleich zu dem, was jetzt auf uns zukommt! Wir sollten sofort hinunterfahren.«

Daria war einverstanden. Schlimmer als in Bosnien? Noch schlimmer? Das konnte sie sich nicht vorstellen. Aber sie würde es durchstehen. Besonders, wenn sie diesmal mit Peter zusammenblieb.

Auf der ungarischen Seite nach der Grenze bei Nickelsdorf kaufte Peter einige Stangen Salami, Würste, Dosen mit Gänseleber, Schinkenkonserven, Gläser mit eingemachten Gurken und Paprika und eine Speckseite. Wie gewohnt machten sie bei Kecskemet vor einem Motel Halt, um zu essen. Vom Nachbartisch grüßte ein älterer Herr, der sich in Gesellschaft einer Dame und zweier kleiner Kinder befand, auf serbisch zu ihnen herüber: »Sie auch unterwegs?«

Daria sah an Peters Gesichtsausdruck, daß er nicht wußte, wer der Mann war. Er vergaß Namen und Gesichter immer öfter. »Nun ja, ja … und Sie?«

»Ich bringe meine Enkel weg. Nach Holland zu meiner Schwester, die ist dort verheiratet! Hoffentlich bekomme ich die Visa in Budapest, in Belgrad ist schon alles dicht! Sie retten sich auch irgendwohin?«

»Wir fahren nach Belgrad«.

»Um Himmels willen, jetzt? Es heißt, man wird Serbien bombardieren!«

»Darum wollen wir ja hin, das kann ich mir nicht entgehen lassen!« Und da gerade die Suppe serviert worden war, fügte er lächelnd hinzu, »Mahlzeit!«. Der Herr vom Nachbartisch murmelte etwas Unverständliches und widmete sich seinem Mittagessen. Zwischen zwei Bissen flüsterte er seiner Gattin etwas zu. Daria sagte ebenfalls ganz leise zu Peter: »Er glaubt, wir sind verrückt.«

»Der deutsche Autor Erich Kästner schrieb, am Tag des Reichstagsbrandes sei er in der Schweiz gewesen. Als er die Nachricht hörte, setzte er sich sofort in den ersten Zug nach Berlin. An der Grenzstation fuhr der Nachtzug aus Berlin ein, an den Fenstern Bekannte, die flohen. Kästner und diese Leute riefen einander gleichzeitig die Frage zu, ob sie wahnsinnig geworden seien? In dieser verrückten Welt haben nur Irre Verstand«, Peter sagte es so laut, daß man es im halben Saal hören konnte, die netten Menschen am Nachbartisch ganz besonders, dann vertiefte er sich auf ungarisch mit dem Kellner in ein Gespräch über den Nachtisch.

In Szeged füllten sie den Benzintank und noch drei Kanister randvoll. Am Grenzübergang Röszke-Horgosch bestätigte sich die Erfahrung aus dem Speisesaal. Außer ihnen fuhr niemand nach Jugoslawien, in der Gegenrichtung versuchte jedoch eine unendlich lange Kolonne verschiedenster Autos, Wagen modernster Bauart genauso wie uralte Vehikel, glänzend saubere und vernachlässigte, schmutzige Fahrzeuge, die meisten überladen und mit auf dem Dach befestigten Gepäckstücken, manche mit Anhängern, Kombis und Busse, das Land zu verlassen. Die Grenzbeamten auf der ungarischen Seite wirkten gereizt, auf der jugoslawischen übermüdet. Sonst mußte Peter stets lange Gespräche mit den Zöllnern wegen seiner komplizierten Fotoausrüstung führen, die auf besonderen Listen eingetragen wurde, jetzt gelang es ihm kaum, den Beamten dazu zu bewegen, die Formalitäten zu erledigen, dem jungen Mann schien alles auf der Welt gleichgültig zu sein. Als sie endlich im Land waren, mußten sie noch kilometerlang an dem Treck vorbeifahren, der es verlassen wollte.

»Insekten!« sagte Peter verächtlich. »Sie kriechen herum wie Käfer, wenn man den schweren Stein über ihnen hochhebt!« Dann hielt er am Straßenrand, nahm eine seiner Kameras und begann, die Flüchtlinge zu fotografieren. Einige von ihnen schüttelten drohend die Fäuste in seine Richtung. Diese Szenen gefielen ihm besonders. »Ein guter Einstieg in ein Buch über die Zeit, die uns bevorsteht!«

Am späten Nachmittag kamen sie vor dem Hochhaus an, in dem sie wohnten, einige Nachbarn standen vor dem Eingang.

»Willkommen!« sagte eine alte Frau. »Sie können sich gar nicht vorstellen, wie ich mich freue, Sie zu sehen! Wenn Sie jetzt wieder da sind, kann es nicht so schlimm werden, wie wir alle befürchten!«

»Einen Teil des Kellers haben wir zum Luftschutzraum umgebaut«, teilte ein anderer Nachbar mit, ein Polizeifeldwebel im Ruhestand, der sich mit seiner Ordnungsliebe für Haus und Flur nützlich machte. »Wenn Sie dort Sitzgelegenheiten haben wollen, müssen Sie sie selbst hinunterbringen, es sind nicht genug da.«

Am nächsten Tag telefonierte Peter zwei Stunden lang, zuletzt mit dem österreichischen Botschafter. Peter fuhr in die Botschaft. Daria spazierte zum Bauernmarkt und zum Metzger, bereitete das Mittagessen vor, begann die Koffer auszupacken und die Wohnung in Ordnung zu bringen. Sie war unzufrieden mit dem Parkett, den Teppichen, fand die Vorhänge verwahrlost, die Bettwäsche vergilbt. Nach einigen Stunden begann sie sich zu fürchten, weil das Essen kalt wurde und ihr Mann noch immer nicht zurück war. Endlich erschien er, zog erst den leichten Mantel aus und hing ihn sorgfältig auf den Kleiderhaken im Vorzimmer, setzte sich, entledigte sich der Schuhe. Die Frau brachte ihm die Pantoffeln und dachte: Welch spießburgerliche Idylle.

»Es ist schön, zu Hause zu sein«, sagte er ruhig. »Jedesmal, wenn wir in Wien ankommen, freue ich mich, aber wenn wir hier sind, bin ich auch zufrieden, sehr zufrieden. Es ist uns wirklich gelungen, zwei Heime zu haben und in beiden glücklich zu sein, das bedeutet doch, doppelt glücklich, nicht wahr, Daria?« Seine Stimme klang so ruhig, daß sie sich erleichtert neben ihn setzte und eher feststellte als fragte:

»Dann ist alles in Ordnung?«

»Ja. Der Botschafter wird inzwischen abgefahren sein. Die letzte Ratte verläßt das Schiff. Morgen nacht beginnen die Bombenangriffe.«

»Was sagst du, Petruschka?« fragte die Tänzerin entgeistert.

»Die Bombenangriffe, Daria! Es kann losgehen!«

Giftgasalarm. Die Schildkröte aus dem Weltall

Peter schleppte einige Kisten Mineralwasser in den sechsten Stock und stapelte sie auf dem Balkon neben den Kanistern mit dem Benzin. »Wenn unser Haus einen direkten Treffer abbekommt, ist es ohnehin egal …«

Am frühen Abend heulten die Sirenen zum ersten Mal unheilvoll laut auf. Es war noch hell. Daria und Peter standen auf dem Balkon. Ein warmer Frühlingstag ging zu Ende. Die Sonne senkte sich feuerrot über das Nobelviertel Dedinje. Der auf- und abschwellende Ton klang besonders furchterregend, weil er aus vielen Richtungen aufbrauste.

»Komm, wir fahren ins Zentrum!« Tausende von Menschen auf den Straßen. Sie schienen erleichtert, daß es angefangen hatte. Was hatte angefangen? *The war!* Da es ein amerikanischer Krieg war, sollte er nach Darias Sprachverständnis diesen Namen führen. Kaffeehäuser und Zukkerbäckereien voll mit Besuchern. Weder Radio noch Fernsehen hatten den Fliegeralarm gemeldet. Peter fotografierte. »Die Leute gestikulieren mehr als sonst!« sagte er. Viele Bekannte waren unterwegs:

»Werden sie auch die Stadt bombardieren? Unsere Stadt?«

»Das kann ich mir nicht vorstellen, nie! Dort gibt es auch eine öffentliche Meinung, was würde man dazu sagen?«

Peter zuckte die Achseln. Er wußte mehr von der öffentlichen Meinung in den westlichen Staaten. Die Berichte über das Leid der Albaner, gegen das man doch endlich etwas unternehmen mußte, hatten *the war* vorbereitet. Viele Autos stauten sich auf den Straßen. Alle wollten irgendwohin. Wohin? Nach Hause. Zu Freunden. Aufs Land. Einfach weg. Ein Donnerschlag aus heiterem Himmel, die erste Explosion.

»Ich gehe in den Keller, um mir anzuschauen, wer sich dorthin geflüchtet hat, dann auf das Dach. Aber hinauf und hinunter muß man jetzt zu Fuß, die Aufzüge könnten wegen eines Stromausfalls steckenbleiben und wer weiß, wann unter diesen Bedingungen Monteure kämen ...« Peter sprach so ruhig, als handelte es sich um normale Pannen in Haus und Haushalt, mit denen man eben rechnen mußte. Daria schwieg und kam mit.

Im Keller saßen zwischen kahlen, grauen Wänden nur wenige Menschen, Kinder mit erschrockenen Gesichtern. Auf der ungehobelten Platte eines großen Tisches ein Kissen mit einem Baby. In der Ecke die Greisin, die jedermann Tante nannte, mit einer aufgeschlagenen Bibel und einigen Ikonen. Sie murmelte Gebete. Peter knipste. Das Blitzlicht ließ die Menschen aufschrecken, als hätte eine Bombe hier unten eingeschlagen. Dann lief Daria mit ihm zu Fuß die zwölf Stockwerke hinauf. Von der Dachterrasse des Hochhauses hatte man einen Ausblick nach allen Seiten. Die Nacht sternenhell. Im Osten war der Rand der Finsternis brennendrot. »Die Erdölraffinerie in Pančevo!« mutmaßte Peter. »Nichts zu machen, es ist zu weit für mich ...« Von Südwesten her donnerte es ebenfalls. »Ich weiß nicht, was das sein kann. Ziele um die Stadt herum, Radarstationen oder kriegswichtige Fabriken ...« Peter lehrte seine Frau Flak- von Bombeneinschlägen zu unterscheiden, hantierte mit seinen Weitwinkelobjektiven und klagte: »Daraus wird nichts!« Danach gingen sie beruhigt schlafen, als hätten sie ihre Arbeit getan und als wäre die Bedrohung vorüber, das zeitweilige Aufdröhnen in der Ferne nichts anderes als ein abziehendes Gewitter. Als Daria aufwachte, stand Peter schon in der Dunkelkammer.

Während des Frühstücks fiel ihm die Teetasse aus der Hand und zerschellte auf dem Fußboden. Fünf Minuten später streckte er die Hand nach dem Brotkorb aus und warf das

Wasserglas um, es rollte über den Tisch und zerbrach. Daria sah im Morgenrock jung und schön aus, obwohl sie sich noch gar nicht geschminkt hatte. Er sagte es ihr. Sie freute sich. Peter schaltete das Radio ein. Clinton erklärte, man wolle die Fehler aus Bosnien nicht wiederholen. Gegen halb zehn am Morgen heulten wieder die Sirenen auf, aber es kümmerte sie nicht.

Aviano war ein NATO-Stützpunkt der Luftwaffe in Italien. »Ein schöner Name«, dachte Daria. »So könnte ein feuriger Tänzer heißen. Umberto Aviano.« In Aviano kletterten junge Männer in ihre furchterregenden Apparate. Sie hatten eine Postkarte nach Hause, nach Ohio, Sevilla, Recklinghausen oder Bordeaux geschrieben, ihren Frauen oder Bräuten die ewige Liebe versichert und noch an die letzte Umarmung mit einer italienischen Prostituierten gedacht. Oder sie hockten auf graugefärbten Kriegsschiffen und Unterseebooten, hatten die Koordinaten auf den Raketen ein letztes Mal überprüft, bevor der Offizier auf den roten Knopf gedrückt hatte. Sicher waren sie ehrlich überzeugt davon, feindliche Soldaten zu bekämpfen, einen gerechten Krieg zu führen, den Albanern zu helfen, die jetzt nicht nur vor den Serben flohen, sondern vor denselben Bomben und Raketen, Marschflugkörpern, Cruisemissiles, Tomahawks oder wie das Teufelszeug hieß, wie die serbischen Feinde. Dachten die Soldaten an lobende Tagesbefehle, die ihren Namen nennen würden, an Orden, an ein goldenes Sternchen mehr an der Uniform und auch schon an die Heimkehr nach Ohio, Sevilla, Recklinghausen oder Bordeaux? Und was sie in den Schulen neugierigen, pubertierenden Jungen und sie anhimmelnden Mädchen über den ersten Krieg seit der Gründung der NATO erzählen würden? Oder dachten sie an gar nichts, spielten sie nur, so wie wenn man im Computerspiel die Ziele anvisiert und die Knöpfe drückt und die Ergebnisse am Bildschirm abliest, die den eigenen Sieg bestätigen. Wer weiß … Wer weiß was?

Die staatliche Ballettschule in Belgrad hatte, wie alle anderen Lehranstalten, den Kindern Ferien gegeben, aber in den beiden Theatern, die Ballettensembles hatten, fand das tägliche Exercice statt, danach die Proben. In den privaten Ballettschulen herrschte Hochbetrieb. Eltern wollten ihre Kinder beschäftigt wissen. Auch Fitneßstudios und Kosmetiksalons waren besser besucht als im Frieden.

»Ist das alles?« fragte Daria. Darias angeheiratetei Verwandter Nikola, genannt Niki, war als Direktor in den Elektrowerken für Schäden am Netz zuständig, über eine besondere Funktelefonleitung pausenlos mit allen zuständigen Behörden verbunden, mit seinem Dienstwagen konnte er jederzeit überallhin. Peter leistete ihm Gesellschaft. Er plante einen Bildband über den Krieg. Was für ein Gedanke: ein Bilderbuch über einen Krieg! War das ein Bilderbuchkrieg?

Konnte man sich an Todesangst gewöhnen? Sie überwinden? Man konnte. Wenn die schrecklichen Sirenen zehnmal und hundertmal aufgeheult hatten, ohne das etwas geschehen war, zuckte man zwar immer noch zusammen, aber man lernte, wie man es hinzunehmen hatte. Wenn fünfmal und zwanzigmal Explosionen in der Nähe den Boden so stark erschütterten, daß auch die eigenen Fenster klirrten, erschauerte man, wußte jedoch schon im selben Augenblick, daß die Gefahr vorbei war, zumindest für dieses Mal war sie vorbei, und irgendwo hatte man gelesen, daß man das Geschoß, das einen selbst traf, nicht mehr hörte. Wer konnte das bezeugen? Noch kein Toter hatte aus eigener Erfahrung darüber berichtet.

Radio. Fernsehnachrichten. Informationen im Internet. Die Russen forderten die Einstellung der Bombenangriffe. Schön von ihnen. CNN behauptete, in Rußland meldeten sich Freiwillige, die Serbien verteidigen wollten, gefragt waren dreißig Jahre alte Männer mit Kriegserfahrung, zum Beispiel aus Afghanistan. Was das der dritte Weltkrieg? Ein englischsprachiger Sender wunderte sich, daß in Belgrad auch während der täglichen Fliegeralarme Menschen durch die Straßen flanierten und keine Panik herrschte. Kann er in unsere Herzen schauen? Aus Paris hörte man, die öffentliche Meinung in Amerika sei geteilt. Weiß das Präsident Clinton auch?

»Als ich auf den Bergen vor Dubrovnik war«, erzählte Peter, »habe ich daran gedacht, daß ich durch mein Objektiv genau dasselbe sehe wie der Kanonier durch sein Zielfernrohr, immer nur den einen Ausschnitt, auf den ich mich konzentriere. Man hat wenig Zeit, den Blick auf das Ganze zu werfen. Auch der Pilot sieht auf dem kleinen Bildschirm vor sich das Ziel wie ich das Modell durch meine Linse. So ist es auch bei der Großwildjagd! Wer einen Löwen im Sprung fotografiert, setzt sich einer größeren Gefahr aus, als einer, der das Tier erlegen will. Im entscheidenden Augenblick, wenn unsereins knipst oder der Jäger schießt, sehen wir dasselbe vor uns, die Flanke des Löwen. Oder seine Stirn. Oder das ganze Tier im Sprung. Eventuell einige Schatten. Den Urwald sehen wir nicht ...«

Die beiden wollten einen Teil der Nacht im Keller verbringen. Das konnte eine besondere Fotoreportage werden. Es war die vierte Bombennacht in Belgrad. Im improvisierten Luftschutzraum standen jetzt mehr Stühle als am ersten Tag. Die alte Frau, die »Tante«, hockte in ihrer Ecke zwischen ihren Ikonen, als hätte sie sich in der Zwischenzeit nicht vom Fleck gerührt. Ihre welke Lippen bewegten sich, die Gebete hörte man nicht.

»Stört es Sie, wenn ich ab und zu fotografiere?« Niemand antwortete.

Es wiederholte sich dasselbe wie in der ersten Bombennacht, jedesmal, wenn das Blitzlicht aufzuckte, fuhren die Leute zusammen. Deshalb knipste Peter seltener, als er es vorgehabt hatte. Wenn er sie im voraus warnte, warfen sie sich in Pose, dann war kein natürliches Bild mehr möglich.

Selbst in den bequemen dunkelblauen Hosen und dem weiten hellblauen Pullover wirkte die Tänzerin anders als ebenso gekleidete, gleichaltrige Frauen. Sie verstand es, auch auf der viel zu niedrigen Sitzgelegenheit bequem zu sitzen. Peter stand auf, und als sie merkte, daß er jetzt sie fotografieren würde, setzte sie sofort die Miene auf, von der sie annahm, daß er sie von ihr erwartete. Auf das kleine Transistorradio achtete kaum noch jemand, aber plötzlich schrie der Optiker vom zweiten Stock fast hysterisch auf:

»Still, still! Hört doch hin!« Der Sprecher warnte aufgeregt, wer Gasmasken habe, solle sie sofort vorbereiten, nasse Tücher vor dem Gesicht nützten auch, unmittelbare Gefahr bestehe jedoch nicht. »Was bedeutet das?« kreischte der Optiker. »Das ist doch ein Widerspruch, Gasmasken hervorholen, aber Gefahr besteht keine …«

»Giftgas?« fragte der ehemalige Polizist unsicher.

»Unmöglich!« erklärte jemand. »Ich bin Reserveoffizier! Giftgasalarm ist etwas anderes, da heulen auch die Sirenen anders …«

»Wie?« Der Mann wußte es nicht genau. »Werden wir hier unten ersticken?« »Sollen wir raus?« »Warum sagt man uns nichts Genaues?« Die Gebete der Frau in der Ecke waren lauter geworden. Kleine Kinder weinten, weil die Erwachsenen Unruhe verbreiteten, die größeren starrten ihre Eltern an. »Die würden doch die Zivilbevölkerung nie mit Giftgas angreifen! Das hat nicht einmal Hitler gemacht!« »Die Amerikaner sind schlimmer als Hitler! Den Haag ist für uns Serben ein größeres Übel als Auschwitz!«

»Ruhe!« brüllte der ehemalige Polizist. Er war gewohnt, Ordnung zu schaffen. »Von jeder Familie geht einer in seine Wohnung und holt nasse Tücher. Mir nach!«

»Komm!« sagte Peter, nachdem er noch mehrmals schnell abgedrückt hat.

»Nasse Tücher holen?«

»Quatsch!«

Er setzte sich ans Telefon. Niki war schon in seinem Dienstwagen unterwegs. Getroffen war westlich von der Stadt, im Dorf Sremčica, eine Fabrik, die Raketentreibstoff herstellte. Sie brannte, und hochgiftige Gase strömten aus.

Niki wußte nicht, wie groß die Gefahr für die Belgrader war, er und sein Team hatten Gasmasken auf dem Schoß. Ein befreundeter Professor für Chemie erklärte Peter, alles hänge von der Windströmung ab, er wußte sogar, um welche Gase es sich handelte, weil er für diese Fabrik seinerzeit Gutachten erarbeitet hatte; sie seien leichter als die Luft und stiegen deshalb schnell auf eine für Menschen ungefährliche Höhe, in unmittelbarer Berührung könnten sie jedoch tödlich sein und in Verbindung mit der Luft ein hochexplosives Gemisch. Der meteorologische Dienst erklärte, der Wind sei günstig, die Giftschwaden trieben in Richtung des Flusses Sawe über unbewohntes Gebiet. »Warum gebt ihr dann keine Entwarnung? Die Menschen werden verrückt vor Angst und Ungewißheit!« Das Gift aus der Fabrik verschwand in der Unendlichkeit der Luft, die die Weltkugel gegen den kalten Tod des Alls verteidigt. Gift der Verzweiflung und Hoffnungslosigkeit zirkulierte weiter durch die Adern. Konnten Worte giftig sein?

Um zwei Uhr nachts heulten die Sirenen Entwarnung, und Radio Belgrad meldete, ein »unsichtbares Bombenflugzeug« vom Typ Stealth sei in der Nähe der Stadt abgeschossen worden. Im Wohnzimmer standen der kleine und der große Fernseher nebeneinander, auf dem kleinen liefen die Belgrader Nachrichten, auf dem großen verfolgten Daria und Peter per Satellit Sendungen aus aller Welt. »Die Vernichtung der Luftabwehr fordert Zeit!« erklärte ein Sprecher der NATO. CNN bestätigte, daß ein Stealth F-117 abgeschossen worden sei. Der Bomber komme von einem Stützpunkt in New Mexico, das Schicksal des Piloten sei noch ungewiß. Solche Apparate hatte man für unverwundbar gehalten. Peter griff nach seiner Ausrüstung. »Willst du mit, Daria?«

»Nein! Ich muß schlafen. Und du auch! Sonst kommst du bei einem Autounfall ums Leben, falls dich die NATO-Raketen nicht erwischen, du zerbrichst sogar am frühen Morgen Geschirr, was soll das?«

Peter erklärte mit flehender Stimme. »Das ist eine einzigartige Gelegenheit! Ein abgeschossener, unsichtbarer Bomber ist zu sehen und zu fotografieren! Hörst du, Unsichtbares ist zu sehen! »

»Aber pass auf dich auf!«

Im Traum fährt Daria doch mit Peter mit. Sie rasen durch verdunkelte Straßen, er hat die Scheinwerfer ausgeschaltet, blasses Sternenlicht erhellt den Feldweg. Sie schreit auf, weil sie glaubt, ein großer Stein läge vor ihnen. Im letzten Augenblick gelingt es Peter zu bremsen. Sie steigen aus, es ist kein Stein, sondern eine Riesenschildkröte. »Die müssen wir mitnehmen und dem Zoo schenken«, sagt er. Sie heben das schwere Tier hoch, zwängen es auf den Rücksitz, fahren vorsichtig weiter. Hinter ihnen beginnt die Schildkröte zu sprechen, sie hat eine angenehme, freundliche, hohe Frauenstimme. Daria versteht sie nicht, wundert sich, daß sich Peter nicht wundert, dreht sich um, die Schildkröte hat begonnen zu strahlen. Es ist ein rosarotes Licht. Und sie beginnt zu wachsen. Sie wächst über das Auto hinaus, und jetzt ist nicht mehr sie im Auto, sondern das Auto in ihr. Sie fliegen. Daria weiß schon, daß diese Schildkröte ein fliegender Teller ist, ein UFO, sie fliegen zu einem anderen Planeten eines anderen Sternensystems, wo man keine Kriege kennt, die Anziehungskraft des Planeten schwächer ist als jene der Erde, so daß fast Schwerelosigkeit herrscht, man kann dort in der Schwerelosigkeit tanzen, und dafür brauchen sie Daria als Choreographin, weil sie die beste im Universum ist.

Sie weiß, daß sie nur träumt, und noch im Traum bedauert sie, daß es nicht die Realität ist. Die beste im Universum!

Der unsichtbare Flieger

»Vielleicht ist es doch sinnlos, so herumzurennen«, sagte Peter nach seiner Rückkehr erschöpft. Man hatte ihn zum Flugzeugwrack beim Dorf Budjanovac durchgelassen, aber bessere Fotos als andere Kollegen konnte er auch nicht machen. Schwarzangestrichene Eisenstücke lagen herum, das Heck des Flugzeugs, Flügelteile. Buchstaben und Nummern klar erkennbar, das Wrack würde zu identifizieren sein. Soldaten, Fotografen und Bauern umringten die Fragmente des abgeschossenen Wunderflugzeugs. Die nächtliche Atmosphäre gab nicht viel her. Man war schrecklich stolz, man hatte es denen da oben gezeigt, man war nicht wehrlos, dic geheimnisvollen, unsichtbaren Angreifer nicht unverwundbar, Schnapsflaschen kreisten, es wäre sehr unhöflich gewesen, einen Schluck auf die Gesundheit der Besieger des Wunderwerks der Amerikaner abzulehnen.

Peter unterhielt sich mit Offizieren der Luftabwehr, die sich selbst wunderten, daß ihnen so ein Meistertreffer gelungen war, natürlich hatten sie keine Ahnung gehabt, welche Art von Flugzeug sie mit ihren relativ altmodischen russischen Raketen im Visier hatten. Sie hatten einen Radarstrahl von oben ausgemacht und aufgrund dieser Erkenntnis, wie sie es dem Laien erklärten, sozusagen diese Linie hinaufgeschossen. Nichts Heroisches. Wie auf einer Übung.

»Ich verstehe nichts davon, entschuldigen Sie«, sagte der Fotograf verwirrt. »Man nennt dieses Teufelszeug unsichtbar. Wieso ist es dann von einem Radargerät ohne weiteres erfaßbar?«

Das wußten die Männer, die den Stolz der amerikanischen Luftfahrttechnik besiegt hatten, auch nicht. Sie gaben zu, daß sie überrascht gewesen waren, als sie die Beute erkannt hatten, es war, sagte ein junger Major, als hätte jemand seine Schrotflinte auf ein Kaninchen gerichtet und einen Grizzlybären erlegt. Im Oberkommando der Luftabwehr erklärte ein General den Vorgang. Die unsichtbaren Bomber seien langsame und schwerfällige Vögel, dürften deshalb während eines Kampfauftrages im Prinzip keinen eigenen Radar einsetzen. Taktisch sollten sie von anderen Flugzeugtypen, etwa Tornados, begleitet werden, die aus größerer Höhe das Ziel auszumachen hatten, um es dem Stealth F-117 mitzuteilen. Die Luftabwehr sollte die Tornados auf über zehntausend Meter Höhe erkennen und natürlich nicht erreichen können, der Stealth aber sollte unerkannt bleiben und so aus dreitausend Meter Höhe seine tödliche Last abwerfen. Das Wetter der vergangenen Nacht sei jedoch für die Tornados ungünstig gewesen, deshalb hätte man die geheimnisvollen, schwarzen Maschinen allein auf die Reise geschickt, um sie im Kampfeinsatz zu erproben.

»Die haben geglaubt, wir sind ein afrikanischer Stamm, der ihnen mit seinen Pfeilen nichts anhaben kann!« brummte der General. Aber dann gab er zu, daß man selbst auch Fehler gemacht hatte. »Statt den Piloten zu suchen, der sich mit dem Schleudersitz gerettet hatte, ließen sich Soldaten, Bauern, Journalisten, Bürgermeister und Parteifunktionäre vor den Trümmern fotografieren. Niemand versuchte den Piloten zu finden und zu verhaften. Stellen Sie sich vor, wenn wir *den* im Fernsehen vorführen könnten, wie es Sadam Hussein mit den abgeschossenen amerikanischen Piloten getan hat!«

Das Gesicht des Piloten wäre etwas anderes gewesen, dachte Peter. Auf Darias Einwand hin, früher hätte er mehr Wert auf Landschaften und Gegenstände gelegt als auf Porträts, gab er zu, daß sich sein Interesse verändert hatte. »Ich weiß, der Vergleich ist nicht gut, aber in deiner Kunst wendest du dich einmal dem klassischen Ballett zu, ein anderes Mal dem Musical mit Gesangseinlagen, dem Schauspiel oder dem Film. Die einen sind Spezialisten für nur eine Gattung, andere können und versuchen alles …« Übrigens sei das Problem beim Fotografieren des abgeschossenen Flugzeuges gewesen, daß es über einem langweiligen Ackerfeld abgestürzt sei. Dramatische Felsen oder wuchtige Tannen hinter ihm hätten andere Blickwinkel geboten.

Wunderbare, schöne, ausdrucksvolle, junge Gesichter boten sich dafür in Belgrad an. Auf den Brücken über die Sawe versammelten sich nachts viele Menschen. Man spielte Rock, sang die beliebtesten Schlager, bot sich dem Schrecken da oben als Opfer an wie in der Sage die Jungfrau dem Drachen. Auf die Shirts hatten sie sich schwarze Kreise gemalt, mit dem Zielpunkt in der Mitte, wie er sich im Fadenkreuz im Gerät des Bomberpiloten zeigte. Dazu das englische Wort: *Target*. Immer mehr Belgrader trugen dieses Zeichen.

Daria überlegte, ob sie eine Choreographie auf der Brücke anbieten sollte. Ballett aus Trotz. Trotzballett. Mit wem, für wen? Die da oben sollten das sehen, doch das würden sie nie.

Es wurde wärmer. Kein Luftangriff konnte den Frühling aufhalten. Blumen. Grüne Blätter an allen Zweigen. Sternenübersät bot sich der Himmel als Hintergrund für das Feuerwerk an. Die Luft voller seltsamer Geräusche, ein Krachen und Knallen, ein Schmettern und Poltern, ein Pfeifen und Surren. Von unten nach oben trommelte die Flak. Von oben nach unten fielen die Bomben. Die Raketen, die sich Tomahawk nannten, waren viel langsamer als von Indianern geworfene Kampfbeile. Man konnte sie mit dem Blick verfolgen, wie sie niedrig über das Häusermeer hinwegzogen, in der Luft stehenblieben, ihr Ziel anvisierten, sich herunterstürzten, mit ohrenbetäubendem Knall explodierten und einen blutroten Feuerpilz über dem Schwarz der verdunkelten Stadt wachsen ließen. Junge Menschen fanden das Schauspiel so *interessant*, daß sie manchmal vergaßen, Angst zu haben.

Als im Radio gemeldet wurde, ein Teil der russischen

Flotte sei aus dem Schwarzen Meer ins Mittelmeer unterwegs, schöpfte man Hoffnung. Daria und Peter waren bei Novak zum Mittagessen eingeladen. Der Gastgeber sah abgespannt aus, tat aber zuversichtlich: »Die Russen werden uns helfen!«

»Glaubst du wirklich?« fragte Peter scharf. »Und wenn tatsächlich der dritte Weltkrieg ausbricht, glaubst du, das ist gut für euch?«

»Für uns alle, meinst du, nicht war? Oder gehörst du nicht mehr zu uns?«

Daria beschwichtigte:

»Zankt euch doch bitte nicht!«

»Zankt sich hier jemand?« wunderte sich Novak und schenkte Wein nach. »Fragen wird man doch noch dürfen? Kinder, das ist Wein aus dem Kosovo. Der ist so gut, daß es sich schon für ihn zu kämpfen lohnt!«

Kurz nach Mitternacht heulten die Sirenen wieder auf. Daria war im Sessel eingeschlafen. Peter sah sich noch die Nachrichten von CNN an. Man verkündete, demnächst würden auch Ziele im Zentrum Belgrads, vor allem solche, die mit Polizei und Militär zu tun hätten, bombardiert. Er warf einen Blick auf seine Frau. Er sah ihr gerne zu, wenn sie schlief, denn ihre zeitweilige Schlaflosigkeit machte ihm Sorgen. Gut, daß sie diese Nachricht nicht gehört hatte. Am Himmel dröhnten unendlich viele Flugzeuge, aber diesmal gab es keine Explosionen, auch die Flak schwieg. Peter suchte nach einem richtigen Wort für das drohende Geräusch, suchte in allen Sprachen, die ihm geläufig waren, fand keines. Wenn man Geräusche fotografieren könnte! Oder wenigstens malen!

Als kurz vor sieben Entwarnung gegeben wurde, schlief Daria noch immer in ihrem Sessel, und aufzuckend bemerkte Peter, daß er auch eingenickt war. Er ging in die Küche und kochte Kaffee. Um halb acht gab es wieder Alarm und die schlafende Tänzerin wachte auf:

»Alarm? Wieso ist es so hell?«

»Weil du die ganze Nacht im Sessel geschlafen und den letzten Alarm und die Entwarnung verschlafen hast, Liebes. Kaffee?«

»Danke, aber natürlich, Petruschka, du entwickelst in diesem Krieg wirklich liebenswürdige Eigenschaften.«

»Ich sage ja immer, alles hat Vor- und Nachteile. Auch so ein Krieg. Dann nehmen wir aber die ganz feinen Kobalttassen aus der DDR, einverstanden?«

Zwischenspiel. Choreographie mit Raketen und Toten

Onkel Noah malt ein Bild. Still. Er ist immer so still. Ein stiller Mensch. Er war ein stiller Mensch, als er noch am Leben war. Bevor man ihn ermordet hat. Hat man ihn ermordet? Jedenfalls ist er nicht zurückgekommen. Eine schlechte Gewohnheit von allen meinen Lieben, daß sie weggegangen und nicht mehr zurückgekommen sind. Deshalb malt Onkel Noah das Leben oft als Stilleben. Eine bauchige Blumenvase. Eine Schale voller Obst. Obst esse ich gerne. Himbeeren und Melonen. Bananen und Orangen waren selten und teuer, von Ananas und Kokosnüssen hatte ich nur gehört, von Kiwis nie. Kiwis kannten wir damals nicht. Zumindest ich nicht. Onkel Noah vielleicht. Er war ja in Paris, dort hat er möglicherweise Kiwis kennengelernt und gegessen. Gemalt? Was hat er alles gemalt, was ich nie gesehen habe. Und vieles andere wußte und konnte er auch, nur hatte er keine Zeit, mir alles beizubringen. Er sprach nicht viel, still, wie er war, aber er erzählte manchmal wunderbar Märchen. Viel zu selten. Leise erzählte er, dann hörte man besonders aufmerksam zu, um kein Wort zu verpassen. Schade, daß ich sie vergessen habe.

Stilvoll? Still sein und Stil haben passen gut zusammen. Ein Mann mit Stil? Immer einen dezenten Schal ordentlich um den langen Hals, im Sommer einen seidenen, im Winter einen aus Wolle. Ich war das dazugehörige Mädchen in Rosa.

Ein Reigen von Raketen und Toten. Wild durcheinander, jemand muß ihnen Ordnung beibringen, denn Raketen gehören in den Himmel und die Toten unter die Erde. Oder auf die Erde, auf den Rasen, wenn sie noch immer nicht begraben sind, obwohl die Raketen schon vor langem einschlugen und sie töteten.

Deine Fotos sind wie die Pose im Ballett, Petruschka. Man erstarrt zur Pose. Aber vorher war die Bewegung. Der Kreisel. Der Sprung. Deine Kamera muß dieser Bewegung im Kreise folgen, sonst ist sie erstarrt wie der Tod. Wir springen und drehen uns im Kreise, nicht wahr? Ich drehe mich, und du drehst dich mit der Kamera um mich herum, und so kreisen wir wie Kometen durch das Weltall. Wir sind Kometen, im Unterschied zu den Sternen folgen wir keiner bestimmten Bahn. Kometen sind Raketen, die heilige Riesen wie Keulen von einem Ende des Firmaments zum anderen geschleudert haben. Du sagst, du mußt die Geste verewigen? Nur der erstarrte Augenblick sei Ewigkeit, Bewegung würde durch die Zeit flüchtig? Bist du sicher, daß es nicht umgekehrt ist? Bewegung ist das Leben, Verweilen der Tod?

Keine Bühne. Kein Filmstudio. Es gibt hundert andere Möglichkeiten. Eine Zirkusarena. Groß wie ein Stadion. Groß wie die Stadt und die Welt. Mitten in der Manege steht eine dicke, kurze, schwarze Kanone. Das Mädchen im silbernen Trikot kommt aus der Dunkelheit. Aus der Zeitlosigkeit. Alle Scheinwerfer voll auf sie! So schreitet nur eine Tänzerin. Das ist Daria selbst. Das bin ich. Erst habe ich sie von weitem gesehen, aus dieser Entfernung habe ich nicht bemerkt, daß es keine *Sie*, sondern eine *Ich* ist, habe begriffen, natürlich bin ich es, wer sonst? Und ich habe mich nicht mehr von außen betrachtet, sondern bin eins mit dieser Tänzerin.

Von allen Seiten brandet Applaus auf. Daria macht ihre Knickse, wie sie es von Madame Nina gelernt hat. Madame Nina ist im Publikum und wird nach der Vorstellung ihre kritischen Bemerkungen machen und ihr, falls sie nicht zufrieden ist, mit den großen Ringen an ihren Fingern hart auf den Kopf klopfen.

Zur immer lauter werdenden Musik begibt sich Daria zur Kanone und klettert in das Rohr hinein. Dort ist es eng und riecht nach Staub. Die Musik klingt gedämpfter, aber sie wird allmählich lauter, forte! Fast unerträglich und betäubend. Sie wächst zu einem Höhepunkt an und löst sich plötzlich in Stille auf. Diese Lautlosigkeit summt, wie wenn man eine große Muschel ans Ohr hält. Aber die Pause dauert nur einen Atemzug lang, wie erwartet beginnt der Trommelwirbel. Zum Paukenschlag feuert die Kanone Daria zum Himmel hinauf. Das hat sie gewußt und ist nicht erschrocken, es kann mir nichts geschehen, ich fliege, ich kann fliegen, ich habe schon immer gewußt, daß ich fliegen kann, ich brauche keine Schildkröte aus dem All dafür, ich kann es ganz allein, ich habe es bisher nur noch nie ausprobiert.

Vom Himmel hängt ein Trapez und auf ihm schaukelt ein Junge. Ein junger Mann. Ein makelloser Mann in Trikothosen aus Silber, mit nackter Brust und einem Knabengesicht, er erinnert an den ernsten Arzt aus Sarajewo, und Daria liebt ihn für einen Augenblick, denn noch nie hat sie einen so schönen und vollkommenen Mann gesehen, so wohlgeformte, lange Beine, so zärtliche Hände, einen solchen vollen Mund, eine so perfekte Haut, deshalb fliegt ihm die Tänzerin als Rakete entgegen, seine Hände halten ihre Hände fest.

Zirkusartisten haben ein Netz unter sich, weil sie fürchten abzustürzen. Aber selbst wenn man in das Netz fällt, kann man sich verletzen. Daria und der Mann ihrer Träume – denn es ist wohl ein Traum, fällt ihr in einem Augenblick ein, sie verwirft es jedoch, denn so natürlich kann kein Traum sein – brauchen kein Netz. Sie tanzen schwerelos unter dem Himmel durch die Nachtluft. Selten werfen sie einen Blick hinunter auf die brennende Stadt und die anderen, realen, von Menschenhand gefertigten Raketen, über die sie blitzschnell hinwegschwirren, auf ihre Träger, die schwarzen Flugzeuge, in denen Menschen sitzen, deren Aufgabe es ist, andere Menschen zu töten und die dafür gut bezahlt werden und Orden bekommen.

Um Daria und ihren schönen Partner herum fahren Strahlen von oben nach unten und von unten nach oben.

Greifen Scheinwerfer nach den Ruhestörern? Flakgeschosse? Das interessiert sie nicht, ihr kann nichts gefährlich werden. Niemand muß von hier aus den Blick hinunterwerfen. Man kann, aber man muß nicht. Oben warten die Sterne. Auch die Sterne sind Tänzerinnen, die Planeten Tänzer, keine Sonne stört ihren Reigen vor der dunkelblauen Kulisse. Nur eine kleine Anstrengung ist notwendig, es genügt, es zu wünschen, den Finger zu bewegen, und Daria fliegt weiter in die Unendlichkeit der Höhe hinauf, winkt zum Abschied dem jungen Mann, der auf seinem Trapez schaukelt und mit anmutiger Handbewegung Abschied nimmt. Er bleibt zwischen Himmel und Erde hängen, aber ihre Bestimmung ist es, ganz hoch hinaufzufliegen, um dort zu wirken.

Warum hat sie bisher noch nie so tanzen können? Natürlich erinnert sie sich, wie Esther Williams durch das blaue Wasser tauchend Drehungen, Purzelbäume, Salti machte, die auf der Bühne unmöglich wären, wie sie die Geschwindigkeit der Sprünge und Wirbel der Eiskunstläuferinnen bewunderte, die auf dem Bretterboden im Theater nie so zu machen wären wie auf dem Eis, aber jetzt ist endlich alles möglich, alles. Jeder Gedanke, eine neue Gestalt anzunehmen, wird im Nu vollzogen. Es genügt, den Sprung, die Pirouette zu denken, ohne Anstrengung ist alles, was sie sich vorstellt, getan. Wenn nötig, werden im Augenblick Arme und Beine länger, die Taille schmaler und biegsamer, der Kopf am Hals kreiselartig nach allen Seiten drehbar. Sterne fügen sich ihren Wünschen, Himmelskörper folgen ihrer Choreographie. Schon immer hat sie Astrologie interessiert, jetzt kann sie die Sterne so ordnen, wie es für sie und die Menschen, die sie liebt, am günstigsten ist. Dann zuckt sie zusammen und erschrickt. Pfuscht sie Gott ins Handwerk? Ist Gott der große Choreograph, der den Sternenreigen gestaltet, die Bahnen der Planeten und Kometen bestimmt, Sternschnuppen fallenläßt und dabei nicht daran denkt, daß er damit die Schicksale der Menschen lenkt?

Oder tut er es bewußt? Ist Gottes Art, die Geschicke aller Wesen zu lenken, Choreographie der Sterne? Aber wenn Er nicht gewollt hätte, daß ich die Himmelskörper neu ordne und tanzen lasse, hätte er mir die Kraft dazu nicht gegeben.

Wo ist Peter? Konnte er mir nicht herauffolgen? Er ist so entsetzlich logisch und realistisch und kann sicher nicht von selbst fliegen, ich muß ihn kraft meiner Phantasie heraufziehen, ich brauche ihn, wer soll fotografieren, was ich hier mache, später glaubt mir keiner, was ich vollbracht habe. Nun folgt logischerweise ein Pas de deux. Welchen Planeten soll ich mir dazu wählen?

Daria hat nicht bemerkt, wann sie ihr silbernes Trikot ausgetauscht hat. Jetzt ist sie in Rosa gekleidet, in schimmerndes Rosa. In Urgroßmutterrosa. Das muß etwas bedeuten. Was bedeutet das?

Still lächelnd erscheint der gelbe Mond und sagt:

»Wenn ich nicht mehr träumen könnte, könnte ich nicht mehr leben ...«, und daran erkennt Daria Onkel Noah, das hat er immer gesagt. Ist er der Mond? Zum Mond geworden? Ist sie darum ein wenig mondsüchtig, kann nicht schlafen, wenn Luna voll am Himmel steht? Unmöglich. Bisher hat sie den Mond doch stets für feindselig gehalten. Hat sie ihn verkannt? Oder sich gefürchtet vor ihm, vor dem Onkel, weil er tot ist?

Erst nachdem sie neben Peter aufgewacht ist und sich genau erinnert, was sie geträumt hat, wundert sich Daria, daß sie noch lebt. Sie glaubte, gestorben zu sein, so oft schon hat sie geträumt, daß sie gestorben ist, aber diesmal hat es nicht ein bißchen weh getan, und es war überhaupt nicht schrecklich. Es war ein schöner Traum. War es ein Traum?

»Haben wir uns gestritten?« fragte sie ihren Mann.

»Wieso? Nein!« antwortete er noch schlaftrunken.

»Ich habe mich nicht geärgert, weil du nicht mit mir in die Schwerelosigkeit hinaufgeflogen bist, um meine Choreographie mit den Sternen zu fotografieren?«

»Nein!«

»Und ich habe nicht von dir verlangt, mit dem Fotografieren ganz aufzuhören und mich in Ruhe choreographieren zu lassen?«

»Das wäre das Gegenteil davon«, sagte Peter und setzte sich auf. »Aber nein! Und es ist trotzdem schlimm.«

»Was? Was ist schlimm?«

»Laut hast du mir nichts vorgeworfen, aber wenn du es im Traum getan hast, möchtest du es gerne und hast es nur verdrängt, aber ich weiß wirklich nicht, was ich verbrochen habe ...«

Die Donaubrücke.
Goethe auf einem Atomunterseebot

Zu Beginn des Zweiten Weltkriegs wurde die Brücke über die Donau in der Stadt Novi Sad gesprengt. Danach brauchte sie niemand mehr. Auf dem einen Ufer blieb der größere Teil der Siedlung, den die Ungarn heim in ihr Reich geholt zu haben glaubten. Die alte Festung und der ältere Stadtteil, Petrovaradin, deutsch Peterwardein, gehörten auf einmal zu einem anderen Staat, zum sich unabhängig nennenden Kroatien. Peter hatte seine Kindheit in der Nähe der Brücke verbracht, im Schatten unter dem ersten Bogen gespielt.

Nach Ende des Krieges vereinigten sich die beiden Stadtteile wieder im selben Land Jugoslawien. Die Brücke wurde wiederaufgebaut. Die älteste, die Peterwardeiner Brücke, eine unschöne, aber praktische Eisenkonstruktion, führte aus dem Zentrum der Stadt mit ihren in den dreißiger Jahren gebauten, Kitsch, Moderne und Barock vereinenden Wohnhäusern an einer schönen Grünanlage mit einem künstlichen, von Enten und Schwänen bewohnten Teich vorbei in die engen Gassen auf der anderen Seite. Lastkraftwagen mieden sie, weil man oft lange warten mußte, bis sich ein querliegendes Fahrzeug wieder fortbewegen konnte. Die Brücke benützte man nicht mehr, um aus der Stadt hinaus-, sondern um auf die alte Festung hinaufzufahren. Sie thronte auf steilen Felsen vierzig Meter oberhalb des breiten Flusses. Die Römer hatten sie gebaut, Attilas Hunnen erobert, Ungarns König Bela IV. 1237 den Zisterziensern geschenkt, 1526 konnten sie die Türken einnehmen. Im 17.Jahrhundert wurde sie von österreichischen Ingenieuren auf den neuesten Stand der Kriegstechnik gebracht, der edle Ritter, Eugen der Savoyer, gab ihren Teilen deutsche Namen, wie

Hornwerk, Ludwigbastion, Theresiabastion. Während der ungarischen Revolution, 1848, schloß sich die Besatzung dem Kampf Kossuths gegen Wien an. Damit schien das Interesse der Geschichte an Peterwardein aufgehört zu haben. Nachdem sich jedwedes Militär zurückgezogen hatte, konnte man auf der Hotelterrasse über der Donau gut essen, Zigeunermusik hören, zwischen den Wällen verstreute Museen und Künstlerateliers besuchen oder mit seinem Mädchen im dichten Gebüsch spazierengehen.

Am neunten Tag des Krieges der NATO gegen Jugoslawien, am 1.April, um fünf Uhr früh, traf eine Rakete die Brücke. Sie stürzte in die Donau und versperrte den Schiffahrtsweg vom Rhein ins Schwarze Meer. Nach Awaren, Römischen Legionen, Hunnen, Ungarn, Türken und Österreichern griffen nun die Amerikaner an. Peter hörte im deutschen Fernsehen, die Brücke sei ein strategisch wichtiges Ziel gewesen, und schrie: »Welche Truppen können über diese Brücke geführt werden? Über Petrovaradin und das Stadtzentrum kann überhaupt kein Transport stattfinden, unter einem Panzer wäre diese Brücke zusammengebrochen! Warum lügen die so?«

Er mietete einen Kahn und machte, auf seinen Planken auf den Bauch liegend, Fotos von der Burg, die über dem schiefergrauen Wasser lag, die rötlichen Strahlen der untergehenden Sonne hatten sich gespenstisch im aus der Donau ragenden, gitterartigen Eisenwerk verfangen.

Am elften Tag, kurz nach Mitternacht, trafen Raketen das Stadtzentrum Belgrads. Die Innenministerien Jugoslawiens und der Teilrepublik Serbien, die an einer lange, breiten Straße lagen, auf der sich viele Botschaften, auch die amerikanische und deutsche, befanden, wurden vernichtet. Die Raketen wurden von einem britischen Unterseeboot, das in der Adria dümpelte, abgefeuert. Zum ersten Mal konnte sein Kapitän nach einem Volltreffer, der nicht in einem Manöver sein Ziel suchte, sondern in das Herz einer Millionensiedlung einschlug, seiner Mannschaft gratulieren. »Ihr wart gut, *boys*!« Es gab weder Tote noch Verletzte. In den beiden Polizeiministerien war nicht einmal ein Wachhabender anwesend. War die Regierung in Belgrad vorgewarnt?

Nicht vorgewarnt war die Entbindungsanstalt der Universitätsklinik keine hundert Meter hinter dem Innenministerium. Eine Rakete schlug nur dreißig Meter von ihr entfernt ein. Der Park vor der Klinik brannte. Werdende Mütter und Babys wurden in den Keller gebracht. In zehn Minuten war ein Fernsehteam da. Zu Tode erschrockene Gesichter junger Frauen, die ihre Säuglinge schützend umklammerten, aufgeregte Hebammen, Krankenschwestern, Ärzte. Der Kommentar einer deutschen Fernsehanstalt lautete: »Die serbische Propaganda mißbraucht Mütter mit Kleinkindern und treibt sie vor die Kameras …«

»Wenn albanische Flüchtlinge an westlichen Fernsehkameras vorbeiziehen, heißt es nicht, daß sie vor die Kameras getrieben würden«, sagte Peter. »Daria, wie würdest du eine Kolonne choreographieren, die über die Bühne marschiert und Todesangst und Verzweiflung ausdrücken soll? Welche Gesten soll eine werdende Mutter machen, wenn ihr während der Wehen eine Rakete auf den Kopf fällt?«

Am Abend desselben Tages traf eine Rakete die zweite Brücke in Novi Sad. Auf ihr befanden sich mehrere Autos. Sieben Menschen wurden schwerverletzt. Ein Bild zeigte einen Mann, der sich aus seinem Wagen gerettet hatte und mühsam die steil in den Fluß herabhängende Fahrbahn der Brücke hinaufkletterte.

Peter war in dieser Stadt aufgewachsen. Nebeneinander wohnten Serben, Kroaten, Ungarn, Rumänen, Juden, Donauschwaben, Slowaken, Ruthenen, Zigeuner. Man besuchte orthodoxe, katholische, evangelische, calvinistisch-reformierte und methodistische Kirchen oder die Synagoge. Auch die Kriege im benachbarten Kroatien und Bosnien konnten diese Harmonie nicht erschüttern. Warum war ausgerechnet diese Siedlung der NATO ein Dorn im Auge? Wer hatte die Ziele bestimmt? Hatte dieser finstere, geheimnisvolle Jemand, der irgendwo in Mons oder Aviano oder in Amerika im Pentagon saß, auch nur die leiseste Ahnung von den Menschen und Anlagen, die er angreifen ließ? Eine Raffinerie oder ein Benzinlager sind kriegswichtige Ziele. Aber der Kraftstoff, der hier raffiniert und gelagert wurde, war für die Landwirtschaft bestimmt. Die Armee im Süden hatte Diesel für drei Jahre in unterirdischen, atombombensicheren Zisternen. Titos Militärdoktrin war davon ausgegangen, ein Angriff auf das Land sei nur aus dem Osten zu erwarten. Den flachen Norden des Landes mit seiner Hauptstadt, Novi Sad, wollte man nicht verteidigen. Deshalb gab es dort keine Lager oder Magazine für die Armee, keine nennenswerten Truppenkontingente, die man in den Süden, in den Kosovo, hätte verlegen können. Ungarn und Slowaken, Kroaten und Zigeuner, Serben und Juden verstanden nicht, warum sie leiden sollten, weil irgendwo Albaner vertrieben wurden.

Peter holte ein in grünes Halbleder gebundenes Buch aus dem Regal und las vor: »*Der Ton ist wundersam genug, als wär' er zusammengesetzt aus dem Brummen des Kreisels, dem Butteln des Wassers und dem Pfeifen eines Vogels.* Hörst du, er hat es auch nicht gekonnt!«

»Wer? Was?«

»Goethe. Er will Gewehrfeuer beschreiben. Wenn *ihm* das nicht gelang, wie sollen *wir* das machen! Was tut ein Marschflugkörper, wenn er über dein Hochhaus hinwegsaust? Donnert er? Zischt er? Knallt er, rumpelt er, kreischt er? Oder brummt er? Wie soll ich das Feuer abbilden, das über meiner Heimatstadt in riesengroßen Flammen zu einem Himmel strebt, der schwärzer ist als schwarz? Vor welchem Hintergrund soll ich den Rauchpilz zeigen, der zumindest mich an Hiroshima erinnert, obwohl es wenig Tote gibt. Wenig? Für seine Nächsten ist der Ermordete immer der einzige Tote. Irgendwo sagt Goethe, den einzigen Krieg beschreibend, an dem er teilgenommen hat, die Kampagne in Frankreich, als er sah, wie Dörfer vor ihm brannten, der Rauch sei nicht schlecht für ein kriegerisches Bild.

Goethe tafelte als Höfling in den für Könige und Fürsten besetzten Schlössern, ritt im braunen Zivilmantel umher, machte sich Notizen über seine Gespräche mit Offizieren und Marketenderinnen, schrieb an seinem ›Reineke Fuchs‹ und quälte jedermann, den er erreichen konnte, mit seiner ›Farbenlehre‹. Neugierig setzte er sich der Gefahr aus und stellte ›eine gewisse Hitze‹ fest, die sich dem ganzen Körper im Feuer mitteile, so daß die Welt ›einen braunrötlichen Ton‹ annehme. Nimmt die Welt einen braunrötlichen Ton an, wenn Bomben fallen? Auf meinen Filmen ist davon nichts zu sehen …«

Es war die siebzehnte Bombennacht. Trotz des Fliegeralarms waren Daria und Peter in ihrer Wohnung geblieben. Im Internet strömten die Meldungen aus allen Teilen Serbiens, des ehemaligen Jugoslawiens und der umliegenden Staaten zusammen, wo Flugzeuge in Richtung des angegriffenen Landes gestartet, wo sie gesehen oder gehört worden waren, sie kamen aus Italien oder Deutschland und flogen über Slowenien, die Slowakei, Ungarn, Tschechien, Bulgarien, Mazedonien hinweg. Und von überall her kamen Ermutigungen: *Haltet durch!* Bei vielen hatte die westliche Propaganda das Gegenteil von dem erreicht, was man beabsichtigt hatte.

»Nicht nur Menschen, auch Brücken sind Opfer dieses Krieges! Die Brücke in Mostar war schöner und älter, und ich habe wegen ihr geweint. Die Brücke zwischen dem Zentrum von Novi Sad und Peterwardein war häßlich, aber Teil meiner Kindheit, verstehst du? Was würde der Geheimrat in seinem braunen Zivilmantel auf einem Unterseeboot machen, was würde *er* durch das Periskop sehen? Wie das brennende Novi Sad beschreiben? Ein alter Freund sagte mir, der Himmel sei ein einziges orangefarbenes Flimmern. Er hat die serbischen Volkslieder geliebt!«

»Dein alter Freund oder Goethe?«

»Goethe!« sagte Peter ärgerlich, als hätte Daria seine Worte bezweifelt.

Geburtstag im Keller. Schlangenbeschwörerin und Pathologin

Zwischen Alarm und Entwarnung gab es einen Alltag. Großfamilien waren zusammengezogen. Möglichst dorthin, wo es keine kriegswichtigen Ziele in unmittelbarer Nähe gab, die Keller zu guten Luftschutzräumen ausgebaut worden waren oder eine tatendurstige Oma den Kochlöffel schwang. Ältere Frauen, die noch den Weltkrieg erlebt hatten, übernahmen das Kommando. Sie wußten, wie man mit allem, was eßbar war, schnell gute und geschmackvolle Gerichte bereiten konnte. Eintöpfe kamen in Mode. In den Bombennächten waren Gäste stets willkommen, sie brachten Abwechslung in die Kellerräume. Die waren nicht mehr so kahl und unfreundlich wie zu Beginn des Krieges. Laternenketten schmückten die Decken. Campingliebhaber hatten bunte Sessel, Hocker und Liegen, Kochgeräte, Teller und Eßbestecke zur Verfügung gestellt. Transistorradios sorgten für Begleitmusik. Batteriegespeiste Fernsehgeräte waren auch da. Man richtete sich wohnlich ein im Krieg.

Peter hatte seine Frau überzeugt, daß ein Volltreffer Menschen in einem verschütteten Keller einen Tod brachte, der qualvoller war als sofort zu sterben und zu verbrennen. Aber Bekannte und Darias Verwandte in Schutzräumen zu besuchen gehörte zu den gesellschaftlichen Verpflichtungen.

Sie waren dabei, als Marina, ein hübsches Mädchen, ihren sechzehnten Geburtstag feierte. Mit einer Luftschutzraumkellertanzparty. Die Klappstühle wurden an die Wand gestellt. Daria und Peter saßen mit der alten Frau Glück zusammen. Sie war in Auschwitz gewesen. Das wußten alle. Man fand es *interessant*.

»Manchmal hat man mich gefragt, wie kann man im KZ gewesen sein, wenn man Glück heißt? Ich habe zurückgefragt, wie kann man Glück heißen, wenn man Jude ist? Aber vielleicht bin ich am Leben geblieben, weil mein Name Glück ist.«

Marina kam zur Alten, bot Torte an, schmiegte sich an Frau Glück und fragte ohne Pathos: »Sie kennen sich ja aus, Oma Glück, werden wir alle sterben?«

»Nein, mein Kind! Das heißt, eines Tages, natürlich, ja! Ich bald. Du hast noch viel Zeit. Jedenfalls nicht durch Bomben. Es müßte ein arger Zufall sein, wenn uns etwas zustoßen würde, wie wenn einem der sprichwörtliche Dachziegel auf dem Kopf fällt.«

»Aber warum tut man uns das an? Was habe ich mit Milošević zu tun? Warum bombardieren sie nicht ihn? Wie lange wird das noch dauern?« Wer in Auschwitz gewesen war, mußte so etwas wissen, dachte der Teenager.

»Nicht mehr lange. Auf Sarajewo hat man dreieinhalb Jahre lang geschossen. Ich habe dort Verwandte. Drei Winter verbrachten sie ohne Heizung und elektrischen Strom. Auf allen Bergen um die Stadt herum saßen Kanoniere und Scharfschützen und schossen gezielt auf alles, was sich bewegte. Auf Frauen, die Brot holen gingen. Auf Männer, die Wasser vom Brunnen nach Hause schleppten. Auf spielende Kinder. Und das ist jetzt vorbei. Bei uns wird es auch vorübergehen. Bald, das verspreche ich dir! Inzwischen feiern wir Geburtstagspartys für so hübsche Mädchen wie dich!«

»Sie wollen sagen, *wir* haben auf die Leute in Sarajewo geschossen?« fragte Marina nachdenklich.

»Wir? Ich nicht, mein Kind. Und du auch nicht. Aber jemand schon. Und wer es war, wußten die Opfer besser, als wir wissen, wer in den Flugzeugen sitzt, die die Bomben auf uns werfen. Aber *woher* die Mörder gekommen sind, das wissen wir, das wissen wir genau. Verstehst du mich, mein Kind?«

»Ich glaube schon«, sagte das Mädchen, blieb noch fünf Sekunden sitzen und stand auf, um weiterzutanzen.

»Sie wirken positiv auf die jungen Menschen«, lobte Peter die alte Frau.

»Ich versuche es. Deshalb sitze ich ja hier. Ich war Lehrerin. Sonst würde ich schlafen. Ich habe keinen Grund mehr, Angst vor Bomben zu haben.«

Ein Bekannter Peters, Journalist der BBC, lud sie zum Abendessen in ein kleines Restaurant im Westen der Stadt ein. Die Fenster waren verdunkelt. Es gab Wachteln in Weichselsauce. »Ich weiß nicht, ob ich je so gut gelebt habe!« sagte der Mann. »Ich arbeite praktisch vom Bett aus, neben mir liegen Handy und Laptop, ich spiele jeden Nachmittag Tennis, jede Nacht Karten, esse prächtig, wie jetzt, und bekomme eine große Gefahrenzulage.«

»Angst haben Sie nicht?« fragte Daria.

»Nein. Wieso? Ich wohne im Intercontinental mit all den anderen ausländischen Kollegen. Das weiß man im Stab der NATO.«

Daria bestand darauf, ihre junge Cousine, Yvonne, zu besuchen. Sie hatte ihr Studium der Veterinärmedizin beendet und einen Kollegen geheiratet. Glanzstück der Wohnung war ein Terrarium mit zwei Schlangen. Die Gäste wunderten sich. »Ich arbeite mit ihnen …«, sagte die junge Frau, während sie Gebäck auf den Tisch stellte.

»Mit Schlangen?«

Yvonne war in einem großen Pharmabetrieb im Belgrader Vorort Torlak angestellt, der, unter anderem, Serum gegen Schlangengift herstellte und trotz des Krieges und Wirtschaftsboykotts weiterhin in alle Welt, insbesondere in den nahen Osten, lieferte. Den Schlangen wurde das Gift abgenommen und Pferden injiziert, deren Organismus das Gegengift produzierte.

»Sie kommen aus Montenegro und der Herzegowina. Dort im Fels wimmelt es von ihnen. Die gefährlichsten Giftschlangen Europas, im Volksmund heißen sie *Poskok*,

Springschlange. Vipera ammodites. Sind sie nicht schön?« schwärmte die junge Tierärztin. »Schauen Sie sich den Streifen auf ihrem Rücken an!«

»Als ich im Heim für Kriegswaisen war, hatten wir auch ein Terrarium mit einer Riesenschlange, aber es war viel größer. Ist es den beiden nicht zu eng in diesem Glaskasten?« fragte Daria. Sie hatte vor Schlangen eine Heidenangst und fürchtete, Yvonne könnte die Reptilien herausholen, um sie ihnen zu zeigen.

»Gewiß, aber Mirko und mir ist diese Wohnung auch zu eng. Wie sollen wir in anderthalb Zimmern Kinder bekommen?«

»Ihr werdet hübsche Kinder haben!« sagte Daria.

Es klingelte. Eine Nachbarin entschuldigte sich, wollte nicht stören, wenn Gäste da waren, wurde trotzdem laut hereingebeten, vorgestellt, Frau Doktor Viktoria. So jung? Die Frau Doktor nahm Platz, kreuzte trotz des sehr kurzen Rockes die Beine. Yvonne setzte sich neben sie. Der Hausherr bot Schnaps oder Likör an, beides hausgemacht von einem Bauerngut. Speiseeis mit frischen Erdbeeren. Er war Handelsreisender für eine Firma, die Arzneimittel für Tiere importierte, war viel unterwegs, hatte mit Bauern und staatlichen Gütern zu tun, konnte auf dem Land Nahrungsmittel und Getränke billig kaufen oder bekam sie geschenkt. Daria fiel auf, daß sich die beiden nicht verliebt ansahen oder wie zufällig berührten, wie sie es von einem jungvermählten Paar erwartet hätte. Sie beobachtete alle Gesten stets sehr genau. Dann heulte die Sirene auf.

»Wollen wir in den Schutzraum gehen? Unserer ist ganz gemütlich. Nein? Wir gehen sonst auch nie hinunter …«

Viktoria war Pathologin im Militärspital. Sie hatte für ihr Auto ein Blaulicht und überall stets Vorfahrt. »Um zehn muß ich zum Dienst fahren. Soll ich Sie mitnehmen?«

»Danke, wir fahren mit unserem Auto …«

Zwei schlanke, hübsche, junge Frauen saßen der Tänzerin und dem Fotografen gegenüber. Die Veterinärin hatte kurzes, schwarzes Haar und traurige Augen. Die Ärztin trug ihre mittellange, blondgelockte Frisur wie für eine Modezeitschrift, war betont lustig. Hinter ihnen ringelten sich im Glaskasten die beiden Giftschlangen.

»Ihr könntet Ballerinas sein!« sagte Daria, und das war aus ihrem Mund der höchste Grad der Anerkennung. Die beiden Frauen sahen tatsächlich wie Models aus, aber die eine gab sich mit lebendigen, giftigen Reptilien ab, eine moderne Schlangenbeschwörerin, die andere sezierte tote Menschen, eine Art Schamanin der Neuzeit. Und sie plauderten über Männer, Mode, den Bauernmarkt, erinnerten mit keinem Wort an ihre seltsamen, unheimlichen Berufe, zuckten nicht zusammen, als es relativ nahe sehr laut knallte. Nur der junge Hausherr ging ruhig auf den Balkon und berichtete:

»Feuerschein im Westen. Das wird wieder der Militärflughafen Batajnica gewesen sein!«

Kollateralschäden. Quittenschnaps

Wer in Belgrad per Satellit fernsehen konnte, betrachtete entsetzt die albanischen Flüchtlingsströme, glaubte aber auch gehört zu haben, das sei alles inszeniert, mazedonische Albaner hätten sich als bezahlte Komparsen für die feindliche Propaganda zur Verfügung gestellt.

»Stell dir vor, du wärst eine von ihnen, Daria«, sagte Peter. »Die haben doch auch ein Ballett gehabt, nicht war?«

»Ja«, antwortete die Tänzerin eifrig wie immer, wenn von ihrer Kunst die Rede war. »Ich habe leider nie mit den Leuten gearbeitet. Besonders die Männer waren gut. Männlich, weißt du! Kräftig, hübsch. Sie haben in Skopje bei meinen Freundinnen studiert. Albanische Mädchen haben selten unseren Beruf ergriffen, die Familien waren prüde. In den achtziger Jahren haben sie in Prishtina vier oder fünf englische Ballettänzerinnen engagiert ...«

»Stell dir vor, du bist Albanerin«, unterbrach sie Peter und setzte seinen Gedanken fort. »Und Tänzerin. Es hämmert an der Tür. Nicht an der Tür primitiver Bauern, von denen du glaubst, daß sie ohnehin Schlimmes gewöhnt sind, sondern an *deiner* Tür! Maskierte Männer richten ihre Maschinenpistolen auf dich und treiben dich weg. Einfach weg. Und zünden hinter deinem Rücken dein Haus an mitsamt deinen Trikots und Schallplatten und Erinnerungsfotos.«

»Ja. In Bosnien habe ich auch schreckliche Dinge erfahren und gesehen. Trotzdem begreife ich es nicht.«

Darias Kolleginnen waren in alle Welt verstreut; die Katze erst in Holland, dann in der Schweiz, Zaza in Paris, Theodora in Palermo, die Putte in Kairo. Aleksandra, genannt das Hühnchenhirn, war aber im nahen Pančevo, einer Vorstadt mit chemischer Industrie und der größten Erdölraffinerie des Landes geblieben.

Wochenlang röchelte der Ort unter schweren, stinkenden Rauchwolken, die sich über den beschädigten Anlagen bildeten. Hühnchenhirn, längst glücklich mit einem Turnlehrer verheiratet, weinte am Telefon, klagte, sie werde ersticken, die Luft, die sie einatme, sei giftig. Ihr Sohn war unmittelbar vor Ausbruch des Krieges in die Armee einberufen worden und diente im Kosovo an der albanischen Grenze, seit Wochen hatte sie keine Nachricht von ihm. Daria wußte nicht, was sie sagen, wie sie die jüngere Freundin trösten sollte. Hühnchenhirn wartete auf keine Anwort, sondern schrie: »Du hast es leicht! Du hast es immer leichter gehabt!«, und als Daria leise bemerkte, sie sei elternlos aufgewachsen: »Als wir im selben Theater getanzt haben, war es leichter, einen toten Helden zum Vater zu haben als einen Alkoholiker wie ich!« Nein, nach Belgrad wolle sie nicht kommen, um sich mit Daria zu treffen, sie wolle zu Hause sein, falls ihr Sohn doch noch anrufen sollte.

Nur Ruth war telefonisch zu erreichen.

»Die einzige Häßliche von euch allen!« murmelte Peter.

»Sage nie häßlich von einer Tänzerin, sage, sie sei interessant oder, im schlimmsten Fall, weniger attraktiv als die noch Schöneren!«

Es gab Frauen, denen das Alter gut stand. Ruth war jetzt eine geschmackvoll gekleidete Dame im entsprechenden Alter. Sie hatte ein großes Bauerngut geerbt, wo sie den größten Teil der Zeit verbrachte und in Sicherheit vor den Bomben war. Daria traf sich mit ihr im Kaffee Zum Russischen Zaren.

»Warum sitzt du nicht in Wien, fern von allen Bomben?«

»Mein Mann glaubt, daß wir jetzt hier sein müssen. Ich auch.«

»Männer sind verrückt!« stellte Ruth fest, als sei das eine allgemeine Erkenntnis.

»Was hast du in deinem Köfferchen?«

Die Freundin erklärte, man müsse die wichtigsten Dinge, Reisepaß, Arzneimittel, Geld, etwas Kleidung, so eingepackt haben, daß man sie in den Luftschutzkeller mitnehmen könne. Sie habe auch Stöckelschuhe dabei. Turnschuhe seien natürlich bequemer, aber als Dame müsse man darauf vorbereitet sein, ausgebombt ebenfalls elegant auftreten zu können. Es gebe schließlich Erfahrungen; die Deutschen im Zweiten Weltkrieg hätten stets solche Taschen in die Schutzräume mitgenommen.

»Mit Stöckelschuhen?« fragte Daria, und die beiden ehemaligen Tänzerinnen lachten. Ehemalige Tänzerinnen? Einmal eine Ballerina, immer eine Ballerina. Ruth berichtete, Leila, die Schönste aus Darias Generation, sei jetzt als Wahrsagerin und Astrologin dabei, sehr reich zu werden. Sie habe sich ja immer dafür interessiert. In den letzten Jahren hätten alle Neureichen oder Gangster ihre Zukunft kennenlernen wollen und bei ihr Rat gesucht, unter welchem Sternzeichen sie ihre Aktionen durchführen sollten. Und seit die Bomben fielen, stünden vor Leilas Studio Menschenschlangen, wie vor den Banken, wenn die Renten ausbezahlt würden.

»Sie ist nie eine richtige Ballerina gewesen«, stellte Daria fest.

Ruth schenkte ihr auf dem eigenen Gut gebrannten Quittenschnaps ein. »Du solltest meine Bauern sehen, wenn sie nachts zu mir kommen, weil mein Hof etwas höher gelegen ist, um Belgrad und den Satelliten zu beobachten ...«

»Was für einen Satelliten?«

»Na den, der über uns steht und die Bomben zum Ziel leitet!«

»Den kann man doch nicht sehen, der ist viel zu hoch oben ...«

»Glaubst du? Ich weiß nicht ... Etwas sieht man. Es flackert und flimmert am Nachthimmel. Und dann sieht man das Feuerrot über dem fernen Belgrad. Die Bauern trinken und schauen zu und kommentieren, was wohl brennt, und sind dabei so gutgelaunt, du, das kannst du dir gar nicht vorstellen!« Daria dachte an die Schildkröte aus ihrem Traum, erzählte aber nicht von ihr, Ruth war viel zu realistisch, um so etwas zu verstehen.

In der zwanzigsten Nacht des Krieges erfuhr man dank CNN, es seien vierunddreißig militärische und strategische Ziele mit Fliegerbomben und Raketen angegriffen worden. An Schlafen dachten Daria und Peter nicht, sie dösten in ihren Sesseln im Wohnzimmer. Gegen halb vier hörten sie einen gewaltigen Einschlag und sahen durch das Fenster einen Feuerschein. Man gewöhnte sich an alles. Gewöhnte man sich an alles? Würde man von jetzt an immer so leben?

Erdbeeren waren nie so gut wie in diesem Jahr gewesen. Schnittblumen waren teuer, aber Daria konnte sich keine Wohnung ohne Blumen vorstellen. Nachbarinnen schauten sie vorwurfsvoll an, wenn sie mit schönen Sträußen nach Hause ging. In den »normalen« Läden gab es weder Speiseöl noch Mehl, Milch, Zucker oder Butter, aber in einer Baracke in ihrer Nähe, die vierundzwanzig Stunden am Tag, auch während der Fliegeralarme und des Bombenhagels, geöffnet hatte, gab es nicht nur einheimische Nahrungsmittel, sondern auch italienisches und spanisches Speiseöl, Avocados und Zuckermelonen aus Israel, Parmaschinken und Wein aus Italien, Käse und Marmelade aus Frankreich, gestopfte Gänseleber und geräucherte Putenkeulen aus Ungarn. Wenn man genug Geld hatte.

Die vielen kleinen Restaurants, Gasthäuser und Kaffeehäuser machten gute Umsätze, die ganze Nacht geöffnet, nach außen verdunkelt, innen schummriges Licht. Man aß Rebhühner, Rehrücken, Wildschwein, Seefische, Krebse, Muscheln. Wo kam das alles her? Es gab keine Flugverbindungen, die Eisenbahn fuhr auch nicht ins Ausland, die meisten Brücken waren zerstört. Dafür hatten viele Kombis den Verkehr nach Österreich, Deutschland, Italien, Frankreich und die Schweiz aufgenommen. Ihre Fahrer kannten alle Schleichwege, alle Zöllner. Im Paß reichten sie den Beamten die längst verabredete Bestechungssumme. Hin und zurück nahmen sie Passagiere mit, der Hauptverdienst war der Schmuggel.

Man mußte ein neues Wort lernen, *Kollateralschaden*. Ein Kollateralschaden war, wenn die NATO anstatt des Militärflughafens ein Dorf in seiner Nähe traf und ein vierjähriges Mädchen im Schlaf tötete. Es hieß, es handele sich um *übergesetzliche Nothilfe angesichts massiver Menschenrechtsverletzungen*. Das hätte man den toten Kindern auf den Grabstein meißeln sollen. Auch auf die Denkmäler für die toten albanischen Kinder im Kosovo: *Wir haben für euch andere unschuldige Kinder umgebracht, das mag euch im Jenseits trösten*.

Daria und Peter standen wieder einmal auf dem Dach des Hochhauses. Der Mann hatte seinen Arm der Frau um die Schulter gelegt und drückte sie an sich. Eng aneinander geschmiegt, betrachteten sie das Feuerwerk der angreifenden Raketen und der sich verzweifelt wehrenden Flak. Ihre fahlen Gesichter wurden manchmal grell beleuchtet. In Peters Umarmung fürchtete sich Daria nicht. Nicht so sehr. Weniger, als wenn es blitzte und donnerte. Und dachte an Sarajewo, an den Berg Igman, wo sie sich noch weniger gefürchtet hatte, obwohl sie dem Tod wahrscheinlich näher gewesen war.

Obwohl die beiden nichts so sehr wünschten wie das Ende des Regimes in ihrer Heimat, identifizierten sie sich mit der Verteidigung, haßten die Angreifer dort oben. Sie wußten, das war ein Widerspruch, aber sie konnten sich nicht helfen.

Der Tod im Fernsehsender

Nach Mitternacht kam die Warnung, die Belgrader sollten unbedingt die Luftschutzräume aufsuchen, eine ungewöhnlich große Anzahl von Flugzeugen sei vom Süden her im Anflug auf die Hauptstadt. Eine Stunde später klingelte bei Peter das Telefon. »Komm runter, ich hole dich ab!« sagte Niki.

»Was ist …?« – aber der Hörer war schon aufgelegt.

Sie rasten über die Sawebrücke. Von weitem war ein gigantisches Feuer zu sehen. Ein dreiundzwanzigstöckiges Hochhaus, früher Sitz des Zentralkomitees der Kommunistischen Partei, war von drei Raketen getroffen worden. Seit Jahren war es als Bürohaus vermietet, unter anderem an zwei private Fernsehstationen, Pink und Košava, letztere gehörte der Tochter des Staatspräsidenten, Maria Milošević.

Die Geschosse hatten seitlich eingeschlagen, es brannte vom dritten Stock aufwärts. Wegen der gewaltigen Hitze flogen noch immer Glasscherben und große Blechtafeln, mit denen die Fassade verkleidet war, herum und gefährdeten die Feuerwehrleute. Peter machte seine Aufnahmen. Das gespenstische Licht von den Flammen, die immer wieder wild durch die Fenster aufloderten, zeigte die Menschen und Fahrzeuge mit seltsamen Schatten. Die Antennenanlagen waren heil geblieben und boten durch das Teleobjektiv ein surreales Bild. Alsbald schimmerte Morgenröte durch die schwarzen Rauchschwaden und verfärbte alles mit einem anderen, natürlicheren Rot, als es das Rot der Feuersbrunst war.

Besorgt fragte man sich, ob Menschen im Haus gewesen waren. Nein, stellte sich heraus, am Nachmittag waren alle evakuiert worden. Man hatte empfindliches Gerät weggeschafft. Jemand berührte Peter von hinten an der Schulter.

»Entschuldigen Sie, Kollege ...« Der Reporter der britischen BBC, mit dem sie Wachteln gegessen hatten. Im fahlen Morgenlicht erzählte er, der Schlag habe die Zentrale des staatlichen Fernsehens treffen sollen, den angelsächsischen Journalisten habe man das angedeutet, sie hätten protestiert, weil sie dort ihre Büros hätten, im Laufe der Nacht oft dort seien, man habe es für diesmal zur Kenntnis genommen, aber ihnen aufgetragen, sofort, also gestern, alles auszuräumen und nie mehr hinzugehen. »Für den Wahrheitsgehalt dieser Warnung kann ich nicht garantieren. Aber wenn Sie mich fragen, ist das Zentralgebäude in der Aberdar-Straße heute nacht an der Reihe. Ich gehe davon aus, daß Sie das weitersagen werden, aber, bitte, ohne Quellenangabe!«

Peter erzählte es Daria und fragte: »Wem sollen wir das mitteilen? Eine deiner Cousinen ist doch dort Ansagerin, nicht wahr? Hast du ihre Nummer?«

Alle hätten Angst, sagte die junge Frau. Sie hätten schon gestern gefürchtet, es werde bei ihnen einschlagen. Heute habe sie Nachtdienst. Wie viele Menschen während der Nachtschicht im Haus seien? Hundertfünfzig. Warum so viele? Es sei Krieg. Sie hätten den Direktor gebeten, bei Alarm das Gebäude verlassen zu dürfen. Er habe geantwortet, wem die Arbeit nicht passe, der solle kündigen. Ob man nicht aus Übertragungswagen senden könne? Natürlich könne man das, sie stünden bereit, aber die Chefs meinten, noch sei es nicht so weit. Es gebe auch geheime Sendeanlagen tief in den Bergen Zentralserbiens. Noch wolle man sie nicht benützen, um die Gegner nicht darauf aufmerksam zu machen. Eine ausgewählte Gruppe befinde sich längst dort. Nein, vielen Dank, zwar sei sie jetzt noch erschrockener, aber sie könne ihre Anstellung nicht riskieren, sie werde nichts machen, niemandem etwas sagen. Vielleicht werde der Angriff doch nicht gleich nach dem gestrigen auf das ehemalige Zentralkomitee erfolgen. Wenn diese Nacht vorbei sei, werde sie sich krankschreiben lassen. Anderen Kollegen diese Nachricht weitersagen, wolle sie auf keinen Fall. Wenn die Direktion es erführe, könnte man sie wegen Panikmache belangen. Und wozu den Leuten einen Schrecken einjagen, wenn sie doch ihren Dienst antreten müßten.

»Jetzt habe ich die arme, junge Frau nur vergeblich beunruhigt«, murmelte Peter. »Sie hat mehr Angst vor ihrem Direktor als vor der Luftarmada der NATO!«

Das Geschoß schlug kurz nach zwei Uhr morgens gezielt in den Teil des Gebäudes ein, in dem sich das Studio und die Zentrale für die Übertragungen befand. Es hatte zwar Fliegeralarm gegeben, aber da man auf ihn längst keine Rücksicht mehr nahm, kam die Explosion für alle Anwesenden wie aus heiterem Himmel.

Darias Cousine war sich Kaffee holen gegangen, wollte eigentlich gerade zum Studio zurück, wurde von einer Journalistin aufgehalten und stand mit dem Pappbecher in der Hand auf dem Gang, als es aufblitzte und das ganze Haus erzitterte. Sie schloß instinktiv die Augen, und als sie sie öffnete, sah sie durch den Qualm einige Meter vor sich einen brennenden Schlund. So stellten sich Kinder die Hölle vor. Erst danach bemerkte sie, daß sie blutete, aber es tat nicht weh. Sie floh in den Bürotrakt und mit anderen panischen Mitarbeitern durch einen Hinterausgang ins Freie. In einem Ambulanzwagen ließ sie sich den Arm verbinden, es war nur ein Kratzer von irgend etwas, was durch die Luft geflogen war.

»Ob ich erschrocken bin?« erzählte sie später. »Ich weiß nicht. Meine Reaktion war gesund, nämlich Flucht! Richtige Angst schüttelte mich erst, als ich draußen war und das brennende Studio sah, in dem ich gesessen wäre, wenn mich die Kollegin nicht aufgehalten hätte. Auf meinem Kleid waren mehr Kaffeespritzer als Blutflecken. Erst draußen fiel mir Mila ein. Von der Maske. Weiß jemand, ob sie sich gerettet hat?« Das wußte tagelang niemand.

Kurz nach zwei rief Niki wieder an, Peter solle schnell

kommen. »Willst du mit, Daria? Ist es nicht unheimlich so allein zu bleiben?«

»Mitfahren ist vielleicht noch schrecklicher. Aber pass auf dich auf!« Das sagte Daria jedesmal, wenn er in die stockfinstere, nur am Rande von Feuersbrünsten erhellte Stadt fuhr. Beten zu können, wie die alte Frau unten im Keller, wäre hilfreich gewesen, sie legte sich aber lieber die Karten. Dann mußte sie aber doch mit jemandem reden und rief Yvonne an.

»Meine Schlangen tanzen, wenn es losgeht, sie scheinen Freude an diesem Zirkus zu haben, das müßtest du einmal sehen, sie bäumen sich hoch und winden und schaukeln ihre schlanken Körper so seltsam, und ihre Zungen züngeln ...«

Auf der Straße gab es kein Durchkommen mehr. Peter lief, seine Ausrüstung schleppend, zu Fuß durch den Park, durch den man zum Eingang zu den Studios gelangen konnte, an der Kirche des heiligen Markus vorbei. Hinter ihr stand die Feuerwand. Das Gotteshaus war auch beschädigt. Seine Kuppel und dahinter der flammende Schein waren das erste Bild wert.

Mit den Beinen eingeklemmt zwischen dem Beton, hing ein Mann über dem Bombenkrater. Feuerwehrleute und Ärzte versuchten ihn zu befreien. Seine Schreie übertönten den Lärm der vielen Retter und das Zischen des Wassers aus den auf den Brand gerichteten Schläuchen. Man gab ihm Morphium, begann ihm in dieser Lage beide Beine zu amputieren. Peter war nahe genug an ihm dran. Solche Bilder hatte noch niemand auf der Welt gesehen. Als er sie später entwickelte, erschrak er noch einmal und gab sie niemandem. Dieses Leid durfte man nicht verkaufen. Wenn der Mann überlebt hätte, ihm hätte er sie gegeben, er starb jedoch noch während der Operation, über dem Feuer in der Tiefe hängend. Er mußte ohne seine eingeklemmten Beine begraben werden. Die wurden zusammen mit dem Schutt weggetragen.

Als Peter am Morgen zu Fuß in seinen sechsten Stock

hinaufging, heulten die Sirenen auf und gaben Entwarnung. Aus dem Keller kommend, an ihm vorbei in ihre Wohnungen laufend, grüßten junge Nachbarn fröhlich, als kämen sie von einer Party. Auch Marina. Die Sechzehnjährige wurde von Tag zu Tag hübscher.

Im Fernsehstudio hatte es sechzehn Tote gegeben. Techniker, Mechaniker, Regisseure, Elektriker, Kameraleute, Sicherheitsbeamte und Mila, die Kosmetikerin, die in der Maske gearbeitet hatte. Warum brauchte man in der Nachtschicht, in der nur ein Ansager und das auch nur im Notfall vor die Kameras gegangen wäre, eine Maskenbildnerin?

Mila war ein Kind der Television gewesen, Vater und Mutter seit langem im Sender angestellt. Das Mädchen blieb verschwunden. Die Eltern hofften, sie hätte sich, wie hundert andere Mitarbeiter, retten können, läge vielleicht verletzt in einem der Krankenhäuser. Sie suchten alle Spitäler nach ihr ab. War Ungewißheit schlimmer als die Todesnachricht? Dann wurde bei der Kirche des heiligen Markus ihre Hand gefunden. Nur ihre Hand. Eine schmale Mädchenhand, blutig abgetrennt vom Arm. Sie war über hundert Meter weit geflogen. Man erkannte sie am Ring, dem Geschenk ihres Vaters zur Matura. Einen Verlobungs- oder Ehering hatte sie noch nicht getragen. Nur die Hand konnte begraben werden, vom Körper des Mädchens wurde nichts gefunden. Von einigen anderen Toten überhaupt nichts. Bis zur Unkenntlichkeit waren sie im Feuer der Bombe verbrannt. Asche. Ihre Asche düngte den Park hinter der Kirche. Einige der getöteten Fernsehmitarbeiter wurden erst sechs Tage nach der Katastrophe begraben. Am Tag des Begräbnisses feierte Dragoljub Milanović, Generaldirektor des serbischen staatlichen Rundfunks, der jedem mit Entlassung gedroht hatte, der sich nicht der Todesgefahr der befürchteten Luftangriffe hatte aussetzen wollen, ausgelassen und mit viel Musik die Hochzeit seines Sohnes.

Peter hörte, man habe die Menschen mit Absicht geopfert. Jetzt glaubte man die NATO beschimpfen zu können, die soviel von Pressefreiheit redete und bewußt Journalisten und Mitarbeiter eines öffentlichen Mediums ermordete.

Der unbekannte amerikanische Pilot durfte stolz sein. Hoffentlich bekam er seine wohlverdiente Medaille. Und seine Beförderung. Mitten in einem dichtbewohnten Häusermeer hatte er genau das vorgegebene Ziel getroffen, wie im Manöver, wie im Videospiel. Dazu gehörte Mut. Nicht dieselbe Art von Mut, wie in einem Fernsehsender den Nachtdienst zu versehen, wenn man ahnte, daß er bombardiert werden würde, aber immerhin eine gewisse Art von Schneid. Wenn das Geschoß hundert Meter weiter weg in eine Mietskaserne eingeschlagen wäre, hätte es nicht sechzehn, sondern sechzig oder hundertsechsundsechzig tote Zivilisten gegeben. Wäre das zuviel gewesen? Wieviel ist *zuviel*? Hätte man den Piloten dann gerügt? Er hatte das Herz des Fernsehens getroffen, präzise getroffen, daß dort Menschen gewesen waren, was ging ihn das an? Ging ihn das etwas an? »Ein Sender von Lügenpropaganda«, sagte der Sprecher der NATO, »eine Giftküche.« Wer besaß das Monopol auf die Wahrheit, die *ganze Wahrheit* und nichts als die Wahrheit? Ein kleines Theater hatte der Pilot auch zerstört, eine Kathedrale beschädigt, Fernsehen, Kirche, Menschen, Theater, eine schmale Mädchenhand mit Ring vom Arm abgerissen, aber das war nicht sein Problem. Oder doch?

Tanzen auf dem Garagendach. Gras wuchert auch ohne Gärtner

Es klingelte. Daria ging auf Zehenspitzen zur Tür, denn Peter schlief nach einer anstrengenden Nacht. Marina von der Luftschutzkellergeburtstagsparty und noch zwei lustige Teenager. »Kommt rein, Kinder, aber leise …«

»Können Sie uns Tanzunterricht geben? Zahlen können wir leider nichts«, sagt Marina ernst. »Aber wir können Ihnen, zum Beispiel, den Müll ausleeren oder Erdäpfel schälen …«

Daria dachte an all die Ballettsäle, in denen sie gearbeitet hatte. Als Schülerin, Tänzerin, Lehrerin und Choreographin. Am längsten in ihrem ersten Theater mit dem Blick auf das rote Granitpflaster und den Springbrunnen. An das Vortanzen in Zagreb, Sarajewo und Skopje, an die vielen Städten in Deutschland und Amerika, in denen sie aufgetreten war, das Kindertheater in Bonn und die Met in New York und die Studenten in Kragujevac. Frühling in Belgrad. Frühling und Krieg. Stets nur wenige Stunden Pause zwischen Fliegeralarmen. Aber die Kinder aus der Nachbarschaft wollten etwas tun, um die Angst und die Leere der langen Tage und noch längeren Nächte zu überwinden.

Jemand schlug die Garage zwischen den Häuserblocks vor, aber der Raum zwischen den Autos war zu eng, die Luft zu stickig, das Licht zu schwach.

»Wir gehen auf das Dach, Kinder!«

Sie sagte »Kinder«. In den Theatern, in denen sie getanzt hatte, hatte sie die Intendanten und Choreographen am meisten geliebt, die »Kinder!« gesagt hatten, nicht »Kollegen!«, nicht »Damen an die Rampe, die Herren haben Pause!«. War sie kein Kind mehr, wenn sie »Kinder!« sagen durfte? Streng gerechnet hätten diese »Kinder«, diese hübschen jungen Mädchen, die schon mit dem Erwachsensein kokettierten, ihre Enkelinnen sein könnten.

Die Garage hatte ein Flachdach, das mit wenigen Treppenstufen bequem von der Straße zu erreichen war.

Mit drei Mädchen fing sie an. Daria legte eine Kombination aus Tai-Chi und Aerobic vor. Anfangs ohne Musik. Sie zählte nur laut. Dann kam ein Junge und fragte, ob er helfen dürfe, er könne trommeln. Ein anderer brachte einen großen Kassettenrecorder. Mehr Mädchen kamen auf das Garagendach, die Jungen standen herum und gafften. In den folgenden Tagen begann der eine oder andere mitzutanzen. War es Tanz? Sie lachten, strampelten, ruderten mit den Armen, hoben die Beine, drehten sich im Kreise, sprangen in die Luft, so hoch sie nur konnten, sie fühlten Gemeinsamkeit, sie wurden eins. Sie ließen sich vom unheildrohenden Geheul der Sirenen nicht unterbrechen. Es wurde wärmer, statt der dicken Hosen und Jacken kamen die Mädchen in luftigen Blusen und Shorts. Die kleinen Brüste hüpften unter dem dünnen Stoff.

Auf den Balkons saß man bequem und schaute zu. Plötzlich heulten die Sirenen auf. Das schreckliche Auf und Ab des markdurchdringenden Tones. Für einen Augenblick stand alles still. Jedermann in der Stellung, in der ihn der Alarm erwischt hatte. Wie im Ballett nach dem Höhepunkt der Musik. Eilig entfernten sich die Menschen von den Balkons in die Tiefe der Wohnungen, rannten vielleicht die Treppen hinunter in die Schutzräume. Und dann rief Daria: »Kinder, ich mache weiter! Drei, vier!« Und sie sprang mit erhobenen Armen. Alle machten mit.

Peter knipste und hatte schon eine gute Unterschrift für das Bild der Frau im grauen Trainingsanzug und ihren Sprung, im Hintergrund die Bäume, die von Kletterpflanzen überwachsenen Balkons, der Himmel von Belgrad. Schade, daß er das Aufheulen des Alarms nicht mitfotografieren konnte, denn dann wäre es erst perfekt für den Titel gewesen: »Die Tänzerin und der Krieg.«

Am nächsten Nachmittag fragte eine Nachbarin: »Ist das nur für junge Menschen, oder dürfen wir auch?«

»Jeder darf!«

»Du, Petruschka, ich glaube, nie im Leben habe ich etwas Nützlicheres gemacht!« Sie hatte über hundert Teilnehmer an diesen Tanzstunden.

In der zweiten Woche unterbrach sie ein Ruf von der Treppe zum Garagendach: »Känguruh!« Eine kleine, dicke Frau. Wieso kannte sie Darias Spitznamen aus der Ballettschule?

»Mach du weiter, Marina!« Marina war Darias Assistentin geworden. Erst als sie zwei Schritte vor der unerwarteten Besucherin stand, erkannte Daria das immer noch hübsche Gesicht: »Die Katze!«

Küßchen, Küßchen. »Wie schaust du aus?« »Was machst du?« »Woher hast du gewußt, daß ich hier bin?« »Gut schaust du aus!« »Du auch!« »Wie geht es deinem Mann?« »Und deinem?« »Du hast dich gar nicht verändert!« »Du auch nicht!« Gott, dachte Daria, habe ich mich in ihren Augen auch so schrecklich verändert wie sie sich in meinen? »Ein paar Kilogramm habe ich zugesetzt …« »Steht dir aber gut …«

Sie gingen in Darias Wohnung hinauf. Kaffee, Quittenschnaps. Die Katze war ihre Tochter holen gekommen, Judith. Die tanzte im Ballett des Belgrader Nationaltheaters. Wo das Känguruh und die Katze nie getanzt hatten. Judith hatte sich in einen Studenten der Elektrotechnik verliebt. Der war zwar mobilisiert worden, aber in Belgrad geblieben, in einer Radarstation der Flugabwehr. Judith wollte nicht weg. Also blieb die Katze hier. Und dann heulten die Sirenen wieder auf.

»Habt ihr hier einen Luftschutzraum?«

»Ja, aber ich gehe nie hinunter.«

»Die Männer in der Schweiz haben ihre Waffen und Kriegsausrüstung zu Hause, jeder kennt den Luftschutzraum, den er notfalls aufzusuchen hätte, die meisten sind atombombensicher, die Lebensmittelreserven müssen regelmäßig aufgefüllt werden, das wird streng kontrolliert, die Geldstrafen sind hoch, aber wir haben siebenhundert Jahre lang keinen Krieg geführt …« Die Katze sagte *wir*, und meinte damit *wir Schweizer*, obwohl sie Serbin war, die ja nach ihrem Aufenthalt in Frankreich nach Holland geheiratet hatte und mit ihrem Mann in die Schweiz gegangen war und deren Tochter sich in einen jungen Serben verliebt hatte und in der Belgrader Oper tanzte.

»Du hast wenigstens genug getanzt, Känguruh. Und choreographiert. Bist in der Welt herumgekommen …«

»Du doch auch!«

»In der Met habe ich nicht getanzt«, seufzte die Katze. »Aber mehr Männer als du habe ich bestimmt gehabt, und von ihnen habe ich auch immer mehr verstanden als du, das mußt du mir lassen …«

Daria begleitete ihre Freundin zum Taxistand. Niemand kümmerte sich darum, daß noch keine Entwarnung gegeben worden war. Eine Stunde war vergangen, aber auf dem Garagendach tanzte man noch immer. Marina stand vor der Gruppe, turnte und tanzte vor. Gras wuchert im Frühling augenscheinlich auch ohne Gärtner, dachte Daria und freute sich. Wieder zu Hause, hört sie Peter in der Dunkelkammer rumoren. Auf einmal fühlte sie sich sehr müde und legte sich auf die Couch. Als ihr Mann sie mit dem Plaid bedeckte, machte sie nicht einmal die Augen auf. Wie im Traum hörte sie: »Willst du nicht die Fotos anschauen? Sie sind irgendwie seltsam geworden, nicht?« Das Garagendach im Großformat. Daria in Pose. Auf einem anderen Foto im Sprung. Hinter ihr das Hochhaus mit den Balkons. Mit leeren Balkons. Aber auf einem schwebt ein Glas Bier in der Luft, als würde es von einer unsichtbaren Hand gehalten. Vor ihr nichts. Nichts, ein gähnendes Nichts.

»Hast du nicht fotografiert, als die Leute mitgetanzt haben?

»Habe ich. Das ist ja das Komische!«

»Und wo sind sie?«

»Schau dir die anderen Fotos an!«

Auf einem scheint Daria mit jemandem zu sprechen. Aber sie spricht in die Luft. Ihr Gesichtsausdruck deutet auf einen Partner hin, dem sie sich zugewandt hat, da ist aber keiner. Auf einem anderen steht Daria mit ausgebreiteten Armen, als hielte sie links und rechts von sich jemanden umarmt. Ihre Arme hängen in der Luft, als wären sie auf fremde Schultern gestützt. Die Schultern sind auf dem Bild aber nicht zu sehen.

»Wieso sieht man auf deinen Fotos keine Menschen außer mir?«

Peter zuckt die Achseln.

»Dafür gibt es nur eine Erklärung!«

»Und die wäre?« fragt Daria mit ängstlicher Stimme.

»Du weißt es.«

»Die anderen sind Nichtlebende! Es gibt sie, aber sie leben nicht. Ich habe Toten vorgetanzt.« Sie schluchzt, zittert am ganzen Körper, wird plötzlich gerüttelt, was ist das? Bomben? Ein neues Erdbeben? Rufen sie die toten Tänzer zu sich?

»Wach auf, um Himmels willen, wie kann man am hellichten Tag so fest schlafen? Du mußt etwas Schlimmes geträumt haben, du hast im Schlaf so schrecklich geweint!«

Die Sterndeuterin

Leila besuchte mit Daria die Ballettschule. Man hielt sie für die schönste Elevin. Wie konnte man Schönheit messen? Spieglein, Spieglein an der Wand, wer ist die Schönste im ganzen Land? Sicher war Leila nicht die fleißigste, auch nicht die begabteste Ballettratte, aber das Publikum wollte auf der Bühne schöne Mädchen sehen. Madame Nina sagte nie, daß Schönheit wichtig sei, jedoch, »auf das Exterieur kommt es auch an!«. Zu schönen Mädchen war sie strenger als zu anderen, aber sie entfernte sie nicht aus der Schule wie die verwöhnten Gören aus den sogenannten gutbürgerlichen Familien.

Die Schule zu verlassen war Leilas eigener Entschluß. Sie begriff schon mit siebzehn, daß man mit ihrem *Exterieur* andere, bequemere Möglichkeiten hatte, zu Geld und Ansehen zu kommen, als auf den Bühnenbrettern. Trotz des Verbots der Schulleitung nahm sie an einem Schönheitswettbewerb teil und wurde prompt *Miss Jugoslavija*. Als Modell hatte sie Erfolg. Für eine Filmkarriere erwiesen sich ihre Reize allerdings als ungenügend. In einem einzigen Film spielte sie eine kleine Rolle, füllte danach die Spalten der ersten in Jugoslawien erscheinenden Klatschzeitschriften mit heftigen Liebesaffären, in die auch einige aufstrebende Politiker verwickelt waren.

Inzwischen hatte Leila eine neue Karriere begonnen. Sie war Astrologin und Wahrsagerin. Sterndeuterin. Ruth hatte ihre Telefonnummer. Daria rief die ehemalige Schönheitskönigin an. Sie verabredeten sich und setzten sich an einem schon sommerlich warmen Vormittag vor das Kaffeehaus Zum Russischen Zaren im Stadtzentrum. »Glaubst du wirklich an die Möglichkeit, Sterne zu deuten?«

»Das weiß man doch seit Babylon! Natürlich bin ich

überzeugt von der Möglichkeit, die Zukunft und das Schicksal aufgrund der Konstellationen von Sternen, Planeten und Mond zu erklären. Meine Zweifel betreffen meine Fähigkeit, die Beziehungen richtig zu erkennen, ich fürchte mich vor Fehlschlüssen, die bei meinen Klienten falsche Reaktionen erzeugen könnten.«

Daria hörte aufmerksam zu. Alles war ihr recht, was von Krieg, Bomben, der nächsten Nacht ablenkte. Astrologie sei kein Aberglaube, sondern Kunst und Wissenschaft zugleich. Sie stehe nicht im Widerspruch zum Christentum, die Offenbarung des Johannes beruhe auf Sternenmystik, letztlich habe Gott, der Herr, die Himmelskörper geordnet und ihre Beziehungen zu dem Schicksal jedes einzelnen bestimmt.

»Soll ich dir dein Horoskop machen? Zum halben Preis?«

Nein, das wollte Daria nicht. Aber, fragte sie, könne man voraussagen, wo Bomben einschlagen würden? Dafür fehlten die Voraussetzungen, erklärte die Wahrsagerin, theoretisch sei es denkbar, praktisch undurchführbar. Wenn man die Horoskope der Piloten und der Menschen, die den Angriffen ausgesetzt seien, erarbeiten und miteinander vergleichen könnte, wäre es nicht ausgeschlossen. Weil man so viele Horoskope konfrontieren müßte, würde man ein entsprechendes Computerprogramm brauchen, aber das gebe es noch nicht, Programmierer glaubten nicht an Astrologie und beschäftigten sich deshalb nicht mit dieser Wissenschaft. Wissenschaft, betonte Leila.

»Ich lege mir manchmal die Karten«, sagte Daria nach einer kleinen Pause. »Du würdest dich wundern, wie oft sie recht haben, die Karten …«

»Nein, nein. Wie die Karten fallen, ist reiner Zufall. Die Sternenbahnen jedoch drücken einen ewigen Willen aus!«

An Leilas Armen klimperte viel Gold, an den Fingern glänzten Edelsteine. Sie gab zu, daß sie mit ihrer Tätigkeit gut verdiente. »Ich habe mir immer das notwendige Kleingeld verschaffen können. Was soll daran verwerflich sein?«

Schlimme Zeiten bedeuteten für ihre Zunft Konjunktur. Das bildhübsche, oberflächliche Mädchen war zu einer reifen, gutaussehenden Frau geworden.

»Hast du dir auch dein eigenes Horoskop gemacht?«

»Ja. Leider!« Eine Handbewegung wischte die Sorgen beiseite. Ob Leila nicht in Wien für die dort lebenden Jugoslawen tätig werden könne? Wenn Daria das einfädeln könnte, würden für sie Prozente herausspringen. Daria antwortete, sie verkehre kaum mit Landsleuten, lebe mit ihrem Mann sehr zurückgezogen.

»Ich habe ihn früher ganz gut gekannt. Er hat mich oft fotografiert!«

Daria zuckte zusammen. Ein Anflug von Eifersucht? Sie hatte Peter gegenüber erwähnt, mit wem sie Kaffee trinken würde, aber er hatte nichts dazu gesagt, nicht einmal, daß er Leila kenne.

In der folgenden Nacht fielen verirrte Raketen und Bomben auf ein Wohnhaus in Bulgarien, auf einen Acker in Ungarn und vor der italienischen Küste ins Meer.

Ein Stadtteil von Novi Sad drohte zu ersticken, Splitterbomben töteten Menschen in Niš. In Belgrad verkehrten weniger Autos und Busse. Der Treibstoff war knapp geworden. Man fuhr mit dem Fahrrad oder rollte auf Skateboards, die man sich bei seinen Kindern ausgeborgt hatte, zur Arbeit.

In der achtunddreißigsten Nacht erzitterte ihre Wohnung im sechsten Stock, und die Fenstergläser klirrten. So stark hatten sie noch keine Explosion gespürt. Sofort danach rief Niki wieder an, er komme Peter abholen. Mitten im Stadtzentrum waren die einander gegenüberliegenden Hochhäuser des Verteidigungsministeriums und des Generalstabs getroffen worden, nun brannten sie. Kein Mensch, kein Diensthabender in den beiden Häusern, keine Schildwache davor, war zu Schaden gekommen, kein Blatt Papier mit den Möbeln und Teppichen verbrannt, denn längst war alles Wichtige evakuiert worden. An der Straßenkreuzung zwischen den beiden Gebäuden war ein Auto vor dem Rotlicht stehengeblieben. Die Verkehrsampeln funktionierten auch während des Fliegeralarms in der verdunkelten Stadt, blinzelten die seltenen Passanten vertraulich mit ihrem Rot und Gelb und Grün an, als wollten sie sagen: Keine Sorge, alles ist nur halb so schlimm! Durch die Luft fliegende Betonbrocken zertrümmerten den Wagen und erschlugen die drei Zivilisten.

Peter fotografierte das Autowrack, der aufgewirbelte Staub nahm ihm den Atem. Eine neue Rakete schlug in das schon getroffene Ministerium ein. Der Fotograf wurde vom Luftdruck auf das Pflaster gepreßt, fühlte die kalte Straßenbahnschiene an seiner Wange, wußte nicht sofort, wo er war und was die eiserne Berührung bedeutete.

»Bist du verletzt?« Niki versuchte Peter mit der rechten Hand aufzuhelfen, in der linken hielt er sein Funktelefon.

»Ich glaube, ich bin heil. Eine Kamera anscheinend auch. Die andere ist hin …«

Peter humpelte hinter Niki her. Der Wagen, weit genug weg geparkt, war unversehrt. Eine weitere Rakete war in einem Wohnviertel eingeschlagen. Alte, windschiefe Häuser. Der Sprengkörper war tief in das Erdreich eingedrungen und hatte eine Hauptader der Wasserleitung beschädigt, die steil bergab führende Gasse hatte sich in einen reißenden Bach verwandelt. »Ist das normal, daß man nach zehn Minuten dasselbe Ziel noch mal anvisiert wie dort beim Generalstab? Die müssen doch davon ausgehen, daß inzwischen Rettungsmannschaften an der Arbeit sind …«

»Nichts ist normal in diesem Krieg!«

Daria versorgte seine Kratzer. Sie hatte diesmal vergessen, Peter ihr *»Pass auf dich auf!«* zuzurufen, bevor er in die Nacht gelaufen war. Bald schliefen sie ein. Eine Explosion, Peter beschwichtigte: »Da hat einer die Schallmauer durchbrochen!« Aber dann wurden sie davon geweckt, daß das Haus wackelte. Es war kein Traum, das Hochhaus schwang hin und her. Peter rannte in die Küche, weil sie nur dort eine Hängelampe an der Decke hatten. Die Lampe schaukelte auf und ab. Ein fahler Morgen ließ Rauch über dem Stadtzentrum erkennen. Im verknitterten Pyjama kam Daria in die Küche gelaufen: »Was ist das?«

»Das war ein Erdbeben! Das hat uns noch gefehlt! Weißt du übrigens, wie schön und jung du aussiehst mit deinen staunenden, erschrockenen Kinderaugen?«

»Mein Exterieur entspricht dir immer noch?«

Zwanzig, dreißig Meter vom Haus entfernt standen die Nachbarn im kleinen Park und schauten zu ihnen hoch, winkten, sie sollten sich doch retten, schnell herunterkommen.

»In Skopje war das Erdbeben viel schlimmer«, sagte die Tänzerin. »Und die Bombenangriffe auf Belgrad, die ich in meiner Kindheit erlebt habe, waren schrecklicher als diese. Und wie ich auf dem Igman durch den Kugelhagel gerannt bin ... Bebt es wieder?«

»Bestimmt nicht stärker als das erste Beben. Wir können ins Bett gehen ...«

»Leila hat gesagt, du hast sie früher oft fotografiert. Davon hast du mir nie etwas erzählt, Petruschka!« sagte sie vorwurfsvoll. »Warum?«

Die Tänzerin wurde sich auf einmal dessen bewußt, daß sie alle in Gefahr waren, nicht nur Zuschauer, sondern Bestandteile des Horrors. Das nächste Mal weckte sie ein seltsames Zischen. Es war noch immer nicht ganz hell.

»Was ist das schon wieder?«

Peter mußte lange lauschen, bevor er lachend erklärte:

»Die Straßenreinigung. Die waschen die Straßen. Wir erschrecken jetzt schon vor jedem Laut ...« Und dann schliefen sie durch bis Mittag.

Der Tod erscheint in vielen Gestalten

In Belgrad fiel immer öfter der Strom aus. Dann gab es in den höher gelegenen Etagen kein Wasser. Die NATO warf Graphitstreifen auf Fernleitungen, bombardierte Kraftwerke und Transformatorenanlagen. Ein Sprecher in Brüssel erklärte: »Wenn wir wollen, können wir das Licht in Serbien auspusten!« Die Begründung war, militärische Anlagen und die Computer der Luftabwehr sollten gestört werden, aber die hatten eigene Aggregate, waren von der normalen Stromversorgung unabhängig.

Eine alte Frau erhängte sich im Badezimmer ihrer Wohnung im zwölften Stock des Hochhauses, in dem Daria und Peter wohnten. Ihr gelber Hund war den Bewohnern auf die Nerven gegangen, weil er pausenlos geheult hatte. In den Keller hatte er nicht gedurft, obwohl sich alle Kinder im Hochhaus für ihn eingesetzt hatten. Sein Frauchen war zu Fuß in den Keller gerannt, weil sie sich vor den Bomben gefürchtet hatte, hinauf, um den Köter zu beruhigen, und mit ihm wieder hinunter, weil er ja hinausgemußt hatte. Ihre erwachsenen Kinder wohnten in einem anderen Stadtteil, kamen selten. Benachrichtigt von ihrem Freitod, sagten sie nur: »Das hätte sie uns nicht antun dürfen! Was machen wir jetzt mit dem Vieh?« Sie setzten den hungrigen, nur noch winselnden Hund in ihr großes Auto, fuhren ihn zwanzig Kilometer vor die Stadt und jagten ihn auf ein Feld hinaus. Dann begruben sie ihre Mutter.

Während der sechsundsiebzig Tage des Luftkrieges hatten sich in Belgrad sechsundneunzig Personen das Leben genommen. Mehr Frauen als Männer. Am Morgen nach dem Freitod der alten Dame vom zwölften Stock sagte Daria:

»Ich habe etwas Schreckliches geträumt!« Schnell stand Peter auf und umarmte seine Frau. Er dachte, der Tod der

Nachbarin oder das Schicksal ihres Hundes hätte sie aufgeregt und im Schlaf nachgewirkt.

»Ich habe geträumt, daß ich im Theater Cancan tanze. Ich werfe die Beine hoch, bin gut in Form, und dann fällt mir plötzlich ein, daß ich vergessen habe, mein Höschen anzuziehen. Das Publikum starrt mir zwischen die Beine, und ich weiß nicht, soll ich abbrechen oder weitertanzen … Du, ich habe mich so geschämt! Ich schäme mich immer noch …« Die Ängste des Bühnenlebens saßen tiefer im Herz der Ballerina als alle realen Ereignisse.

Daria ging zum Bauernmarkt. Daria ging zum Metzger. Daria kaufte und kochte, hatte alte Kochbücher gefunden, in die sie bisher noch nie hineingeschaut hatte, prüfte, welche Gewürze sie besaß, improvisierte. Sie machte weiterhin jeden Tag regelmäßig ihre Übungen, hielt sich am Bücherregal fest, als wäre es die Stange im Ballettsaal, schaute auf die Dächer des Belgrader Stadtteils Voždovac und die Laubbäume, die mit sattem Grün den baldigen Sommer anmeldeten. Dazu spielte vom Tonband die Musik, die sie gewöhnt war. Immer wieder Chopin. Die gleichen Pliés, die gleichen Armbewegungen, Bauch einziehen, Kinn hoch, fuchtle nicht mit den Armen, hebe sie langsam … Jahrzehntelang dasselbe. Ein Tag ohne Training war unvorstellbar. Das war der Beweis, daß sich nichts verändern konnte, nichts!

Eine Klinik hatte einige Volltreffer abbekommen. Sie lag neben den Kasernen der Garde, die das Ziel gewesen waren. Auf dem Gelände mit Mannschaftsunterkünften, Magazinen, Garagen für Panzer und Übungsplätzen befanden sich kein Mann, kein Fahrzeug, keine Munition, keine Waffen, kein Gerät, nur sieben Soldaten als Wache, die Weisung hatten, dicht an der Mauer zur Klinik auszuharren. Die vermeintliche Sicherheit durch die Nähe des Krankenhauses wurde ihnen zum Verhängnis. Sechs starben sofort, der siebte erlag einige Tage später seinen Verletzungen. Der Tod der Gardisten wurde nicht gemeldet, die serbischen Medien berichteten, die NATO greife absichtlich Krankenhäuser und Entbindungsanstalten an.

Die Neurologie gab es nicht mehr. Die Gynäkologie stand in Flammen. Eine Geburt mußte unter brennendem Dach zu Ende geführt werden. Als Peter ankam, war die Evakuierung aus den zerstörten Gebäuden im Gange. Es schien wie ein Wunder, daß es nur drei Tote und etwa vierzig Verletzte gab, die meisten hatten Schnittwunden von den herumfliegenden Splittern der zerborstenen Fenster.

Der Bombenangriff, es war schon der zweite auf eine Klinik, habe einen bedauerlichen Kollateralschaden zur Folge gehabt, die NATO entschuldigte sich, betonte allerdings, sie werde nicht mehr für jeden kleinen Fehler ihr Bedauern ausdrücken. Ein halbes Dutzend Tote oder mehr seien ein kleiner Fehler. Man erklärte, vom militärischen Standpunkt aus gesehen, sei ja Bewundernswertes geleistet worden. Theoretisch habe man zwanzig Prozent Fehler erwartet, es seien aber kaum fünf.

Daria stand allein auf ihrem Balkon und beobachtete wieder einmal das Feuerwerk des Luftkrieges. Sie hatte keine Angst mehr. Zumindest keine Heidenangst. Sie hatte nicht das Bedürfnis, sich in einen Schrank oder unter dem Bett zu verkriechen. War sie nach den Erlebnissen in Sarajewo ein anderer Mensch, erwachsen geworden? Schlimm, nicht zu wissen, wo Peter war. Wenn er einfach nicht zurückkäme! Fotografieren zu gehen und von einer Bombe getroffen zu werden … Früher hatte sie sich so oft grundlos gefürchtet, viele schlaflose Nächte zitternd verbracht. Aber jetzt …

»Sie haben für ihren Krieg keine Ziele mehr«, sagte Peter. »Entweder greifen sie mit Bodentruppen an, und ich glaube, das können sie sich nicht leisten, oder sie beginnen mit Flächenbombardements der Städte, die Tausende von Todesopfern fordern werden, dann wenden sich ihre eigenen Medien gegen sie. Oder die NATO verliert den Krieg, und das ist unmöglich. Deshalb wird bald Frieden geschlossen.«

Der Oberst, Chef der Pathologie im Militärspital, ließ seine junge Kollegin in den Seziersaal rufen: »Ein seltsamer Fall. Tote junge Frau, keine Fremdeinwirkung. Festzustellen ist die Todesursache. Vielleicht ein Schock? Sie war allein in ihrer Wohnung, die von Bomben beschädigt wurde …«

Viktoria deckte das Tuch auf. Auf dem Metalltisch lag eine nackte, schöne Frau, und für einen Augenblick, nur für einen kurzen Augenblick, zuckte die Ärztin entsetzt zurück, faßte sich aber schnell, als wäre dies eine Prüfung, es war wohl auch eine Prüfung, der Oberst wollte sehen, was sie gelernt hatte. Sie legte ihre Hand im Gummihandschuh auf die glatte, hohe Stirn unter dem kurzen, schwarzen Haar: »Sehr wohl Fremdeinwirkung, Herr Oberst! Schlangenbiß. Von einer Vipera ammodites. Da!« Zwei rote Punkte oberhalb der Ferse. Erst jetzt taumelte Viktoria, machte drei Schritte rückwärts, lehnte sich an die Wand, tastete sich zu einem Stuhl.

»Was haben Sie, Kollegin? Es ist doch nicht Ihre erste Leiche!«

»Sie ist … sie war meine Nachbarin.«

Nachdem er der jungen Pathologin ein Glas Wasser gereicht hatte, schaute sich der Chefarzt die Leiche an. »Brillanter Befund aus dem Stegreif. Kompliment! Und woher wollen Sie sogar wissen, welche Schlangenart es war?«

Viktoria erzählte, die junge Frau habe in der pharmazeutischen Industrie in Torlak gearbeitet, Abteilung Schlangenserum. Und sie habe zwei dieser Reptilien zu Hause gehabt. Der Oberst fügte hinzu, im Bericht stehe tatsächlich, die Fenster der Wohnung seien vom Luftdruck eingedrückt worden, da habe es viele Scherben gegeben, nicht nur von den Fensterscheiben, wahrscheinlich auch von einem Glaskasten, aber keine Schnittwunden.

»Nein, nein! Das war kein Kasten, es war ein Terrarium. Ich habe ihn ja oft genug gesehen. Und die beiden Schlangen!«

»Aber wenn sie in Torlak gearbeitet und Giftschlangen

zu Hause gehalten hat, muß sie doch auch ein Serum gehabt haben, oder? Warum hat sie sich keines gespritzt? Was für eine Idee, Nattern im Haus zu halten wie Pudel?«

»Vipern, Herr Oberst, keine Nattern, sondern Vipern!«

Viktoria sagte, man müsse Yvonnes Firma benachrichtigen. Wer weiß, wo sich die beiden Schlangen verkrochen hatten. Endlich wieder frei, Kinder spielten in den Grünanlagen! Experten sollten die Vipern einfangen. Über die Freundin sagte sie, sie sei mit ihrem Vater zerstritten gewesen, habe ihn wegen seiner Scheidung von ihrer Mutter verachtet. Der junge Ehemann sei viel unterwegs gewesen, manchmal tagelang weg, habe Verhältnisse mit anderen Frauen gehabt, es sogar unumwunden zugegeben und gemeint, ihr eigener Vater tue es doch auch. Die Freundin habe mit den Reptilien umgehen können.

»Für sie war das, wie wenn wir mit Leichen hantieren. Tut ja auch nicht jedermann!« Ein Unfall sei unwahrscheinlich. Das zerbrochene Terrarium mochte ausschlaggebend gewesen sein. Sie wollte wohl nicht mehr und ließ ihre gefährlichen Lieblinge gewähren. Selbstmord. »Mir geht es wieder gut, Herr Oberst. Lassen Sie bitte mich den Tod durch Vergiftung nachweisen. Als letzten Dienst an der Freundin ...«

»Was uns dieser Krieg noch alles bringen wird ... Tod durch Schlangengift ... in der Militärpathologie nach einem Bombenangriff ... Nie sentimental werden, Kollegin, nie sentimental werden, sonst beginnen Sie zu saufen oder Drogen zu nehmen. Wäre schade um Sie. Unsereins droht nicht nur Blutvergiftung. Seelenvergiftung auch, falls Sie einen Terminus wie Seele in unserem Geschäft überhaupt für zulässig halten, denn Rudolf Virhow hat doch gesagt, er habe Tausende von Leichen seziert, sei aber nie auf eine Seele gestoßen ...« Der Tod erscheint in vielen Gestalten.

Bewegung verflüchtigt sich. Stillstand hat Bestand

Dank dem Satellitenfernsehen war man überall Teil der ganzen Welt. Auch in Belgrad unter den Bombengeschwadern der NATO. Peter bestand nicht mehr darauf, nur Nachrichten zu hören und zu sehen. Es gab auch gute Filme im Fernsehen. Wenn sie nicht gut waren, waren sie wenigstens interessant. Wenn sie nicht einmal interessant waren, flatterten sie bunt über den Bildschirm, zeigten schöne Mädchen, schöne Männer, schöne Autos, schöne Häuser, schöne Landschaften und lenkten ab.

Auch auf dem Bildschirm wurde geschossen, mit Messern geworfen, mit Beilen erschlagen, vergiftet, vergewaltigt und betrogen. In Kino und Fernsehen wurde auch Krieg geführt, aus Kanonen gefeuert, bombardiert. Aber es war nur ein Lichtspiel. Licht und Spiel, Spiel mit Licht und mit Dunkel natürlich auch. Man mußte nicht zusammenzucken, wenn Planeten einander den Krieg erklärten, wenn ganze Städte abgefackelt wurden. Man mußte nicht darüber nachdenken, ob als nächstes das eigene Haus an der Reihe war. Man mußte nicht, aber man konnte.

Wenn Bilder über vertriebene Albaner in ihren Auffanglagern in Mazedonien erschienen, ihre schrecklichen Berichte über Mord, Vertreibung und Vergewaltigung gesendet wurden, konnte man bequem auf einen anderen Sender umschalten. In Belgrad konnte man während des Krieges über dreihundert ausländische Sender empfangen. Wenn man eine Schüssel für den Empfang per Satellit hatte. Und elektrischen Strom. Oder einen Akkumulator. Jedenfalls vergingen die Bombennächte schneller, wenn es auf der Mattscheibe flimmerte und man nicht nur aus dem Fenster auf den Himmel schauen mußte.

Es gab fast überhaupt kein Wasser mehr. Bäckereien und Krankenhäuser wurden aus Zisternen versorgt. Würde es bald kein Brot mehr geben? Daria und Peter putzten sich die Zähne mit Mineralwasser.

Am 2. Juni kamen der bullige Russe Tschernomyrdin und der nicht viel schlankere, hinkende Finne Athisari nach Belgrad. Abends um sechs begann ihr Gespräch mit Milošević. Eine ruhige Nacht für die Hauptstadt, aber andere Teile Serbiens wurden weiter angegriffen. Daria und Peter gingen spazieren. Linden dufteten. Freilich, wenn sie an den Mülltonnen vorbeigingen, stank es, sie wurden selten geleert und quollen über. Manchmal wühlten Menschen im Müll, suchten nach eßbaren Abfällen.

»Ich schäme mich«, sagte Daria leise und hakte sich fester ein.

»Du? Wieso du?« antwortete Peter lauter. »*Die* sollen sich schämen!«

»Weil wir verschont worden sind!« Und nach einer kleinen Pause kam ihre Frage noch leiser: »Wer genau? Wer soll sich schämen?«

Am 3. Juni wurden die Verhandlungen mit Milošević fortgesetzt, um halb eins die Ergebnisse dem Parlament vorgelegt, hundertvierunddreißig Abgeordnete stimmten für den Frieden, sechsundsiebzig Abgeordnete dagegen, sie sagten, es sei eine Kapitulation. Die internationalen Unterhändler flogen um 14.18 Uhr aus Belgrad ab. Die Nacht war ruhig. Die Menschen um so unruhiger. Am nächsten Tag verbreitete sich das Gerücht, bevor Milošević nachgegeben habe, habe Tschernomyrdin einen Wutanfall bekommen und mit beiden Händen Kaffeetassen, Obstschüsseln, Kristallgläser und Wasserflaschen vom Tisch gefegt, »Serbien wird wie diese Tischplatte aussehen, wenn du jetzt nicht sofort nachgibst!«

War das das Ende des Krieges? Noch wagte niemand, sich zu freuen. Früh am Morgen des 5. Juni gab es in Belgrad Alarm, um sechs Entwarnung. NATO-Generäle und hohe Offiziere der jugoslawischen Armee nahmen Verhandlungen an der mazedonischen Grenze in einem Wirtshaus auf, das Europa hieß. Die Nachrichten waren widersprüchlich. Die NATO fordere zuviel. Die jugoslawische Armee gebe nicht nach. Gehorchte sie noch? Wollte sie weiterkämpfen? Wer war der große Spieler, der alle Fäden in der Hand hielt, an denen die uniformierten Puppen zappelten?

Die feindlichen Flieger blieben vorerst in der Luft. Alarm, Entwarnung, Alarm, Entwarnung. Belgrad wollte, daß zuerst der Sicherheitsrat in New York eine Resolution verabschiedete, dann erst sollte das militärisch-technische Abkommen unterzeichnet werden. Rußland und China unterstützten diesen Ablauf. Während es im Riesenglaskasten der UNO in New York um Prestige und Diplomatie ging, zitterten Serben und Albaner weiter um ihr Leben. Am 8.Juni frühmorgens, am siebenundsiebzigsten Tag der ersten Luftangriffe der NATO seit ihrer Gründung, geführt gegen ein kleines, europäisches Land, glitten wieder Raketen über Belgrad, zwei schlugen in Pančevo ein, in Novi Sad brannte erneut die Raffinerie, auf eine Wohnsiedlung, die im Volksmund Schanghai genannt wurde, fiel eine Bombe. Ein Toter, sieben Schwerverletzte. Waren es die letzten in diesem Krieg?

»Es könnte eine wichtige Nacht in unserem Leben werden«, sagte Peter. »Als der Zweite Weltkrieg zu Ende ging, waren wir beide noch zu jung, um zu spüren, was das bedeutete!«

Am 8.Juni verhandelten die Außenminister Rußlands und der sieben wichtigsten westlichen Länder in Köln. Peter versuchte anhand des Gesichtsausdrucks der Politiker, die an den Fernsehkameras vorbeihuschten, festzustellen, wie die Stimmung war: »Schröder hat eine fröhliche Grimasse aufgesetzt, und er ist kein besonders guter Schauspieler, er ist wahrscheinlich tatsächlich in optimistischer Stimmung ...«

Im Fernsehen wurde das Fußballspiel Jugoslawien gegen

Malta auf der Mittelmeerinsel gezeigt. Jugoslawien siegte 4:2. Aber wer würde schon Malta mit den neunzehn Mitgliedsstaaten der NATO vergleichen?

In der Nacht zum 10.Juni bellte in Belgrad noch die Flak, aber aus dem Kosovo zogen schon Kolonnen jugoslawischer Panzer Richtung Norden ab. Im Gefolge die Trecks der Flüchtlinge. Diesmal serbischer Flüchtlinge. Die Luftangriffe wurden eingestellt. Um vier bestätigte Milošević den Frieden.

Peter und Daria fuhren ins Stadtzentrum. Es war ein schöner Sommerabend. Sie hatte ein leichtes Kleid an, das lustig um sie schwang, wenn sie die Hüften bewegte, wie es nur Tänzerinnen können, und eine Kette aus großen, blauen Kunstperlen um den Hals. Beide dachten an Filme vom Ende des Weltkriegs, Freudenausbrüche in Paris, Stürme der Entzückung in Amerika, grenzenlose Begeisterung selbst im kühlen England, aber finstere Gesichter zwischen den Ruinen der Städte in Deutschland. Auch in ihrer eigenen Erinnerung war das Ende des Weltkriegs ein Siegestaumel gewesen. Daria hatte auf ihren Vater gewartet, der rote Stiefel hätte mitbringen sollen. Eigentlich wartete sie immer noch auf ihn.

Die ganze Stadt jauchzte, als hätte man gesiegt. Alle in Belgrad registrierten Autos schienen unterwegs zu sein und zu hupen. Die Stimmung war wie nach einem erfolgreich beendeten Fußballspiel, nach einer gewonnenen Europameisterschaft. Manchmal hob der Fotograf seine Kamera, meist ließ er sie wieder sinken, weil er mit dem Motiv unzufrieden war. Deshalb fragte er Passanten, um sie anzuregen:

»Glauben Sie, daß es uns jetzt besser gehen wird?«

»Gewiß! Hauptsache, daß keine Bomben mehr fallen!«

»Glauben Sie, daß der Kosovo für Serbien erhalten bleibt? Die alten Klöster?« provozierte Peter. »Die Wiege des Serbentums?«

»Hauptsache, daß keine Bomben mehr fallen!«

»Ich könnte die Leute fragen, ob sie nicht wüßten, daß

man den Kosovo auch billiger hätte verlieren können, ohne Hunderte oder Tausende von Toten, ohne das Land zerstören zu lassen, aber man würde mich vermutlich lynchen ...« flüsterte er seiner Frau ins Ohr. »Die lassen sich ihre Freude nicht verderben und wiederholen nur bis zum Überdruß, *Hauptsache ist, daß keine Bomben mehr fallen!* Daß keine Bomben mehr fallen und sie noch immer leben, empfinden die meisten als Sieg!«

Ein einziger junger Mann sagte, er sei enttäuscht. Warum habe man nicht noch zwei, drei Wochen durchgehalten? Was wäre geschehen, wenn die NATO eingesehen hätte, daß sie nichts erreichen konnte? Die harte, verbitterte, aber nicht unschöne Miene mit den schmalen, etwas verächtlich heruntergezogenen Lippen war das charakterstärkste Gesicht, das Peter in seinen Kasten bekam.

Novak lud zum Abendessen ein. »Nein, nein, nicht um das Ende des Krieges zu feiern, sondern nur weil es jetzt langsam ruhiger wird und ihr beide bald abfahrt ...« Natürlich sei der Kosovo nicht verloren, dozierte Novak, das garantiere die Resolution des Sicherheitsrates, die man mit der Hilfe Moskaus durchgesetzt habe. »Wir werden bald zurückkehren. Erst muß Rußland erstarken ...« Als Peter den Mund aufmachte, um seine Einwände vorzubringen, trat ihn Daria gegen das Schienbein, und er ließ es bleiben.

Daria zauderte, bevor sie Alexandra, das Hühnchenhirn, anrief, was, wenn der Sohn noch nicht zurückgekehrt war? Aber als sie sich meldete, hörte sie sofort an der Stimme und dem Lachen, daß alles in Ordnung war: »Ja, seit vorgestern ist er wieder da! Mager, ernst, sehr schweigsam, aber heil ist er und da! Da, da, da!« rief sie jauchzend, und Daria dachte an den Nachmittag, als sich vor so vielen Jahren diese heute besorgte Mutter eines erwachsenen Sohnes, damals eine bildschöne, sehr junge Ballerina, wegen Pornoaufnahmen fast aus dem Fenster des Probensaals auf das Granitpflaster des Marx-und-Engels-Platzes gestürzt hätte.

Leila, die frühere Schönheitskönigin und aktive Wahrsagerin, wurde von ihrem Freund aus Eifersucht niedergeschossen. Er war früher Oberst gewesen und erklärte dem Untersuchungsrichter: »Als ich sie zum ersten Mal sah, wußte ich, das ist die Frau meiner Träume. Erst war es Freundschaft, dann eine emotionelle Verbindung. Meine große, einzige Liebe. Für sie war ich einer unter vielen …«

»Warum haben sie sie ermorden wollen?«

»Das wollte ich nicht. Nur drohen wollte ich … Ich wußte gar nicht, daß die Pistole geladen war …« Sie hatte Horoskope erstellt und Schicksale gedeutet, er hatte die Uniform ausgezogen und die geschäftlichen Angelegenheiten erledigt. Dann hatte sie ihn nicht mehr gebraucht, hatte ihn loswerden wollen. Was die Ursache des letzten Streites gewesen war, wußte niemand genau. Er selbst rief Rettung und Polizei. Eine Kugel steckte im Halswirbel der Frau, die in ihrem Blut auf dem Parkett lag.

»Ich weiß nicht, warum ich mir nicht gleich selbst eine Kugel in den Kopf geschossen habe«, jammerte der Mann.

Daria durfte sie dank der Vermittlung Viktorias besuchen. Die einstige Schönheitskönigin hing an Schläuchen und Apparaten, konnte sich nicht bewegen, kaum sprechen, gab nur mit den Augenlidern ein Zeichen, daß sie die Besucherin erkannt hatte. »Wahrscheinlich bleibt sie gelähmt«, sagte Viktoria später auf dem Gang.

»Ihr Gesicht ist noch immer faszinierend, obwohl kreideweiß … Etwas muß sie geahnt oder sogar gewußt haben, sie hat mir so etwas über ihr eigenes Horoskop angedeutet«, erzählte Daria Peter, und als er schwieg, setzte die Tänzerin hartnäckig fort. »Das ist das Schlimmste, was ich mir vorstellen kann, bei Bewußtsein zu sein und sich nicht bewegen zu können. Eines mußt du mir versprechen, Petruschka, ja? Wenn mir so etwas passieren sollte, läßt du mich nicht leiden, sondern hilfst mir, schnell zu sterben!«

»Keine Sorge, ich schieße dir nicht in den Nacken! Aber wenn ich auf jemanden schießen würde, würde ich ihn auch töten!«

»An einem Schlangenbiß sterben oder von einem eifersüchtigen Liebhaber angeschossen zu werden, als ob Bomben nicht genug wären! Das Terrarium ist durch den Luftdruck zertrümmert worden, aber man kann die Schlange auch aus dem Glaskasten holen, wenn man sie schon in der Wohnung hat, nicht wahr? Und eifersüchtige Liebhaber schießen manchmal auch, wenn sie keine kriegsmüden serbischen Offiziere sind ...«

Peter hatte im Augenblick andere Sorgen. »Kann eine Fotografie lügen? Sie kann. Zumindest kann sie nie die ganze Wahrheit sagen, wie es vom Gericht gefordert wird. Sie ist ein Ausschnitt, stets nur ein winziges Segment der Wahrheit. Lügt man, wenn man nur ein Teilstück zeigt, ein Detail? Nicht unbedingt. Auch eine winzige Einzelheit kann eine Nuance verraten, die für die Wahrheit charakteristisch ist. Verstehst du mich, Liebling?«

»Wir im Ballett wissen doch, daß ein guter Schnappschuß eines Sprunges, wenn Beine und Arme richtig liegen und auch der Gesichtsausdruck passabel ist, wahrhaftiger sein kann, als das Jeté, das sich so schnell, im Bruchteil einer Sekunde, verflüchtigt. Da kann das Foto sehr wohl *die* Wahrheit sein, zumindest das wahrhaftigere Stück Wahrheit.«

»Für mich kommt es jetzt nicht darauf an, was ich durch die Linse gesehen habe, sondern *wie* ich es gesehen haben will, welche Bilder ich veröffentlichen möchte, in welcher Reihenfolge, welche Ausschnitte, welche Unterschriften ich darunter setze? Mein Problem ist, wie Überflüssiges wegwerfen, wie das richtige Detail auswählen, festhalten, fixieren. Oft fällt mir nachträglich ein, was ich geglaubt habe zu sehen, aber was mir nicht gelungen ist zu fotografieren. Oder ich glaube es doch abgelichtet zu haben und kann es nicht finden.«

Als sie dann an einem sehr warmen Junimorgen den letzten Koffer auf dem Dach des Autos festgezurrt hatten, versammelten sich die Nachbarn zum Abschied.

»Es war anständig von Ihnen, daß sie diese schwere Zeit mit uns verbracht haben ...«

Die Greisin, die sie Tante genannt hatten, machte das Kreuz über ihr Auto, wünschte Gottes Hilfe. Der Polizeifeldwebel in Ruhestand legte mit Hand an. Daria freute sich auf Wien.

Der Tag war günstig für die Fahrt, teilweise bewölkt, nicht so schwül, wie es die Jahreszeit befürchten hatte lassen. Sie kamen zügig voran. An der Grenze zu Ungarn war die Ausfahrt frei, für die Einfahrt hatte sich eine lange Kolonne gebildet, fast niemand verließ das Land, alle wollten hinein. Nach Hause. Wenn keine Bomben mehr fielen, konnte es wieder ein Zuhause geben. Glaubten sie. Die Rückkehrer.

»Ist es nicht angenehm, immer gegen den Strom zu schwimmen?« fragte Daria.

Sie sprechen nicht viel. Peter ist in Gedanken versunken. Er kam, um den Krieg mitzuerleben, um ihn in Fotos darzustellen. Und er ist sich dessen bewußt, wie schwach Standbilder im Vergleich zum Film sind. Der Trost könnte sein, daß man die Unendlichkeit aller Möglichkeiten immer in sich trägt, die auswärtige, begrenzte Welt darstellen kann durch Momentaufnahmen. Die Tänzerin weiß am Ende, diesen Krieg vortanzen kann man nicht. Nirgendwo und für niemanden. Oder doch? Und was man nicht mit Tanz ausdrücken kann, das gibt es nicht. Nicht für sie. Oder doch? Oder kann, soll, muß man zu dem Tod verkündenden Heulen der Sirenen tanzen wie zu klagender, drohender, fürchterlicher Musik, und sie hat bloß die Gelegenheit versäumt?

Coda.
Siebenfaches Schlangenhäuten

Ein violetter Abend in Belgrad

Daria fuhr mit einem Taxi ins Stadtzentrum. Ein klappriger Wagen, ein unrasierter Chauffeur. Vor dem Nationaltheater ließ sie halten, ging zu Fuß weiter. In den Schaufenstern Bilder des Balletts. Junge, neue Gesichter, hübsche Fratzen, aber auch Tänzer, die sie von früher gut kannte. Sonja als Directrice. Man würde sie anrufen müssen, aber nicht jetzt, jetzt nicht, jetzt wollte sie allein sein mit ihren Erinnerungen, ganz allein, deshalb hatte sie Peter gebeten, nicht mitzukommen.

Sie ging langsam in Richtung der alten Burg Kalemegdan, nicht geradeaus, sondern kreuz und quer durch vertraute Gassen. Vernachlässigte Fassaden, schrottreife Autos, stinkende, überquellende Mülltonnen. Genau wie in der Umgebung ihres Wohnhauses. Überall dasselbe. Eine alte, verwahrloste Frau vertrieb eine große, gelbe Katze von einer Mülltonne und begann im Inhalt zu wühlen. Konnte das Frau Azalee sein? Die Bühnenkünstlerin, die steinreiche Frau, deren Mann Titos Zahnarzt gewesen war? Daria wagte nicht näherzukommen, was sollte sie sagen, wenn sie es war? Aber selbst, wenn es eine andere war, eine Unbekannte, kam sie aus ähnlich guten Verhältnissen, das sah man ihrer Kleidung an. Nicht einmal in Sarajewo hatte sie so etwas gesehen. Waren dort die Menschen stolzer? Oder gab es nichts mehr im Müll?

Die Tänzerin beschleunigte ihre Schritte. Tränen in den Augen. Konnte sie sich selbst in so einer Situation vorstellen? So hungrig, daß sie im Mist einige Bissen suchte? Sie eilte weiter, als könnte sie damit vor dem Elend davonlaufen, erinnerte sich, wie oft sie so durch Belgrad gejagt war. Barfuß über den heißen, sommerlichen Asphalt, weil sie gefürchtet hatte, zu spät zur Probe zu kommen, zum Rendezvous, oder einfach aus Übermut und um überflüssige Kraft loszuwerden. Oder begleitet vom Geknatter des Gewehrfeuers über den Berg Igman in Bosnien. Andere Beweggründe als diesmal.

Der Park Kalemegdan oberhalb der Mündung der Sawe in die Donau. Damals war sie jeden Abend hier gewesen. Wann war damals? Jahrelang jeden Abend. Seither lange nicht mehr. Das gelbdurchwirkte Grün des Herbstes in den Baumkronen, fette Tauben auf den Pfaden, müde Denkmäler vergessener Dichter zwischen Busch und Blumen.

Auf den Bänken spielten Rentner Schach. Wie ehedem. Wann war ehedem? Sie konnte doch unmöglich fünfzig Jahre älter sein als damals! Es waren dieselben Bänke, dieselben Namen in geduldiges, verwittertes Holz geschnitzt. Die Rentner waren nicht mehr dieselben, vielleicht waren es ihre Söhne. Lustige Mädchen. Wir waren anders, die Neuen haben zu dünne Waden, tragen zu schweres Schuhwerk, richtige Kothurnen. Mit denen kann man nicht so laufen. Die sechziger Jahre. Vespas, schwingende Röcke mit steifen Unterröcken, das Haar im Pferdeschwanz. Aber den Bauchnabel zeigte man nicht. Die Pille gab es schon, von Aids wußte man noch nichts, man konnte … Was konnte man? Man konnte, man hätte gekonnt, aber meist wollte man nicht.

Die Menschen waren freundlich nach jenem Krieg, der Weltkrieg hieß. Zärtlich. Zumindest zärtlich zu ihr, der Kriegswaisen. Jedermann hatte ein menschliches Gesicht. Die arme Frau, die in der Mülltonne wühlte, hatte das spitze Gesicht einer Ratte. Oder Hyäne. Andere erinnerten sich anders, sprachen mit Verbitterung von den Partisanen, die ihnen alles weggenommen hätten. Zum Beispiel die Mütter der kleinen Mädchen, die mit Maschen in den Haaren in die Ballettschule kamen. Die mit dem Bösendorfer oder dem Steinway zu Hause. Die man ihnen also doch nicht weggenommen hatte. Darias Familie hatte nichts, was man ihr hätte wegnehmen können. Sie war damals auf der Seite der

Sieger. Hatte aber keine Eltern. Und keinen Onkel Noah mehr. Und kein Zuhause. Nur das Heim. Das Waisenhaus. Ein College? War das das Schicksal einer Siegerin?

Aber man war nicht so auf Geld aus, wie jetzt, nach diesem Krieg, nach diesen Kriegen, die vorbei waren. Waren sie vorbei? Man berechnete damals nicht alles, zumindest münzte man nicht alles in Geld um, sondern ... Sondern was?

Es gab wie damals Eis, Popcorn, Haarspangen aus Plastik wurden verkauft, Krimskrams. Viele Hunde. Die einen spazierten so stolz an der Leine, als führten sie ihre Herrchen aus, nicht umgekehrt, die anderen, die Köter, kläfften verächtlich und schienen die Tiere an der Leine zu verachten und zu bemitleiden. Wer war hier die stolze, wer die freie Kreatur? Bin ich stolz, bin ich frei?

Daria hatte keine Kinder und nicht einmal einen Hund. Nur ihre Kunst. War es Kunst, sich nur mit Kunst zu beschäftigen? Nur mit sich selbst? Mein Körper ist mein Kunstwerk, ohne ihn kann ich nicht tanzen, nicht ich allein tanze, sondern mein Körper. Meine Beine drehen ihn, meine Arme wirbeln mit. Bin *ich* mehr als nur mein Körper? Jedenfalls arbeite ich mit ihm, ihn bearbeite ich. Jahrzehntelang täglich. Das ist meine Haut, mein Teint, die Pflege meiner Füße und Fußnägel, Maniküre, Pediküre, Depilation und eine halbe Stunde Exercice, zehn Minuten lang in Kamillentee getupfte Wattebäusche auf die Augenlider, meine Haare, die gebürstet werden wollen, immer wieder und nie zu Ende. Und das soll alles gewesen sein? Das war mein Leben. War? Im Perfekt?

Die alte Festung. Dieselben Sportplätze zwischen den Wällen aus vergangenen Jahrhunderten. Training. Hart klopfte der Ball seinen unregelmäßigen Rhythmus auf das Spielfeld. Hier, auf dem Sportplatz des Basketballclubs Roter Stern, tanzte man abends. Großes Radiojazzorchester. Sie kannte alle Musiker, Kameraden, Kollegen der Tänzerinnen, die durch Bewegung ausdrücken konnten, was diese Leute nur spielten, Musik.

Früher waren hier die Awaren gewesen, die hatten die ersten Wälle errichtet. Wer waren die Awaren? Dann waren Römer, Türken, Ungarn, Österreicher gekommen. Alle hatten an der Burg weitergebaut. Auch damals war jedes Jahr der Herbst über Flüsse gefallen, die Blätter hatten sich von der Sicherheit ihrer Äste verabschiedet und die grimmigen, bärtigen Krieger und ihre dicke Frauen an die Vergänglichkeit des Lebens erinnert. Warum sollten die Frauen der Awaren dick gewesen sein? Die Österreicher waren unter Prinz Eugen, dem edlen Ritter, bis zur Sawe vorgedrungen, da »ließ er schlagen eine Bruckn«. Belgrad war an einer Kreuzung aller Wege durch Europa gebaut, über die jeder Krieg weitermarschieren mußte. Die Festung hatte man wenigstens während des NATO-Krieges keiner Bombe oder Rakete gewürdigt, sie war in diesem Jahrhundert endlich unwichtig geworden, die Burg Kalemegdan, und verschont geblieben.

Daria lehnte sich an das Geländer. Unten fuhren Autos, dahinter die Eisenbahn vorbei. Für einen Augenblick schloß sie die Augen, horchte in sich hinein. Bin ich noch dieselbe wie damals? Wann war *damals*? *Was* war damals? Wer war *ich* damals? Dann gab sie sich einen Ruck und warf den Blick auf die beiden großen Ströme tief unter ihren Füßen. Kein Verkehr. Die Schiffahrt war flußaufwärts, in Novi Sad, unterbrochen, die Brücken, die von der NATO zerstört worden waren, lagen noch mitten im Strom. Hier befand sich nur ein Dutzend Restaurants auf verankerten Schiffen. Drüben die häßliche Schlafstadt Neu-Belgrad.

Die Insel mitten in der Mündung hieß *Veliko ratno ostrvo* – die große Kriegsinsel. Über ihr wölbte sich der Himmel. Aber der Name des Himmels war hier nicht *sky*, wie in New York, hier hieß er *nebo*, wie es sich gehörte. Nur in der Muttersprache angesprochen, war der Himmel nichts anderes als einfach der Himmel. Seine Wolken spiegelten sich im Wasser, über die Flüsse gestülpt eine riesengroße, blaue Kuppel.

Tief einatmen. Aroma des Herbstes, etwas Rauch, verwelktes Blattwerk unter den Füßen. Aus Wien hatte sie ein neues Waschmittel mitgebracht, man versprach für Bettwäsche und Handtücher Winter-, Herbst-, Frühlings- oder Sommerduft, je nach Jahreszeit. Meine Altersgenossinnen sind Greisinnen und wühlen in Mülltonnen, und ich überlege, wie mein gutsortiertes Zeug im Schrank riechen soll.

Bisher hatten die Farben des Herbstes betörend gebrannt. Rot der Himmel im Westen, Explosion der Farbenvielfalt, wo sich die Sonne für heute verabschiedete. Nun verfärbte sich das Blau in das abendliche Violett, das es sonst so nirgendwo gab, *so* war es nur *hier* am Abend, *hier zu Hause*. Das Ultramarin würde sich verwandeln in den einzigartigen violetten Belgrader Himmel.

Daria fühlte sich sehr einsam, aber das hatte sie ja gewollt, sie hatte ihre Jugend im Herbst, im Laub, den Pfaden des Parks und dem Himmel gesucht, und das war nicht unbedingt lustig, das konnte aus dieser Entfernung, die sie nie mit dem Wort *das Alter* benannt hätte, ziemlich traurig sein.

Die alten Tänzerinnen trinken Tee

Sonja hatte Karten für eine Ballettpremiere spendiert. Daria und Peter saßen in der dritten Loge Parterre rechts, Bekannte defilierten vorbei. Immer wieder mußte sich Daria weit über die Brüstung lehnen, um Umarmungen über sich ergehen zu lassen. »Wie gut du aussiehst!« »Du auch!«

Selten verwandelte sich das professionelle Lächeln der Tänzerinnen in ein aufrichtiges Strahlen, das die Freude des Wiedersehens glaubhaft machte. Herzlich benahm sich nur der Prinz. Alle nannten ihn so, sein serbischer Bauername paßte nicht zu ihm. Er war der Prinz in allen klassischen Balletten gewesen, hatte alle große Rollen getanzt, aber alle betörenden Angebote, in die Welt zu ziehen, ausgeschlagen. Peter hätte ihn kaum erkannt. Der einst stolze, elegante, schöne Mann, in den Generationen von Mädchen verliebt gewesen waren, war jetzt dick, wirkte vernachlässigt, hinkte, und wenn er lächelte, öffnete sich ein verformter, zahnloser Mund.

»Ich habe dich immer geliebt!« sagte er zu Daria.

»Ich dich auch! Wir alle haben dich geliebt. Wir lieben dich noch immer!« Der Prinz stand vor ihrer Loge, nickte huldvoll nach allen Seiten, zeigte stolz auf sie, als wäre es sein Verdienst, daß sie wieder hier war, und erklärte, wer die vielen Menschen waren, die sie nicht kannte.

»Dieses Kätzchen?« Daria hatte auf einen hübschen Mann gezeigt, der auf der anderen Seite des Saales stand und herübergrüßte. Er hatte ein buntes Seidenhemd an, das nicht zu seiner weißen Smokingjacke paßte. *Kätzchen*, sagte der Prinz, nicht etwa *Kater*. »Schrecklich, nicht? Er hat Aids! Aber schau dir seine Wimpern an! Was für Wimpern!« Da ihn Daria besorgt betrachtete, grinste der Prinz und riß schamlos seinen zahnlosen Mund weit auf: »Nein, nein! Ich nicht! Ich bin gesund. Er hat nicht mit mir schlafen wollen!« Jedermann kannte seine Neigung. Er hatte sie nie verheimlicht. »Wer kann es ihm verübeln? Nicht einmal eine Zahnprothese kann ich mir leisten. Die Hüftoperation haben sie mir verpfuscht, Klempner sind das, keine Chirurgen. Aber der wird bald noch schlechter aussehen als ich!« Schadenfreude? »Nurejew hat sich eine Insel zusammengetanzt, aber er ist tot. Er war zehn Jahre jünger als ich, aber ich bin immer noch da!«

Nachdem er zu seinem Platz gewatschelt war, flüsterte Daria:

»Er muß achtzig sein. Pjotr! Ich habe vor dem Künstlereingang stundenlang auf ihn gewartet. Wir haben uns um seine Autogramme gebalgt und um seine Küsse. Eigentlich waren wir glücklich, daß er schwul war, es hat uns nicht gestört, im Gegenteil, so waren wir nie Konkurrentinnen bei ihm ...«

In der Pause, während man über Choreographie und Tänzer diskutierend im Foyer zusammenstand, wurde Daria plötzlich umarmt. Xenia, auch eine ehemalige Ballerina, mehrere Jahre älter als sie. »Wie schön, daß du da bist! Übermorgen sind Kolleginnen bei mir zum Tee. Komm auch! Keine Angst, es werden vor allem Mädchen aus deiner Generation da sein, meine stirbt ja allmählich aus ...«

Die *Mädchen* waren zwischen sechzig und achtzig Jahre alt. Xenia, vierfache lustige Witwe, die mit einem Fußballer, einem Dirigenten, einem serbischen Politiker und zum vierten Mal mit einem amerikanischen Geschäftsmann serbischer Herkunft verheiratet gewesen war. Kokett, als hielte sie schon Ausschau nach dem nächsten Gatten, benützte sie einen schwarzen Stock mit schönem Silbergriff. »Man hat mich schlecht operiert in diesem verfluchten Amerika!« Über eine Hüftoperation hatte auch der Prinz geklagt. Es lag nicht an den serbischen Ärzten, die steinreiche Xenia hatte sich die teuersten Chirurgen der Welt leisten können. Nicht alle Knochen hielten ein Berufsleben als Ballettänzer aus. Stolz richtete sich Daria auf. Sie war gesund. Sie ging und stand und lief und sprang immer noch aufrecht. Das hatte sie ihrer Mutter zu verdanken, die sie, obwohl selbst todkrank, so geboren hatte.

Da saßen sie auf Fauteuils, Hockern, zierlichen, fast zerbrechlichen Stühlen, rekelten sich auf der Couch, vergaßen nicht, füreinander Posen zu suchen, wie sie sie vor dreißig oder vierzig Jahren in der Gesellschaft junger Männer eingenommen hätten, sprachen alle auf einmal, redeten in die Luft, ohne der anderen zuzuhören, begutachteten heimlich, wie die andere aussah. Hängebrüste unter Seidenblusen, mühsam gemilderte Runzeln um die Augen, Falten, spitzgewordene Kinnpartien, schüttere Haare, Brillen auf spitzen Nasen oder an goldenen Kettchen baumelnd. Fast alle Frauen hatten Tücher um ihre Hälse geschlungen, weil sie glaubten, sie wären nicht mehr vorzeigbar. Die meisten Hände von braunen Flecken verunziert, die Ringe und das Geklimper der Armbänder machten darauf aufmerksam. Wirke ich auch so schrecklich auf die, wie sie auf mich? Waren diese sich noch bewegenden Mumien aus Horrorfilmen die ehemaligen frischen Mädels aus Operetten und Musicals?

Die Gastgeberin bot Sandwiches und Gebäck an, außerdem Dosen mit einer chinesischen Gesichtscreme, die sie für vierzig Deutsche Mark zu verkaufen versuchte. Ruth hatte Quittenschnaps mitgebracht, erwähnte nebenbei, der sei auch zu haben, unter Kolleginnen für zwanzig Mark die Literflasche, Selbstkostenpreis! Sonja, die Chefin, stellte eine große Schüssel mit russischem Salat auf den Tisch, ihre Spezialität, Hühnchenhirn ihre Grammelpogatschen, die meisten Belgraderinnen hatten etwas zu dem kleinen Schmaus beigesteuert. Die im Ausland lebenden Tänzerinnen hatten Alkoholisches, Daria drei Flaschen österreichischen Sekt, mitgebracht.

Am besten wäre es, die Augen zu schließen und nur zuzuhören, die ehemaligen Kolleginnen nicht auch sehen zu müssen. Nur wer jung genug stirbt, kann ewig schön bleiben. Mutter ist schön geblieben.

Die Putte erzählte von ihrer halbarabischen Tochter, die auch schon zwei Kinder hatte, stolz reichte sie Fotos herum. Die Katze aus der Schweiz hatte noch keine Enkel, aber Bilder ihrer Tochter, Judith, die endlich von ihrem Serben losgekommen war und jetzt im Ballett von Monte Carlo tanzte. Auch Theodoras Enkelsohn tanzte schon im Ausland. »Ein echter, feuriger Sizilianer!«

Es klingelte. Xenia humpelte zur Tür und schob auf einem Rollstuhl Leila in den Salon. Ihr Körper war in ein Plaid eingehüllt, aber ihr noch immer schönes Gesicht war aufmerksam geschminkt, die großen Augen blitzten:

»Damit keine fragen muß: Mein Sohn hat mich hergebracht, er wird mich abholen. Weder Hände noch Füße kann ich bewegen, nichts vom Hals abwärts, aber denken und sprechen kann ich. Die Ärzte sagen, sie wissen nicht, ob ich mich je wieder werde rühren können, aber die Sterne versprechen es. Mein Sohn hilft mir beim Deuten. Ich arbeite wieder. Danke, Xenia, daß du mich eingeladen hast, obwohl ich ja nicht ganz zu euch gehöre ... Ja, einen Schnaps nehme ich gerne, leider nur einen, und das dürfen meine Ärzte auch nicht erfahren!« Die Hausfrau fütterte sie und gab ihr zu trinken.

Jeanne saß schweigsam in einer Ecke. Sie war dick geworden, färbte und pflegte ihr zotteliges, schneeweißes Haar nicht. Daria rückte näher: »Was machst du, wie geht es dir? Wir haben uns schon so lange nicht mehr gesehen ...«

»Seit Sascha gestorben ist, komme ich kaum noch in die Stadt ...«

Für einen Augenblick ist für Daria alles verschwunden. Einen Augenblick oder eine Ewigkeit? Sie hört die Stimmen der alten Tänzerinnen nicht mehr, sie sieht nichts. *Seit Sascha gestorben ist* ... Sie hat vorsichtig nach ihm fragen wollen, hat vor Jahren gehört, er habe geheiratet und sich wieder scheiden lassen, aber daß er tot ist, er tot ... Sie denkt an ihre letzte gemeinsame Bootsfahrt, an die Trauerweide am Donauufer im Gegenlicht. »Das habe ich nicht gewußt. Wann?«

»Vor einem Jahr. Während des Krieges. Nein, nicht direkt an Kriegsfolgen, die Nieren haben einfach versagt. In einem anständigen Krankenhaus, unter normalen Umständen hätte er vielleicht überlebt. Vielleicht ...«

Daria wollte ihre Hand auf Jeannes Arm legen, die zog ihn aber nervös zurück.

»Ich hatte mir schon früher eine Hütte auf dem Berg Kosmaj gekauft. Da halte ich ein paar Ziegen. Ich habe ein Gewehr. Zum Selbstschutz. Man kann nie wissen. Aber manchmal gehe ich Hasen jagen. Oder Fasane. Einem Bären bin ich noch nie begegnet, es soll aber einige in der Gegend geben ...«

Daria konnte sich Jeanne gut mit einer Flinte vorstellen. Wie sie ihr Stück Land gegen Menschen und Bären verteidigte. Eine ihrer besten Partien war der Zweikampf im Ballett »Le Combat« gewesen, als sie das Sarazenenmädchen Clotilde getanzt hatte, der Prinz den Kreuzritter Tancred.

Diana, genannt Babypopo, zog ihren Klappstuhl heran, nickte ehrfurchtsvoll zu Jeanne hinauf, flüsterte dann aber Daria vertraulich zu: »Gerade gestern habe ich mir das Video von meinem ersten Auftritt im Fernsehen nach langer Zeit wieder einmal angesehen. Erinnern Sie sich?«

»Hier duzen wir uns doch alle, Kind. Nein, entschuldige. Sollte ich?«

»Ja!« sagte Babypopo vorwurfsvoll. »Sie haben ... Du hast es choreographiert. Einen Walzer mit dem Prinzen. Sie haben ... Du hast ihn dazu überredet, mit mir den Walzer zu tanzen. Für eine Sendung in der Silvesternacht. Vor zwanzig Jahren. Das war für mich schrecklich wichtig!«

»Ja«, sagte Daria nachdenklich. »Ja, natürlich!« Es war schön, daß diese junge Tänzerin dankbar war, es war eine Anerkennung, daß man sich an sie erinnerte, aber das war jetzt unwichtig.

»Dieses Jahr ist meine letzte Saison«, sagte die junge Frau.

»Wieso?«

»Ich gehe in den Ruhestand. Aber man gibt mir eine Gala. Mit der Giselle. Im Jänner. Werden Sie ... wirst du in Belgrad sein.« Man sah ihr natürlich an, daß sie zu den jüngeren Frauen in den beiden Zimmern gehörte, aber daß der Altersunterschied so groß war ... Babypopo würde also auch schon bald eine Rentnerin sein. Xenia hinkte mit einem großen Teller voller bunter Mignons aus der Küche und ging zuerst zu Leila:

»Magst du? Welches Stück hättest du am liebsten?«

»Das grüne mit dem Fliegenpilz, bitte!«

Xenia schob ihr das Stück Mehlspeise in den Mund und die gelähmte ehemalige Schönheitskönigin biß hinein, zeigte schöne, weiße Zähne. Sie könnte noch Werbung für Zahnpaste machen, dachte Daria, dazu bräuchte sie ihren Körper nicht zu bewegen, nur lächeln, lachen, lächeln, und das konnte sie noch immer. Wer ihr wohl die Zähne putzte?

Die Frauen redeten weiter, alle durcheinander, wie am Anfang ihres Treffens, keine hörte der anderen zu, keine erwartete von der anderen, daß sie zuhörte. Man trank jetzt Eierlikör, Maraschino, Chartreuse.

Die leben alle noch. Auch die arme Leila. Aber Sascha ist tot. Meine erste Liebe. Mein erster Geliebter. Sie sieht ihn über die Donau rudern, sein trauriges Gesicht angestrengt, weil er schnell rudern muß. Oder weil er nicht weinen will. Seine jungenhafte Männerbrust.

Daria führt die Porzellantasse an die Lippen. Schal und bitter schmeckt der kaltgewordene Tee. Als hätte sie ihren Mann verraten, versucht sie mit aller Zärtlichkeit, derer sie fähig ist, jetzt angestrengt an Peter zu denken, an Petruschka, Pjotr, Peter. Petruschka. Sie versucht es. Mehr kann sie nicht tun, um treu zu bleiben. Tote sind unbesiegbar.

Der sterbende Schwan

Daria und Peter wandern durch das Altausseer Land. Sie mögen diesen zwischen hohe Berge gestellten Talkessel, der sich einbildet, der Mittelpunkt Österreichs zu sein.

»Glaubst du, daß ich noch einmal tanzen werde, Petruschka? Ich meine, richtig tanzen. Vor einem Publikum. Oder bin ich zu alt?«

Peter weiß nicht, was er sagen soll. Er selbst kann bis an sein Lebensende fotografieren. Vielleicht sollte er wegen ihr aufhören. Oder nur in der Dunkelkammer experimentieren, wie sie ihr Exercice weitermacht, ohne von neuen Aufträgen, Ausstellungen und Büchern zu reden.

»Die Plissetzkaja ist älter als ich und tanzt immer noch. Den sterbenden Schwan von Saint-Saëns. Den habe ich nie gemacht. Warum glaubst du, daß ich das nicht könnte? Jeder Choreograph hat mein Port des Bras gelobt, und das ist für diese Rolle wichtig, sehr wichtig!«

»Ich habe nicht gesagt, daß du es nicht kannst …«

»Und auf den Spitzen stehen. Du, könnte ich das noch immer? So wie früher? Kaum den Boden berühren, flattern wie eine Libelle im Wind hier über dem See!«

Er nickt und macht eine Handbewegung in Richtung eines schmalen Pfades hinauf in den Wald. Sie will jedoch vom breiteren Weg nicht abweichen und tiefer in das Gehölz eindringen, pflückt nur die wenigen Blumen am Wegesrand, sagt auf seinen Hinweis, im Dickicht könnte es mehr davon geben, vielleicht sogar Zyklamen und Walderdbeeren im Moos, sie fürchte sich vor Schlangen. In diesen Wäldern gibt es Kreuzottern! Von Hollywood aus sei man einmal mit einigen Autos in die Wüste aufgebrochen, da habe sie sich nicht aus dem Jeep gewagt. Wegen der Klapperschlangen. Und in Florida habe sie sich auch nicht weit weg vom Wagen bewegt, weil dort im Sumpf Alligatoren lauerten. Überall hat sie sich vor etwas gefürchtet, nur in Sarajewo nicht. Und in Belgrad während des Bombardements auch nicht. Nicht zu sehr! Als sie zwischen die Büsche auf den Berg Igman ging, dachte sie an keine Schlangen. Seltsam. Vielleicht, weil dort der Tod kein Fremder, sondern zu Hause war.

»Vielleicht könnte man mit den Schlangen etwas Gescheites anfangen«, fällt ihr plötzlich ein.

»Wie meinst du das?«

»Man könnte ja statt des sterbenden Schwanes die Geburt einer Schlange tanzen. Ist das eine Idee? Kennst du ein gutes Flötensolo?« Sie schreiten weiter, nicht über den einsamen Pfad, sondern das Ufer entlang, kräftig durch den Wald, es geht bergauf, die Tänzerin ist in besserer Form als ihr Mann, er hat Probleme, wenn es so steil ist.

»Was für eine Flöte? Ich verstehe dich nicht.«

»Den sterbenden Schwan tanzt man zum Solo eines Cellos, das mußt sogar du wissen!« erklärt sie geduldig. »Ich stelle mir für die Schlange eine Flöte vor, aber der Flötist sollte beweglich sein, den Fakir darstellen, der die Schlange aus dem Korb zaubert ...« Daria wirft sich auf den Boden, krümmt sich zusammen, verwandelt sich in ein Knäuel, aus dem sich zuerst ein Arm, dann ein Bein zu strecken beginnt, um sich vom Laub zu erheben und sich langsam hochschraubend um einen Baum zu winden. Eine wohlbeleibte Familie, der Herr mit Bärtchen, die Frau um einen Kopf größer und das dicke, achtjährige Mädchen, alle in Lodenzeug, bleibt verwundert stehen, aber die Tänzerin kümmert sich nicht um sie, sondern fragt nur Peter:

»Ekelhaft, was?«

»Ich würde eher sagen, bewundernswert. Sie können ruhig weitergehen, Herrschaften, Platz ist genug da!« knurrt er die Leute an, die mit flüchtigem, höflichem Gruß und Entschuldigungen an ihnen vorbeihasten. Daria schüttelt das welke Laub von sich ab wie ein Pudel, der eben aus dem Wasser gekommen ist.

»Man könnte die Idee ausbauen«, sagt sie nachdenklich. »Ich habe oft im Leben von Schlangen geträumt ... Die Python im Terrarium im Heim, weißt du? Und wie Yvonne an einem Schlangenbiß gestorben ist ... Schlangen häuten sich doch, nicht wahr?«

»Ja. Sie werfen ihre Haut ab. Das nennt man dann auf deutsch Natternhemd ... Bei allen Völkern ist die Schlange ein mythisches Symbol, Sinnbild des Bösen, schon bei Moses oder als Orakeltier ...«

»Ach, du bist so schrecklich gebildet, Petruschka. Mein Chefdramaturg! Hebe dir das für das Programmheft auf. Was ich meine, ist, ich tanze eine bestimmte Rolle, werfe dann einen Teil des Kostüms wie eine Schlangenhaut ab und schlüpfe in die nächste. Ich als Kind in meinem Hof, mein Spagat den Hügel hinunter. Dann das Heim, die Erziehung, Kolos und russische Tänze der ersten Nachkriegszeit. Die Ballettschule, Übungen an der Stange und vor dem Spiegel. Auftritte in Operetten. Das wären schon vier Stücke. Jetzt kommt das klassische Ballett in aller Welt. Moderner Tanz. Sarajewo. Laufen durch einen Kugelhagel. Unendlich viele Menschen laufen über die Bühne, weil sie so schreckliche Angst haben. Und aus der Erinnerung kommen die Partisanen, marschieren auch über den Berg Igman, Vater hat rote Stiefel in der Hand. Am Ende der NATO-Krieg. Einen besonderen Teil mit Striptease brauche ich nicht einzubauen, weil ich ständig Kleidung abwerfe, mich ständig häute. Verstehst du, Petruschka? Wäre es nicht ein phantastischer Titel, wenn ich das ganze ›Siebenfaches Schlangenhäuten‹ nennen würde. Was sagst du?«

Daria wartet ab. Den Arzt mit dem schönen, traurigen Gesicht und dem rührenden Nacken und den schwarzen, amerikanischen Offizier hat sie nicht erwähnt, obwohl sie zwei gute Männerrollen abgeben würden.

»Man kann darüber nachdenken, Platten kaufen, Bücher über Schlangen in Sagen und der Literatur«, meint Peter nachdenklich.

Auf einmal schüttelt sich die Tänzerin und hebt beide Arme, als müßte sie etwas Schreckliches abwehren. »Nein, nein! Ich kann keine Schlangen machen. Sie sind schön, aber ich liebe sie nicht, ich habe Angst vor ihnen. Still! Sei doch bitte ganz still!«

Peter weiß nicht, was sie will. Sie wechselt das Thema oft eigenwillig, aber jetzt übertreibt sie. Vogelgezwitscher im Laub. Die Tänzerin scheint zu versuchen einen Rhythmus herauszufiltern, beginnt sich sehr zart, sehr geschmeidig zu bewegen, tanzt zum Lied der Vögel im Walde. Sie kann zu jedem Klang, jedem Geräusch tanzen. Und zur Stille auch.

»Was sagst du jetzt?« Peter schweigt. »Quatsch. Ich bleibe beim sterbenden Schwan, aber was für einem? Etwas Moderneres muß mir dazu noch einfallen.« Peter schweigt noch immer. »Meine Kolleginnen beim Tee in Belgrad, weißt du, die wirkten auf mich wie kranke Schwäne mit verrenkten Gliedern, die längst die schönen Federn gelassen haben. Ich hätte so gerne eine Brille gehabt, die sie mir so gezeigt hätte, wie ich sie in Erinnerung habe, und jetzt waren es arme, alte, häßliche Frauen! Einige von ihnen habe ich einmal bewundert und beneidet, ich verstehe überhaupt nicht mehr, wieso, die meisten waren für diesen Beruf nie geeignet, aber dann gab es eine Zeit, als ich glaubte, sie hätten mir meine Chancen geraubt ...«

»Das verstehe ich nicht. Wieso?«

»Sie hatten Klaviere zu Hause und Maschen im Haar, sind sofort als Praktikantinnen in das Opernballett aufgenommen worden, irgendwie haben sie mich in die Fremde gejagt ... Und sie haben ihre Eltern gehabt! Ein Leben lang!«

»Wollen wir umdrehen?« schlägt Peter vor.

»Faulpelz!« erklärt sie, hakt sich bei ihm unter, aber sie kehren um. Gehölz knistert leise unter ihren Schuhen. »Ich würde ihn meiner Mutter widmen!«

»Wen?«

»Den sterbenden Schwan! Sie war schwerkrank, als sie mich geboren hat. Sie war ein sterbender Schwan und hat mich doch noch ausgebrütet. Sonst hätte ich nicht gelebt und wäre keine Ballerina geworden, und für dich wäre ich auch nicht da. Das möchte ich vortanzen können, verstehst du mich? Kannst du mich endlich verstehen?«

Abenddämmerung in Altaussee. Die alte Frau in Rosarot

Peter hat sein Stativ auf einer Wiese in Altaussee aufgestellt, Daria in einem der bequemen Liegestühle Platz genommen. Faule Tage. Essen, trinken, gute Bücher. Keine Sorgen. Sich liebhaben.

»Ich kann mir schlecht vorstellen, wie die Leute hier die Umgebung erleben, in der sie aufgewachsen sind, die Hiesigen, die Hierhineingeborenen«, murmelt der Fotograf mit seinen Geräten hantierend. »Für mich sind Berge ein Wunder. Die schroffen Steinwände mit da und dort einer hartnäckigen Tanne. Moosgeflecht auf Gefels. Ob die Leute in ihren Volkstrachten und den Jägerhüten auf den Köpfen ein Kukuruzfeld im Hochsommer so exotisch finden wie ich die Felsen?« Daria sagt nichts dazu. »Weißt du, ich bin schon über Gletscher gekrabbelt, auch mit dem Hubschrauber darüber hinweggeflogen. Die sind für mich wie die Mondlandschaft für Astronauten gewesen sein muß!« Daria schweigt noch immer, er beschließt, sie aus der Reserve zu locken. »Du, schau, die beiden Schwäne sind wieder da, mich stören sie, die kann man doch gar nicht fotografieren, sie sind der reinste Kitsch!«

»Kitsch kann schön sein!« sagt die Tänzerin.

»Das sagst du nur, weil von Schwänen die Rede ist, deinen Ballettvögeln. Ich wollte auf etwas anderes hinaus. So eine Wolke über dem Felsbrocken ist das unzugänglichste Modell auf der Welt. Eine Herausforderung. Die kannst du nicht herumkommandieren wie die Mädchen mit den hübschen Larven und Gliedern, nicht einmal mit Brotkrumen kannst du sie herbeilocken wie die Schwimmvögel, du hast dich an ihre Pose zu halten, nicht umgekehrt, aber sie ist von kurzer Dauer. Mich reizt diese Flüchtigkeit der Wolken.«

»Wolkenballett? Warum nicht?«

»Siehst du, der rosa Schimmer an ihrem Rand verschwindet schon, und ich weiß noch immer nicht, welchen Filter ich nehmen soll.«

Der Himmel wird dunkler. Helleres Grau, fast noch Weiß, schiebt sich über die graue, dunklere Fläche. Es wird nicht ganz finster, aber der Tag glänzt nicht mehr wie noch soeben. Ruhig zieht die Wolke weg, sie vergeht und der Himmel verfärbt sich. Schiefergrau? Die Russen würden sagen *goluboi*. Dieses Wort gibt es auf deutsch nicht, nicht einmal auf serbisch. Taubengrau ist es nicht. Wie soll man diese Nuance fotografieren? Leise kräuseln sich die Wellen im See in einer anderen, nebligen Bleifarbe.

Peter will ein Buch mit Wolken über Felsen machen. Ein Buch über den Himmel, ausgedrückt in Farben. Etwas ganz anderes als das Buch über den Krieg der NATO, das ein großer Erfolg geworden ist. Menschen sollen im neuen Buch überhaupt nicht vorkommen.

Dieselbe Wolke über verschiedenen Gipfeln, Kegeln und Zinnen der Bergwelt und verschiedene Wolken über denselben Bergspitzen, Pyramiden und Kuppen, über Trisselwand und Loser, dem Dachstein und dem Toten Gebirge. Nadelwald krallt sich an steile Hänge. Breite Landschaften mit den Wolken hoch oben, was in der unteren Hälfte der Darstellung, auf der Erde, zu sehen sein wird, ist nur als Umrahmung für das Firmament gedacht. Um diese Idee zu verwirklichen, braucht er viele Bilder von Wolken. Aus Belgrad hat er auch Wolkenbilder, Bilder von Giftwolken im Luftkrieg der NATO, gifthaltige Rauchwolken über Raffinerien, über chemischen Fabriken in Pančevo, Barič oder Novi Sad gesammelt. Und hier die Wolken des Friedens über dem steirischen Salzkammergut.

Was sind Wolken? Dunst. Wasserdampf. Aufgestiegen zum Himmel wie aus einer Waschküche, nur einer gigantischen. Ein Symbol? Ein Symbol wofür? Geballte Luft. Geballtes Nichts. Er will das Nichts in vielen Farben fotografieren. Was er damit sagen will, weiß er noch nicht. Etwas, was wenig mit Menschen zu tun hat oder nur insofern, als sie die Betrachter sind, die Beobachter, keine Teilnehmer am wunderschönen Nichts, keine Wolkenschiffer, keine Flieger durch das Blau und Grau. Publikum wäre hier nicht das richtige Wort, obwohl es seine Frau sofort erwähnen würde, denn sie braucht für ihre Kunst den Applaus. Ihre Kunst ist Bewegung und seine nur Verewigung einer möglichen Haltung.

»Gleich wird es regnen, Petruschka!«

Die Tänzerin ist aufgestanden und packt ihr Buch in die große Handtasche. Achselzuckend kramt auch er seine Apparate zusammen und schraubt das Stativ auseinander. Schwäne und Enten haben sich längst irgendwo vor dem drohenden Regen versteckt, Menschen haben es nicht so eilig, oder es fehlt ihnen der Instinkt, schneller auf die Veränderungen der Natur zu reagieren.

»Wie kann man an der Existenz von Geistern zweifeln, wenn es im Altausseer Land regnet?« fragt Daria. Peter glaubt an keine Geister. Was sucht er dann im Nichts, das er Wolke nennt?

Fröhlich laufen sie nach Hause. Wie Kinder. Aus dem Fenster der kleinen Küche blickt Daria auf das Wasser und die Berge. So ist es schön zu kochen. Saiblinge, frisch aus dem See, hat sie am Morgen direkt vom alten Fischer gekauft.

Sie beschließen, noch einen Spaziergang zu machen, ziehen Regenmäntel und feste Schuhe an. Sieben Kilometer, keine zwei Stunden, unterwegs ein Enzian im Wirtshaus, dann wird das Mittagessen besser schmecken. Es riecht nach Wald, nach Feuchtigkeit. Trotz des schlechten Wetters sind viele Menschen unterwegs. Jedermann grüßt gutherzig. Auch die Hunde sind freundlich, als würden sie alle Spaziergänger kennen, schwanzwedelnd kommen sie sich Streicheleinheiten zu holen. Der Pfad führt hart am Seerand, oft unter dichten Baumkronen vorbei, die so undurchdringlich sind, daß es unter ihnen trocken geblieben ist.

Ruhe nach Schrecken und Elend in der Heimat. Vielleicht ist es gut, für niemanden sorgen zu müssen. Die Kolleginnen haben Kinder, Kindeskinder, die sich mit Eltern und Großeltern in viel zu engen Wohnungen zusammendrängen und keine Arbeit finden. Wer von ihnen irgendeine Begabung und etwas Mut hatte, ist längst weit weg in Kanada, Australien oder Neuseeland, bestenfalls in Holland oder Österreich. Die jungen Menschen schlafen in den Tag hinein, weil Hoffnung nur noch in Träumen möglich ist. Alkohol, Drogen. Die vielen Bettler auf den Straßen, die Nachrichten über Raubüberfälle. Hier jedoch herrscht Beschaulichkeit. Ist das gut, oder gähnt die Lehre? Jeder wird allein geboren und stirbt allein. War das schon alles, war *das* das Leben? Wieso war? Wir leben doch noch.

»Bitte, Petruschka, bitte, bitte, laß mich zuerst sterben, ohne dich könnte ich nicht leben!«

Er bleibt überrascht stehen, umarmt sie. Da stehen sie in ihren Umhängen im Regen und halten sich aneinander fest.

»Ich ohne dich auch nicht, wie kommst du darauf? Das ist das Wetter, Kind, das macht so melancholisch ...«

»Du hast von Wolken erzählt, aber wenn der Himmel so grau in grau ist, wie jetzt, gibt es keine mehr. Alles dort oben ist verwischt. Wie in meinem Leben ...«

Peter ist ernsthaft besorgt. So kennt er sie gar nicht. Stockend erzählt Daria, was ihr eben eingefallen ist, wie alles vergangen ist, ohne Kinder, sogar ohne Hund ... Wie kommt sie immer wieder auf Hunde? Sie spricht vom »griechischen Himmel«, wie sie es nennt, vom Erlebnis auf dem Berg Perister in Mazedonien, dem Berg mit den beiden Seen mit den keltischen Namen, den Göttertränentropfen, als sie noch so jung war, daß sie glaubte, Götter könnten hinter jedem Fels hervorspringen, zumindest Satyr oder Apollo mit der Panflöte, sie selbst würde vielleicht auch zu den Unsterblichen gehören, und wie sie damals trotzdem zu wissen glaubte, das alles sei ihr Eigentum, sei ein Teil ihrer Heimat, *das* sei ihre Heimat *Ju...go...sla...wi...en!* Und was ist davon übriggeblieben? Ein paar Fotos, ein paar Videoaufzeichnungen. »Und hier? Ist das der Himmel Österreichs? *Sky, le ciel, Himmel!* Ist das mein Himmel? Auch wenn ich die hiesige Tracht anziehe, die mir gut steht, und obwohl ich in mehr österreichischen Operetten getanzt habe, als die meisten braven Bergbewohner überhaupt kennen, kann ich hier nicht zu Hause sein. Nicht ganz. Nicht mit dem Herzen. Bin ich noch irgendwo zu Hause?«

»Bei mir bist du zu Hause«, flüstert Peter und weiß, daß das nicht genug ist. Er kennt alle ihre Geschichten, aber es ist ihm nie langweilig, wenn sie über ihr Leben berichtet. *Sie* müßte es aufschreiben. Mindestens diktieren. Aber sie ist so hilflos in allem. Sogar die meisten Briefe an ihre Freundinnen schreibt er. Sie ist zu verwirrt, einen Scheck zu unterschreiben oder den Kassenzettel im Geschäft, wenn sie mit einer Kreditkarte bezahlt und ihr jemand dabei zuschaut. Sie merkt sich den Code für den Geldautomaten nicht. Der Mann kann sich nicht vorstellen, wie sie ohne ihn gelebt hat, sie hat aber ihr Leben selbst gestaltet, nach dem Waisenhaus, das sie nie so nennen will, ihren Aufstieg allein aufgebaut, hat selbständig für ihre Auftritte, ihre Rollen, ihre Karriere gekämpft. Auch im für sie so schrecklichen Amerika. Und dann hat sie Hilfe für Bosnien organisiert und ist nach Sarajewo gefahren in einen furchtbaren Krieg. Aber ihr hat immer eine Mutter gefehlt, eine, die nicht nur im Armstuhl unter dem Kirschbaum ihr Leben aus den Lungen hustet. Ein Vater, der kein lustiger, toter Held ist, sondern einer, der zurückkommt aus dem Krieg und die versprochenen roten Stiefel mitbringt. Ein Onkel mit langem Seidenschal um den dünnen Hals, der Schneckenragout kocht, malt und Märchen erzählt, nicht verschwindet, sondern da ist, sich mit ihm, dem Fotografen, über die Kunst des Abbildens des Lebens unterhält.

Es gibt Menschen, die genauso alt sind wie sie beide und noch immer einen lebenden Vater haben und eine Mutter und mehrere Onkel und Tanten. Und Kinder und Enkelkinder. Und einen Hund. Sie hat den Tanz gehabt. Gehabt. Im Perfekt. Sie hat getanzt. Nur in Gedanken kann sie weitertanzen. Mit dem sterbenden Schwan wird es nichts werden.

Sie gehen am Friedhof vorbei. Hell klingt die Totenglocke. Viele alte Frauen in Schwarz eilen vorüber.

»Schau!«

Peter weiß nicht, was es zu sehen gibt, unhöflich deutet Darias schlanker Finger auf eine der Greisinnen. Die fällt auf, sie ist nicht in Schwarz, sie hat ein großes, dickes, rosarotes Tuch um die Schultern geschlungen. Ihr ungewöhnlich großer Regenschirm unterscheidet sich von allen anderen als rosaroter Fleck. An der Hand führt sie ein kleines Mädchen. Fünf Jahre alt kann es sein, vielleicht sechs. Es hat einen rosaroten Regenmantel an und einen ebensolchen Hut auf dem braungelockten Kopf. Sein kleines Gesicht ist ernst, schön, als wäre es aus einer anderen Welt.

Daria ist stehengeblieben: »Das kann meine Urgroßmutter gewesen sein!« Peter stutzt entsetzt. »Schon gut, ich weiß, was du sagen willst, daß ich verrückt geworden bin, daß ich schon bald meine eigene Urgroßmutter sein werde, aber vielleicht sind wir miteinander verwandt, diese Frau, ihre Enkelin und ich. Man müßte sie fragen.«

Peter sagt lieber gar nichts. Überall sucht sie Verwandte. Bedeute ich ihr so wenig? Warum?

Die Glocke hat aufgehört zu warnen, es ist sehr still geworden, und nur der Wind rauscht eindringlich durch den Wald.

Es regnet nicht mehr. Die Abendsonne strahlt aus dem Westen noch einmal wunderbar, und über dem Berg baut sich ein gewaltiger Regenbogen auf. Peter hat keinen Apparat zur Hand, so ein Regenbogen wird vielleicht nie mehr erscheinen. Ein schwacher Trost, daß er zu kitschig ist, sagt sich Peter, in meinem Buch, das ich mir so zart denke, könnte ich ihn so grell nicht gebrauchen.

»Schau!« sagt jetzt er.

»Ja!« antwortet sie.

Er denkt an das Mädchen in Rosarot, das Daria einmal in Grinzing gesehen haben will, an die Frau mit dem Fratz vorhin. Das Rot des Regenbogens. Soll er seiner Frau sagen, daß man ihre Uromi nicht in Wien suchen kann, weil sie sich möglicherweise im Regenbogen versteckt hat? Der ist auch ein farbiges Nichts, ein noch farbigeres Supernichts als seine Wolken, und gemeinsam mit den anderen Farben zeigt er ein wunderschönes, brennendes Rot. Farben muß man als Farben darstellen, nicht mit Worten beschreiben. Genausowenig können Farben Worte ersetzen. Oder Gedanken. Gefühle. Oder …

»Wir sind miteinander verheiratet, Daria!« sagt er, als wäre das etwas Neues, etwas ganz Wichtiges, womit er betonen könnte, daß er doch für sie da ist, für sie ein Alles sein will, ein Trost für das, was er gedacht und nicht ausgesprochen hat und was so selbstverständlich ist. »Du, die Tänzerin, die unaufhörliche Bewegung, der Sprung in Richtung des Himmels, der Körper als Kreisel, der sich dreht wie das Leben selbst, und ich der arme Fotograf, der es wagt, dem Augenblick, deinem Sprung, Einhalt zu gebieten. Beides ist Kunst, die Bewegung und der Stillstand, beides ist Leben.«

Hand in Hand gehen sie weiter. Daria summt etwas vor sich hin.

»Singst du?«

»Ach, nichts. Zufällig ist mir so eine russische Melodie eingefallen …« Sie ist kaum zu hören. Peter strengt sich an und versteht. Es ist die Melodie über die Rote Flotte, das Lieblingslied ihres Vaters, »Krassnij Flot«.

»Vielleicht bin ich doch unsterblich«, sagt Daria aus ihren eigenen Gedanken heraus. Sie sagt es ernst, als erwäge sie diese Möglichkeit mit Bedacht, als machte sie eben nur einen kleinen Fußmarsch aus einer Ewigkeit in eine andere. »Es ist nicht sicher, nicht einmal wahrscheinlich, aber möglich ist es doch, Petruschka, was sagst du? Ist das möglich?«

Unausgesprochen bleibt die Frage: Werde ich noch tanzen?

Alles ist Tanz, und der Stillstand nur eine Pose mitten im Ballett.

Der Abend, dem sie entgegenspazieren, kann noch lang und schön werden, bevor die Mitternachtsstunde schlägt, der letzte Vorhang fällt und alles aus ist.